鼎肩文学

铜仁市文艺创作扶持基金资助项目

初嫁

晏子非 —— 著

中国言实出版社

图书在版编目(CIP)数据

初嫁 / 晏子非著. -- 北京：中国言实出版社，
2022.3
ISBN 978-7-5171-4081-8

Ⅰ.①初… Ⅱ.①晏… Ⅲ.①中篇小说—小说集—中
国—当代②短篇小说—小说集—中国—当代 Ⅳ.
①I247.7

中国版本图书馆CIP数据核字（2022）第041475号

初　嫁

责任编辑：张　丽
责任校对：代青霞

出版发行：中国言实出版社
　　　　　地　　址：北京市朝阳区北苑路180号加利大厦5号楼105室
　　　　　邮　　编：100101
　　　　　编辑部：北京市海淀区花园路6号院B座6层
　　　　　邮　　编：100088
　　　　　电　　话：010-64924853（总编室）　010-64924716（发行部）
　　　　　网　　址：www.zgyscbs.cn　电子邮箱：zgyscbs@263.net

经　　销：新华书店
印　　刷：北京温林源印刷有限公司
版　　次：2022年9月第1版　2022年9月第1次印刷
规　　格：880毫米×1230毫米　1/32　9.5印张
字　　数：200千字

定　　价：58.00元
书　　号：ISBN 978-7-5171-4081-8

育树成林，写文传义

——"鼎肩文学"总序

赵晏彪

2021 年 12 月 14 日，习近平总书记在中国文联十一大、中国作协十大开幕式上的重要讲话中指出，新时代新征程是当代中国文艺的历史方位。广大文艺工作者要深刻把握民族复兴的时代主题，把人生追求、艺术生命同国家前途、民族命运、人民愿望紧密结合起来，以文弘业、以文培元、以文立心、以文铸魂，把文艺创造写到民族复兴的历史上、写在人民奋斗的征程中。

新时代的经典力作，需要作家有探险森林深处、挖找"野山参"的勇气和自觉意识、前瞻意识、开拓意识。作家只有把文学视为精神信仰，具备扛鼎的勇气、悲天悯人的风骨，将自已投身于时代的洪流之中，不怕呛水，不畏巨浪，倾注全部生命于文学，杜绝安逸享乐，拒绝金钱诱惑，才会写出无愧于时代、无愧于民族、无愧于文学的扛鼎之作、发聩之文。

"鼎肩文学"，秉承发现新作、打造精品、服务作家的宗旨，以文有义即大、唯好书是举的态度，向大众推介精品力作，将一株株精品文学之树融入华夏文学的茂密森林，以期呈现出"好木成林日，晨曦耀梢头"的壮观之景。

"作家是锻造出来的"，此言甚是。常言道，好铁炼好钢。凡具备好铁的素质，在经过高温、冶炼、打磨后，定会成器。作家这块"铁"，需经过热煅，经历肉体与思想蜕变的深度、胸怀眼界的广度、专业素养的精度，将生活阅历和人生经验在文学之炉里百炼，一只盖世的文学"大鼎"就此诞生。我期待着"鼎肩文学"经过锻造后，多出几只名扬天下的"大鼎"。

"鼎肩文学"面世之际，虽然还像刚刚步入社会的腼腆青年，但是只要肯于立长志，他日必能肩负民之"鼎"、文之"鼎"的重任，为后世了解当代人的生活留下如"大盂鼎"（西周现存最大的青铜器，现收藏于中国国家博物馆）铭文一样的真实记录，彰显我们这个时代的伟大风貌。

"育小树，成大林；写小文，传大义"，这是"鼎肩文学"的理念，也是这套文丛不懈的追求。

是为序。

（作者系《民族文学》杂志原副主编，中国少数民族文学学会副会长）

目 录
CONTENTS

尊亲记

一

所有的灯光都在晃荡。

人们朝这边围过来，围过来，围成一口森森的井。我瘫坐在井底，瑟瑟发抖。身旁，同样惊惶的黄孃正搂着不停抽搐的爹。

嘈杂的人声如蜂群嗡鸣，有的叫打120，有的叫通知家属，有的在大声询问谁会急救，更多的人在唉声叹气……

我六神无主，盼望着三毛快点到来。但我又害怕三毛到来。每次出门，三毛总要再三叮嘱，瘸子，好好看着爹，他到哪里你就跟到哪里，千万不要让他摔倒。可今晚，爹是怎么摔倒的我都不知道。懊恼如大雨来临前的乌云，压得我喘不过气。

急救车一路呜哇呜哇地叫着朝乌江广场奔来。几个穿着白大褂的医生护士从车上跳下来。走在前面的一位中年男医生手提一个白色箱子，蹲在爹的身旁，伸手试了试爹的气息，听了听爹的心跳，又翻看了爹的瞳孔，手一挥，就让随行人员把爹搬上担架抬上车。那位中年男医生站起身，望着黄孃问，家属吗？黄孃把我拉起来，说，这是他儿子。中年男医生狐疑地打量着我，扭头说，上车。

我呆呆地坐着，不知所措。黄孃连忙把我扶起来，走到车前，车上的医生护士连拖带扯，把我提进车里。黄孃正准备跟着上车，中年男医生问，也是家属？

黄孃摇摇头。

中年男医生说，坐不下了。随后，车门哐当一声，就把黄孃隔在了车外。

我不安地坐在车里，随车身不停地左右摇晃，晃得我晕乎乎的。我看着担架上的爹。爹已吊上了盐水，不知什么时候停止了抽搐。一路上我想象着车行驶的路径，大桥头——吉瑞宾馆——县农行——熊家巷——商业街——教育局……我觉得早该到了，但车身仍在摇晃。我感觉这车不是在陆地上行驶，而是在水上漂，或是在空中飞行。我身子被人推了一下，又被人推了一下。我回过神来，见坐在身旁的一位胖护士正瞪着我，问，你的耳朵不会也有问题吧？

我疑惑地看着她。

你听得见我说话吗？

我赶紧点头。

你家里还有什么人？

三毛、大哥，还有，还有……我结结巴巴地说。

赶快通知他们。胖护士不耐烦地说。

通知了。

来到医院，爹被推进了急救室。我坐在急救室门外走廊的长椅上，全身仍在瑟瑟发抖。走廊静静的，只有急救室的门不时开或关，穿着白大褂的人不停地进出，让人莫名地紧张。

三毛终于来了。

爹在哪里？

里面。我指指急救室。

三毛推开门，正准备往里冲，被一名护士推了出来。他又将脸贴到急救室门上的观察窗上朝里面张望。一会儿，门开了。几个医生、护士把爹推出来，又推进了对面的电梯里。胖护士走过来，向我问道，你们家里的人来了吗？

我连忙朝三毛指了指，说，来了，来了。

胖护士转身对三毛说，病人是脑梗死引起的抽搐，具体情况还需住院进一步检查。随后，她从白大褂的口袋里掏出一本单据，写画了一阵，撕下一张递给三毛说，去办住院手续。

我从楼梯上一摇一晃地爬上五楼时，三毛办好住院手续也赶了上来。爹已被安顿在五楼心血管科病房的走廊口，胖护士正站在爹的病床前记录着什么。三毛生气地问，怎么安排在这里呢？胖护士下巴一扬，说，没了床位，这不，走廊都住满了。我朝她示意的方向望去，长长的走廊上，挤满了病人和家属。

有单间，不过要加钱，每天八十。旁边一位病人家属悄声说。

要住吗？胖护士听了，突然醒悟似的问。

什么单间？三毛不解。

就是老干病房。胖护士说。

医保报销吗？三毛看了看爹，问道。

这属于特殊病房，医保报不了的。胖护士说。

三毛低头沉吟着，没有回答。我来到爹的床头，见爹闭着双眼，像睡着一般。之前，爹也犯过病，只迷糊了一会儿就好了。我想，爹这次虽然严重，顶多睡一觉就会好的。

爹是怎么摔倒的？三毛突然问。

跳舞时，被黄嬢踩了脚。我一急，心咚咚地跳，嗫嚅道。

我说过多少遍了，让他别去跳舞，偏不听。

爹说他一见人跳"忠字舞"，就激动，控制不住手脚。我申辩道。

我看他是见了黄嬢激动，哪里是见人跳"忠字舞"激动呀？三毛白了爹一眼，挖苦道。

这时，我们见巧秀从楼梯口冒出头来，忙噤了声。巧秀一来就问，给大哥打电话了吗？

打了打了。三毛不耐烦地说。

他平日躲得远远的，爹现在生病了，难道他也不管？巧秀抱怨道。

人家哪里不管？

他管哪样？爹进城十多年，他是接爹去耍过一天，还是来陪爹过了一次年？

哪是他不接爹去呀，是爹自己不去。

他们对爹好的话，爹怎么能不去呢？

听着他们争吵，我心里像猫抓。兄弟三人中，真正对爹没有尽到责任的，应该是我。我知道巧秀不是指桑骂槐，可说者无心，听者有意。我虽然是一个瘸子，但也是爹的儿子。

我走到一旁，静静地看着爹。巧秀仍在数落着大哥一家人。

二

大哥到医院时，已是晚上十点过。大哥在乌江下游的黄板中学教书。从黄板到县城有六七十公里。前几年，大哥回来过一次，步行，乘车，再转船，一路起早贪黑，要整整三天才到家。现在通了二级路，骑摩托到县城，只要两三个小时。大哥吐着团团白气，上前问候爹。爹不知什么时候醒了，抓住大哥的手，嘴一瘪，泪水就涌了出来。爹呜呜地哭，说，我以为再也见不到你们了。爹这一反应让我很是吃惊。平日里，爹总是抱怨大哥没出息。大哥是教师，也算国家干部，本该是一家人的依靠，可大哥没有帮家里做过一件事。爹说大哥枉读了一肚皮书。每次大哥打电话来，他也是一脸冷淡。

大哥见爹哭，泪水也在眼眶里打转。他握住爹的手说，不要紧，现在医疗技术发达，你这病，不过小事一桩，住院治疗一段时间就没事了。

大哥安抚好爹，转头问三毛，怎么把爹安排在这走廊上呢？三毛说，病房里安排不下，你看，连这走廊都住满了人。大哥抬头看了看那一长排病床，说，大冬天的，走廊上不冷吗？三毛灰着脸说，我找过医生，实在腾不出床位。大哥掏出手机，打了几个电话，沉吟了一会儿，又断断续续地拨了四五个电话，眉头才展开来。他站起来说，你们在这里守着爹，我去看看能不能把爹安排进病房。见他头发蓬乱，一脸疲惫，本就瘦弱的身材更瘦了，我鼻尖一酸，急切地说，大哥，我跟你去。

我们从五楼来到三楼，在消化科值班室里，找到了一位姓何的医生。何医生说，他刚才打电话问了，现在正是心血管疾病高发季节，实在安排不了病房。

走廊太冷，我爹万一感冒，血压再升高，不就更严重了？大哥恳切地说。

心血管科的值班护士说，他们科还有一个单间，但你们又不住。何医生白了大哥一眼，说。

谁说不住呀？大哥疑惑地问。

三毛问过，那间病房要另外加钱。我连忙扯了扯大哥的衣服，悄声说。

大哥瞪着我，生气地说，加钱就加钱，这是治病，不是做买卖！

何医生看了看我，又看了看大哥，说，如果你们不开空调，每天可以减二十。

开，怎么不开呢？大哥果断地说。

何医生又打了一个电话，就叫我们回五楼找值班护士。我们回到五楼，找到心血管科的值班室，胖护士见了我们，一脸不屑地说，你们再犹豫，怕这个单人间也被人住了。她开了一张单据递给大哥，要他到一楼交押金。我回到爹的床边，对三毛说，大哥要把爹转到单人病房。三毛看了我一眼，什么也没有说。

把爹搬到单人病房后，三毛就走了。他说明天还要起早。

三毛走后，大哥指着另一张陪护的床铺对我说，勇勇，你也睡吧。一听大哥叫我勇勇，我的泪水就流了出来。许久没有人叫我这个小名了。爹一直叫我二毛。其他人都叫我瘸子。

我说，大哥，对不起，我没有把爹照顾好。

大哥说，不怪你，爹本来就有高血压，脑梗死是高血压的并发症，他之前就发过几次了。

我让大哥睡，他硬要我睡。我只得躺下，闭着眼，强迫自己入睡，可脑子里总是冒出一些杂七杂八的画面，一会儿是爹跟着黄孃跳"忠字舞"；一会儿是黄孃的尖叫声；一会儿又是爹被黄孃踩了脚，他正斜着身子不停地挪动着另一只脚，努力寻找平衡点……整个晚上，大哥一直没有睡。他一会儿给爹量体温，一会儿给爹喂水，一会儿给爹盖被条。爹睡着后，他就守在床边看书。

天快亮时，我才迷迷糊糊地睡去。不知过了多久，开门声把我惊醒。我见大哥像一个硕大的充气玩偶，摇摇摆摆地从门口那片光中走来。我擦擦眼，才看清大哥怀里手里塞满了东西。他把东西放在桌子上，喘着粗气，一一清点分类放好，一箱矿泉水、一提卫生纸、一包黑芝麻糊，还有牙膏、牙刷、毛巾、脸盆和餐具，那样子，好似要在这医院长住。

大哥从塑料盆里拿出一盒豆浆稀饭和一包小笼包子，要我吃。此时爹也醒了。他见天已大亮，责怪我怎么不叫他，见我不解地看着他，又见大哥站立在他的床前，就好奇地打量着病房，愣了愣，才神色黯然地安静下来。

大哥帮爹洗漱后，喂爹吃稀饭。爹吃了一碗豆浆稀饭，又吃了两个小笼包。我见爹脸色红润，目光有神，只是右脸有些僵硬，嘴角有些歪斜，把右眼挤成一条缝。

爹移动着身子，说要解大手。大哥急忙上前扶爹。爹说，我能行。大哥退到一旁，伸着双手若即若离地护着爹。爹先把左脚伸下床，再双手抱着没有知觉的右脚慢慢挪到床边。可他试了几次，还是没能站起来。爹无奈地把手伸向大哥，在大哥的搀扶下，一瘸一瘸地朝卫生间走去。大哥要扶爹进卫生间，爹死活不允。大哥只得守在门外，不时叫一声爹。爹不耐烦了，生气地吼道，催哪样呢催！解个手都不得安宁。大哥噤声，笑着朝我挤挤眼。医生来查房时，爹才从卫生间里出来。

一位中年医生询问爹的情况时，我看清他胸前的那个牌子上写着张大年。张医生查看了爹的病情后，对身边的一伙年轻人介绍说，脑血栓引发的脑溢血，好在是第一次出血，出血量也不多，虽然年龄偏大，但病人体质好，只要好好配合治疗，完全可以康复。临出门，张医生对大哥说，注意别感冒，不要摔倒，控制血压，防止大脑再次出血，不然，后果不堪设想。

我想爹一定能康复。爹抡了一辈子铁锤，体质好，虽然七十多岁了，还像六十岁出头的样子。

送张医生出门时，大哥在门外打了许久的电话，见爹狐疑地看着他，连忙解释说，昨晚走得急，还没请假呢。

爹阴着脸说，你忙就回去吧，工作要紧。

大哥笑着说，刚才在电话里给领导说了，领导准了我十天的假。

在我的印象中，大哥总是很忙。他是学校的骨干教师，每年都教尖子班。我与爹还在乡下老家时，只有春节他才回来一趟，在家住几天，就急匆匆地赶回学校了。

三

CT 检查的结果出来了，爹的颅内果然有少量的血块。但爹恢复得很快，几天就能独自下床了，连走路也不用人扶。单人病房外是一条长廊，一眼就能望得到乌江。每天早上，大哥陪着爹在走廊上来回地走，爹还与几个相熟的病人和家属点头微笑。每走一圈，他就问大哥，多少时间了。一听说快八点了，他就急急赶回病房，说该输液了。医生要他少吃油荤，多吃蔬菜水果，他就一片肉也不吃，一口肉汤也不喝。每次大哥给他买饭，他再三嘱咐，不要肉，就白菜豆腐，或豆浆稀饭。大哥劝他多少吃点肉，哪能一点都不吃呢？还生着病呢！爹生气，说，明明医生不准吃油荤，你还犟，是不是想我早点死呀。大哥说，医生是叫你少吃，不是叫你不吃。爹不听，仍旧不沾一滴油荤。爹说，他还想多看几年的世界。

为打发输液时的无聊时光，大哥要爹看电视，爹不看，说费电；大哥与他说话，他也爱理不理。大哥只好静静地守在床前看书，不时看一眼瓶里的药液。我知道爹对大哥仍有成见。他不仅嫌大哥没出息，更恨大哥入赘老丈人家。好几次，爹说起这事，大声骂道，还是一个人民教师，没志气！

爹不时闭上眼假寐，不时看着房间里的某处发呆。不经意间，我见他眼里掠过一片阴云。他突然问大哥，细妹打过电话来没有？大哥说，没有，要不，我给她打过去？爹说，算了，不要告诉她。

我知道，爹最不放心的就是细妹。他常说细妹命苦，一个人带着小双不容易。小双上小学时，爹就把她接到身边，吃住在三毛家。时间久了，巧秀不高兴，无故地指责谩骂。爹不便说什么。三毛也只是好言相劝，说权当帮细妹一把。小双上高中后，死活都要搬出去住。爹不放心，也要去跟她住。小双不许，说，外公，我已经是大人了。爹还是不放心，不时买了鸡、鱼或牛肉，让三毛做成辣子鸡、糖醋鱼和牛肉干，给她送去。巧秀见了，气愤地对三毛说，吃住在我们家，从没见他对我们的儿子那么好过。

　　一次，爹无意中又提到了细妹。大哥又说给细妹打电话，爹还是不准。我们都知道爹想细妹了。趁爹睡着时，我与大哥来到走廊尽头，拨通了细妹的电话。细妹听说爹患了脑溢血，顿时就哭了。大哥安慰她说，不要紧，病情控制住了。细妹问，能下床吗？大哥说，能，就是说话不太清楚，走路也不利索。细妹隔了好半天才说，厂里天天加班，实在走不开。大哥说，你放心吧，没大问题。只是爹不时念你，有空给他打个电话。细妹说，好，马上打。大哥说，他睡觉了，你等会儿再打来。

　　一个小时后，爹的手机响了。爹从睡梦中醒来，见是细妹的电话，突然睁大眼睛，激动得说不成一句完整的话。他先是"噢噢"地应着，突然就呜呜地哭起来，边哭边说，差点就去了。大哥一边给他抹背，一边给他拭泪。许久，爹才强忍住哽咽，说，现在松活了。爹问细妹在外边好不好，又问她几时回来。

以后几天，爹总是有意无意就要说起细妹。有一天，他见大哥疲惫不堪，说，等细妹来了，你就回去休息几天吧。

她说要回来？大哥不解地问。

没有，没有。爹意识到自己说漏了嘴，慌忙改口说，她忙，小双马上要读大学了，需要钱呢。

一天，细妹又打电话来，爹高兴地接了。开始，他还大声与她说话。但不知细妹说了些什么，爹听着听着，目光就冷了，脸色也灰了。整个下午，爹都是无精打采的，一句话也没有说。大哥又给细妹打电话，问她与爹说了些什么。细妹说，我没说什么呀，只是说本想回来看看他，可厂里忙，走不开。大哥说，爹可能是想你，要不你还是回来看看吧。细妹说，今年厂里一直缺货，没有挣到多少钱。年底了，好不容易有了订单，天天加班。老板催得紧，请假一天要扣两天的工资。细妹最后说，不是还有两个月就过年了吗？我过年回来看他。大哥说，行吧，我给爹解释解释。

当天半夜，爹的血压就升高了。医生给他加了药，打了针，也没有降下来。第二天早上起床时，爹右边的身子完全失去了知觉，不仅不能下床了，连说话也困难了。张医生又开了单子叫去做CT，结果颅内又有了新的出血灶，比上一次还大。

以后几天，爹整天闭着眼睛，一句话不说。只是一听到手机铃声，他就马上睁开眼睛，四处张望。我知道爹在等细妹的电话，可细妹一直没有打来。

那天，爹的电话又响了。我见是细妹，就摁了接听键递给爹。爹张了张嘴，什么也没有说。我见他听着听着，拿着手机的左手就无力地垂下，手机也滑落到床上。我听见手机里细妹仍在呱呱呱地说着什么。我拾起手机，对细妹说，爹不听了。细妹静了一会儿，才挂断电话。

一会儿，大哥的手机又响了。是细妹。大哥刚接通，细妹就说，实在太忙了，走不开，要他好好劝劝爹。大哥说，来一趟也耽搁不了多长时间。细妹就生气，说一年就靠这几天，放弃了，我们娘儿俩喝西北风呀？大哥无言，愣了好一会儿，见电话里没有声音，才走进病房来安慰爹说，细妹厂里赶货，实在是请不到假。爹狠狠地看了大哥一眼，涨红着脸，吃力地吼道，不要提她。我大吃一惊，不相信爹能如此流利地说话。

那天黄嬢来看爹，爹拉着黄嬢的手，又莫名地哭起来，一把鼻涕一把泪，像个小孩。爹哭着，结结巴巴地说，我只有等死了。黄嬢拉着他的手，嗔怪道，瞎说，你会好的。听了黄嬢的话，爹哭得越发厉害。

四

大哥的假期到了。原以为爹很快就可以出院，没想到病情突然反复，血压一直降不下来。大哥很烦躁，不时躲到走廊拐角处打电话。每次打完电话回来，他就阴沉着脸，满腹心事的样子。

那天，大哥正在给爹洗脸，他的手机又响了。他急忙将脸帕递给我，抓起手机，一脸紧张地朝门外走。我好奇，给爹洗完脸，也跟了出去，见大哥站在走廊转角处，压着声音恳求道，就一周，一周后我保证回来上课。显然对方没有同意大哥的请求，只见他急切地说，初三年级寒假不是不放吗？我利用假期把撂下的课程补上。大哥说完，耐心听了一会儿，连忙说，我用晚上补，保证不耽搁正课。不知对方又说了些什么话，大哥突然发火，大声说，大不了不要我教了嘛，有哪样了不起？我爹生病住院，作为一个儿子，连起码的孝道都不能尽，还有哪样意思？大哥说完，愤愤地挂了电话。他刚走回病房，电话又响了。他迟疑了好一会儿，还是接了，边听边转身往外走。他一声不响地听着，许久才缓声说，你们是知道的，我爹一直跟着我家三毛，这次他病重，我再不来陪陪他，于情于理都说不过去。他又听着对方说了许久，才爽快地说，放心吧，我保证，我保证。

回到病房，爹似乎猜到了什么，看着大哥说，你回去忙你的事吧，反正我也该死了。

大哥说，我又续了一周的假。只要你好好配合治疗，安心养病，有一周的时间，保证能好起来。

爹盯着大哥看了好一会儿，突然呜呜地哭起来，一边哭，一边用左手捶打无力的右手。

爹一改往日悲观的态度，一日三餐一顿不少，想吃什么，就要大哥上街去买，每天还主动要求大哥帮他按摩。可是，不管医生怎么用药，爹的血压就是降不下来，不仅不能下床行走，连身也不能翻了，大小便都是大哥背到卫生间去解。爹身材魁梧，每次，大哥把爹背到卫生间，就像搬一只装满粮食的麻袋，弄得满身大汗。我看着大哥吃力的样子，在一旁干着急，恨自己为什么长了一双无力的手，一双树根一样弯曲的腿。我对不住爹，也对不住大哥。

大哥上街买来尿不湿，准备给爹垫上。爹瞪着大哥，死活不同意，骂大哥不安好心，有意羞辱他。大哥无奈，只好作罢。

爹要强，不甘心，可他哪里拗得过命呢！

那天早晨，大哥揭开被子，见爹的身下一大片黄色的水渍，发出一股浓烈的腥臭。大哥一脸惊愕。爹也吓得不轻，呆呆地看着，一句话不说。

爹大小便失禁，稍不注意就拉到床上，一天要换两三次衣服和床单。爹不吃不喝，以为这样就不会拉了。可每次揭开被子，身下仍有一片黄色水渍，发出一股恶臭。一次二次，爹的神情就木了，主动对大哥说，给我垫上——那个——那个尿哪样湿？大哥问，尿不湿？爹无奈地点了点头。

我回去给爹拿换洗衣服，三毛问起爹的病情，我一五一十说了。巧秀说，也让大哥尝尝，不然，哪里知道照顾老人的辛苦呀？我愤慨，觉得巧秀冤枉了大哥。但我不敢为大哥争辩。我知道巧秀那张嘴不饶人。何况她一直视我为累赘。她经常抱怨说，他们供养着两个爹，一个老爹，一个嫩爹。三毛说，瘸子并不是一无用处，至少可以帮着我们照看爹。听了三毛这话，我越发难受。我在餐馆里一天忙到黑，他怎么就没有看见呢？虽然我不能做一些精细的活，可洗菜是我的拿手好戏呀。我还发明一种办法，将三个大胶盆接满水，把菜洗了头道、二道、三道，每洗一批菜，就把头道水倒掉，重新接满，用来清洗三道。这样循环利用，既不浪费水，又把菜洗了三遍。客人们都夸三毛家馆子里的菜洗得干净，我想这也是三毛家生意好的一个原因。他们说，很多馆子里的菜都洗不干净，去一次就不想再去了。

巧秀第一次见我这样洗菜，大发雷霆，问我怎么不知道节约用水呢。我结结巴巴地向她解释，半天都没有说清。三毛见了，向她解释清楚后，她才没说什么。

但不管我怎么做，在她眼里，我都是一个只会吃饭的无用废人。有时，我跳江的心都有。但我不能死，不能让爹白发人送黑发人。爹从没有嫌弃过我，而是一直后悔当初没有及时给我医治，使我落下残疾。如果我死了，爹会更加自责。我只得忍气吞声，装作什么也看不见，什么也听不懂。

那天，大哥痛风，不能行走，只好叫三毛来陪爹。那晚，爹不时要喝水，不时咳嗽。弄得三毛一夜没合眼，不住地叹气，说，这熬夜的滋味才不好受。天快亮时，他实在熬不住了，就趴在床沿上睡。刚睡着，他的手机闹钟就响了。他不耐烦地关了闹钟。一会儿，他的手机又响了。他接完电话，就急急地对我说，瘸子，你看着爹。我游泳去了。

三毛爱好健身，早先与人踢足球，每周两场。韧带受伤后，他就改成游泳。他们有一伙游泳爱好者，每天六点准时起床，去乌江里游一个小时，雷打不动。前几天，我还在电视里看见他们冒着大雪在乌江里比赛，一个个气昂昂的，像战场上的勇士。三毛说，冬泳最考验人的意志，必须坚持，一旦停下来，再下水就难了。

那天中午，三毛送饭来时，见大哥正在给爹洗澡。他隔着门问，大哥，洗好了吗？大哥说，快好了。三毛就来到走廊，与几个病人家属聊天。那几个病人家属见爹住单人间，还有卫生间和空调，很是羡慕。一个老人说，就是县长怕也只能住这样的病房。三毛自豪地说，这可是医院最好的病房！那人又说，每晚得花多少钱呀？三毛说，钱算哪样，只要我爹舒服。另一个老人感叹道，你爹真是享福呀！三毛说，我爹辛苦了一辈子，不容易，现在就该让他享享福了。正当他与那几个人聊得来劲时，听到大哥在卫生间大叫。三毛急忙跑去推开卫生间的门，见爹赤裸着身体躺在地上，全身湿透的大哥怎么也抱不动他。三毛一把将爹抱起，稳稳地放回椅子上。三毛走出卫生间，准备回去与那几个人继续聊天。大哥叫住他，说，你就不能帮帮忙吗？三毛尴尬地笑，说，看你能的，把爹洗个澡就不得了啦。大哥喘着粗气说，我像你那样人高马大，保证不要你沾边。

周末，大嫂带着小燕子来看爹，见了大哥，莫名地生气，骂他在单位是个受气包，在家里也是一个窝囊废。大哥被骂得丈二和尚摸不着头脑，傻愣愣地看着大嫂。大嫂边骂边将他推到卫生间的镜子前，让他对着镜子好好看看自己。我也不知大嫂的意思，就跟了过去。镜子里只有大哥的上半身，那张满是胡须的脸上，那双红肿的眼睛，还有那又乱又长的头发，十分显眼。大哥醒悟，争辩道，一天忙得两脚不沾地，哪里顾得了这些哟！大嫂瞪了他一眼，说，你就不晓得叫他们来顶替一天两天，回家换换衣服理理发？

叫谁来替呀，三毛走不开，勇勇能行吗？大哥生气地说。

是你一个人的爹？你做得再多，哪个念你一个好。大嫂眼里喷着怒火。

照顾自己的爹，要哪个说好？大哥笑着说。

就算是你的责任，也该让你去洗个澡理个发呀。

大哥默默地回到床边，端了碗喂爹。爹不吃，瞪着大哥，含混不清地说，上街，理发，洗澡。大哥说，你吃吧，吃了我就去。爹仍旧不吃。我从大哥手里接过碗，对他说，你去吧，我来喂爹。大哥疑惑地看着我，又看看爹，才起身跟大嫂出门。

我抖动着双手喂爹，爹仍然不吃。我用纸给他擦嘴巴，见他眼角汪着一窝泪。我放下饭碗，坐在床前陪他说话。可不管我说什么，他都不哼声。见他闭着眼，一脸的落寞与悲伤，我想，一定是大嫂刚才的话刺伤了爹。

爹当然明白大嫂那番话的意思。一年春节，大哥和大嫂回家过年，年夜饭上，爹多喝了两杯，就与大哥争执起来。爹说一个人民教师，入赘当上门女婿，丢人。大哥顿时火冒三丈，红着脸大声说，我们只是一时无钱买房，暂住他们家，怎么是入赘呢？再说，人家又不是没有儿子！我想入赘，人家还不一定同意呢！那天晚上，大嫂饭都没有吃就走了。大哥见了，也起身跟了去。这让爹更加看不起大哥。其实爹的心中还有另一个说不出口的原因：爹嫌大哥家小燕子是女孩。他曾叫大哥再生一个。大哥懒心无肠地说，一个都难得养，哪敢生二胎。爹骂大哥死无出息！他说，你妈死后，我拉扯你们四兄妹，不是照样过来了？

相对而言，爹喜欢三毛。我们还没进城时，爹每次到城里赶场，都要给三毛家带些新米、时鲜蔬菜、四季水果。每年杀年猪，也要分给三毛家一半边猪肉。我问爹为哪样不给大哥带些去。爹说，你大哥是旱涝保收的铁饭碗，又有他老丈人家依靠着，再怎么都比三毛强。三毛一家只有站着的饭，没有躺下的食。

五

爹突然拉肚子。大哥以为是喂得太饱，消化不良，或是吃什么不干净的东西，想来想去，除了一日三餐，又没有让他吃过别的东西，而且，都是定时定量。第二天查房时，大哥对张医生说了。张医生摸摸爹的肚子，又问爹的大便什么颜色，说，先吃点止泻药试试。爹吃了两天止泻药，仍不见好。大哥急，又去找医生。张医生说，脑梗死引起肠胃功能减弱，也会拉肚子。大哥怪医生不重视，这么长时间了，不仅血压没降下来，反而越拖越严重。张医生说，你是教师，该知道人人都逃不脱生老病死的规律。你爹七十多岁了，长期高血压引发脑梗死，大部分脑细胞已死亡，一些生理机能自然会减弱。

　　爹本就大小便失禁，现在又拉肚子，吃了许多药都不见好，他就生出不祥的预感。那天黄嬢又来看他，他又哭得一塌糊涂。黄嬢见他难受的样子，看了看大哥，几次欲言又止。大哥不知她要说什么，又不便问，就递给她一瓶矿泉水。黄嬢喝了一口，才吞吞吐吐地说，要不，转到重庆去看看？我们跳舞的一个伙伴也是你们爹这病，就是在重庆的大医院治好的。爹听了黄嬢的话，马上止住了哭。他定定地看着大哥。大哥说，好，转过去看看。

　　送走黄嬢，大哥靠在走廊边抽了两支烟，才打电话给三毛。下午，三毛和巧秀就来了。大哥说，转院吧，转到重庆的大医院去看看。三毛说，我也是这个意思。大哥说，这一去，不是一天两天就能回来。我们学校马上要期终考试了，你看这样行不？你先送爹过去，等考完，我就赶来。三毛睁大眼，急切地说，我店里那一摊子事，哪里走得开呀？大哥说，最多一周。三毛说，打电话与你们领导商量一下嘛。大哥说，我已在电话里跟我们领导吵了好几次，现在领导见我的电话，接都不接。巧秀插话道，大哥你是知道的，我们一天不开门营业，这一家五六张嘴巴就没有着落。我不解地看着巧秀，心想她家哪来的五六张嘴呢。莫非她把我与爹也算成了靠他们吃饭的人？虽说我们吃住在他家，可我们没有吃闲饭呀。爹每天早早就催我起床，要我跟着他到餐馆里帮忙，择菜洗菜，拖地抹桌子。若请别人，不仅要包吃包住，还要开工资。

大哥沉默着，什么也没有说。三毛挠了挠脑壳，说，行，我去，不过你考完就要赶过来哟。

　　大哥说，放心吧。

　　巧秀冲着三毛吼道，你去了，谁去买菜呀？

　　三毛说，你不是有龙大头的电话吗？就让他送几天吧。

　　让他送？除了他赚的，你喝风吃屁呀？

　　就几天，有哪样大不了的？即使一分不赚，权当留住顾客。三毛没好气地说。

　　巧秀瞪着三毛，气呼呼的，半天没说出话来。

　　大哥让三毛先回去准备，等他办了转院手续，明天就走。三毛夫妇临走时，大哥又让他们把病房里的礼品提走，牛奶蜂蜜脑白金黑芝麻糊，杂七杂八，十多盒，都是大哥的朋友同学同事送的。三毛提了礼品走到走廊的尽头，又转回来说，大哥，你要准备点钱哟。大哥疑惑地看着三毛。三毛解释说，我手头那点钱全都用来装修房子了。我准备把楼上改成旅社，吃住一体，两样生意兼顾。大哥想了想，拍了拍三毛的肩膀说，放心吧，钱的事，我来想办法。

　　三毛走后，大哥就给大嫂打电话，问家里有多少钱。大嫂反问他，你说家里能有多少钱呀？大哥说爹明天转到重庆，要她筹两万。大嫂生气地说，我又没有开银行，到哪里去筹呀？大哥无语，挂了电话，就在通讯录里不停地翻找，一个个打电话。每打完一个电话，大哥就蹙紧眉头寻思，直到下一个电话拨通，他又马上换上一副笑脸。大哥打了半天电话，终于筹到了两万元，才长长地舒了一口气。

大哥办完转院手续回来，我问花了多少钱。他说，不多，扣除医保报销的，也就四千多块。我说，杂七杂八的，得五六千吧？大哥说，差不多。我摸索着从内衣口袋里拿出一沓钱递给他，有十块的，也有五块和一块的，一共二百二十六块，都是大哥和三毛平日里给我的零花钱攒下的。

　　干哪样？大哥不解。

　　给爹治病呀。

　　哪个要你的钱呀。

　　我的钱怎么了？爹生病，我也有责任呀。

　　这么多年你陪在爹的身边，已尽责了。

　　我固执地把钱递给大哥，大哥又把钱塞进我的衣袋里。

　　大哥给爹洗了澡，换了干净的衣裤，让我把爹的脏衣服带到三毛家去洗，并要我给爹收拾几套内衣交给三毛。

　　回到三毛家，店里已坐满了客人。巧秀见了我，一愣，甩着手上的水珠，说，忙死了，快到后院把篮子里的白菜洗了。

　　我把篮子里的白菜洗完送到厨房，三毛正端着一盘农家小炒肉到前厅。我听见他对客人说，慢慢吃，我这一去，说不定要十天半月才能回来呢。客人问，你要到哪里去？三毛说，重庆，送我爹去治病。

　　你一个人送去？

　　我大哥是个大忙人，教尖子班，哪里有空呀？

　　哎，你真孝顺。

是呀，要人人都像你田老板这样有孝心，全社会就和谐了。另一个年轻人打趣道。

这不是孝不孝顺的问题，你想，父母一把屎一把尿把我们拉扯大，容易吗？三毛冲着那位年轻的客人大声说，他们老了就不管，良心被狗吃了？

一屋子的客人连连点头。

六

三毛带爹去重庆，第三天就回来了。与他们一同回来的，还有细妹。细妹听说爹转院到重庆，知道爹病情严重，就从广州乘车直接到了重庆。

大哥听说三毛带爹回来了，就连夜赶到了县城。三毛说，重庆那边的医生与县医院的医生好似商量过的，对爹的病情分析得一模一样，说像爹这样的病，医院也没有办法，最好回家静养。

但三毛没有把爹接回家，而是让爹又住进了县医院。

大哥只顾埋头抽烟，一支接着一支。他猛然丢下烟头，用力踩灭，抬起头对三毛说，叫巧秀来。

叫她来干哪样？三毛不解地问。

开个家庭会。

开哪样家庭会哟！三毛嘲弄道，搞得正儿八经的。

那你说，爹今后怎么安排呀？

三毛沉默了一会儿，答非所问地说，不叫大嫂来？

那么远，她怎么来？

巧秀到来时，已是晚上十点钟了。大哥站起来，一声不哼地向外走。三毛不解，问，人都到齐了，你又要到哪里去？大哥朝爹看了一眼，说，我们到外面去说。我正要跟他们出去，大哥突然对我说，你留下照看爹。

我看着蜷缩在被子里的爹，突然发现他好瘦好小。我从没有发现爹这样瘦弱过，像个可怜的小孩。我怜惜地捏捏他的手。他睁开眼，深深地看着我。我见他眼球晶亮，好似洞悉了我的心思。我一阵慌张，怯怯地看着他。

小时候，我妈经常给我们说，我公和婆死得早，爹随堂伯长大，五岁开始放牛，十岁开始推磨，十一岁时，就离家四处流浪，当过挑夫，拉过船，最后被岩窝坨一个铁匠收为徒弟。说是徒弟，实际是一个帮工，一天只管两顿饭。爹出师后，回村里开了一个铁匠铺，加工锄头、弯刀、菜刀、锅铲，挑到市场上去卖，一部分交生产队，一部分用来养家糊口。正是因为爹有这铁匠的手艺，才有能力供我们兄妹四人读书，就连我这个瘸子，也读到了初中毕业。

我自幼对爹怀着异样的感情，总见不得人对他轻视与冷漠。而今，看着他孤零零地躺在床上，心中就莫名地难受。

隐隐地，我听到巧秀尖厉的声音传来。我看看爹，见他闭着双眼，一脸平静。我悄声推门出去，听见巧秀正激动地说，再让他们住我家，万万不可能。

我赶忙关上门，靠在门边偷听。

你高声大叫哪样，大哥不是叫我们几个商量吗？三毛低声吼道。随后，他又心平气和地说，大哥，你是知道的，我们实在太忙，抽不出时间照顾爹。

大哥说，爹现在这样子，让哪个来照顾都不现实，只有请人。前几天，我问过这医院的专护人员，全天二十四小时陪护，每月四千五。如果完全把爹交给人家护理，又不太放心。我的意思是，爹还住你们家，水电房租由我出。你们只管监督一下。

那样也不行，我们刚花了几十万元把几层楼都改成了招待所。一个瘫子一个瘸子住在里面，哪个还敢来我家吃住？巧秀高声说。

我脑子里轰的一声。我万没有想到巧秀会说出这样的话来，我和爹怎么成了不祥之物，难道是魔鬼，是凶神？

气氛凝滞着，像暗不见底的深坑。我在这深坑里下沉，下沉。

许久，大哥才说，既然这样，我只有把爹接到黄板。巧秀立即表态说，行，你把爹接到黄板去，我们该摊多少，保证按时一分不少送来。三毛也慢条斯理地说，我觉得这样也好，有大哥大嫂照顾爹，我也放心。

眼看这事就这样定了，我就恐慌起来。大哥把爹接到黄板，我也无疑要跟着去。我对黄板人生地不熟。虽然大哥大嫂在那里，但我历来怕见生人，更怕到一个陌生的环境，接受着人们的好奇与嘲弄。这时，细妹突然说，不行，那么远，以后我想见爹一面都难。再说，爹病成这个样子了，万一有哪样情况，怎么办呀？大哥生气地说，这样也不行，那样也不行，那你们说，到底该怎么办？三毛说，要不这样，反正要请人，不如把爹搬到你的新房里，我有空就去看看。大哥霍地一下站起来，气愤地说，亏你想得出，里面什么也没有，怎么住呀？三毛说，水电不是都通了吗？门窗也安好了，怎么不能住呀？大哥说，你也知道，那房子是前几个月才完工的，墙体还是湿的。三毛耷拉着脑袋不再吱声。

听到爹在呻吟，我急忙返回病房。爹闭着眼，嘴角微微颤动，喉结不时上下滑动。莫非爹听到了他们的谈话？我叫了几声爹，爹不应。我想爹可能是在做梦，就又回到走廊，见他们几个安静地坐着。许久，细妹才打破沉默，说，要不这样，你们到小双学校附近给爹租间房，我来护理爹。大哥刚才说这医院的专职陪护四千五，我只要四千。三毛表态说，你照顾爹，那更好，再怎么也比外人强。大哥说，爹屎尿都要人接，晚上要给他翻身，三天两头还要给他洗澡，你行吗？细妹说，不是还有瘸子吗？大哥说，他走路都困难，能帮你做哪样？听了大哥的话，我越发感到无地自容。

最后，大哥好似下了很大的决心，说，你们抓紧去租一套房子，再请一个护工。现在路通了，我三天两头来看看爹。平时有勇勇陪着爹，我想护工也不敢乱来。三毛和巧秀面面相觑，什么话也没有说。

大哥说完，起身走进病房，站在爹的床前说，爹，明天还要考试，今晚我必须赶回去，你就好好休息，等考完了我再来看你。爹睁开眼，口齿不清地说，黑灯瞎火的，骑车小心。大哥说，我知道，你放心吧。

见大哥要走，三毛几步上前，拦在大哥面前，说，现在哪个在医院照看爹呀？大哥看了看三毛，说，你们就辛苦一下嘛，让爹在医院再住几天，好好调养调养，刚才我与张医生说了，等爹血压稳定后，再出院。三毛拉长了脸，静静走到爹的床边坐下。

大哥走出门外，突然又转回身来，对三毛说，对了，这次爹到重庆住院的钱，都是向朋友借的，既然没有用，我就拿去还人家。三毛拍了拍脑袋，说，你看，我把这事给忘了呢。随后，他从随身的提包里抓出一把票据，一一报给大哥，有往返车票、住宿发票和爹在医院的检查费、药费，还有生活费、公交费以及超市购买矿泉水餐巾纸和方便面等物品的小票，一共四千七百二十三元。三毛把剩余的钱给了大哥后，又叫巧秀另外拿了二千三百六十二元钱。巧秀把钱递给大哥时，三毛突然把那钱接过去，从中抽出一张五十元，说，噢，忘记了，还有我在重庆给爹买了一包大号的尿不湿，花了一百块钱。大哥定定地看着三毛，迟疑了许久，接过钱，转身走了。

大哥刚走，细妹也跟着走了。细妹要去看小双。她说她快一年没有看到小双了。她想死小双了。

细妹走后，巧秀叫三毛也走。三毛说，瘸子一个人在医院，哪里行呀？

巧秀说，人人都不行，就你行！

他们不都有事吗？

他们说一声有事，拍了屁股就走，就你是个闲人？真是岂有此理！巧秀连珠炮似的数落。

大哥不是照顾爹十多天吗？

他照顾爹十多天，我们还照顾爹十几年呢！巧秀一脸怒气。

我见三毛满脸倦容，知道他这几天也辛苦，就说，你去吧，万一有哪样事，我给你打电话。

三毛看了我一眼，犹疑了好一会儿，才问，你行吗？

我说，不要紧的。

三毛来到床前，揭开被子，扯出爹胯下的尿不湿，见上面只有少许尿。他犹豫了一会儿，又重新垫上，说，爹，我回去了，明天一早再来。爹闭着眼，点了点头。三毛转身对我说，瘸子，今晚你就辛苦一下，我几天都没有睡过一个囫囵觉了，实在太困了，头昏脑涨的，难受得很。我说，你放心去吧。

第二天，三毛九点钟才来。我问他头还昏吗，他说本来今早起来时还是昏沉沉的，去乌江里游了两圈，精神就来了。我问，你去游泳来？他答非所问地说，耽搁了几天，把规律打乱了，闹钟响了好几遍都没有醒来，是巧秀把被子揭了，才哈欠连连地起来的。

三毛给爹换了尿不湿，又帮他洗漱，喂他吃了早餐，就出去了。下午，胖护士来给爹输液时，问要不要开些药回家。

怎么开药回家？

你爹不是今天出院吗，要不要开点药回家去吃呀？

谁说我爹今天要出院呀？

你们不是把出院手续都办好了吗？输完今天的液就出院。

我不解地看着爹，爹也茫然地看着我。果然，三毛与细妹回到病房时，就催促我收拾东西。

房子租好了？我好奇地问。

三毛悄声说，我们旮旯角落都转遍了，房子倒是多，一听说是租给七八十岁的瘫痪病人，多少租金人家都不愿意。

那现在把爹搬到哪里去呀？

大哥家的新房。

大哥同意吗？我惊诧地问。我知道，交房时，大哥放了一把钥匙在三毛家。

租不到房，他不同意又怎么办呀？

大哥不是说让爹在这医院多养几天吗？

三毛瞪着我，生气地说，在这医院住着有哪样用？

我怯怯地看着三毛，问，那出院后，哪个护理爹呢？

细妹。

细妹？我想平日里连碗都懒得洗的人，怎么能照顾好爹呀？

三毛似乎懂了我的意思，说，先让她试试吧，总比请外人强。

当天下午，三毛就把爹搬到了大哥的新房里。大哥是晚上打电话询问爹的病情时，才知道的。

医生催得急，叫爹回家静养。三毛在电话里向大哥解释说。

我不是跟张医生讲好的，他怎么就变卦了呢？

也不怪张医生，医院床铺紧，他也没有办法。

大哥挂断电话后，顷刻又打来。三毛刚按下接听键，就听见大哥劈头盖脸地吼道，没有哪个医生催爹出院嘛！

三毛哼哼哈哈的，半天说不上来。

我就知道你当面一套背后一套，明明说那房子不能住人，你偏不听。我隐约听到大哥的吼声带着刚音从三毛的手机里传来。大哥是个闷葫芦，平日很少发脾气，可一旦发怒，就难以控制。

三毛懵了，脸色由红转青。

我不知道大哥为哪样发这么大的脾气，不就是把爹搬到他新房里住一段时间？虽然事先没与他商量，可他家的房屋空着也是空着，莫非他也嫌我与爹不吉利？

我怎么当面一套背后一套了？三毛终于回过神来，大声吼道，你有孝心，那你来照管爹呀！光耍嘴皮子，算哪样东西！

三毛说完，就挂断了电话。大哥打来，他不接。大哥再打，他关机。

我知道三毛怕大哥，他是不给大哥泄怒的机会。

七

大哥家的新房在河东，小双的学校在河西郊外。细妹每天往返四趟，每趟都有三公里的路程。

细妹早上一到，就开始给爹换尿不湿，洗脸漱口，喂早餐，接着烧水给爹擦身子，搓洗衣服、床单。忙完这一切，她又急急往回赶，去给小双煮饭。她说小双吃了饭还要睡午觉，时间紧，得提前回去把饭煮好。

这乌江边的县城，冬天本来就冷，走在街上，寒风混夹着江风，整日在耳边呜呜地吼，把脸刮得生疼。原以为躲进这屋子里会暖和些，哪知这屋里比外面还要冷，这冷是阴阴的，潮潮的，带着一股透骨的冰凉，好似整个人泡在冰水里，寒气无孔不入，把全身的血都冻结了。加之房间空旷，墙壁又没有粉刷，灰不溜秋的，六十瓦灯泡照在墙上，反射不出一丝光亮，使得这阴冷变本加厉，不仅浸透身体，还冻结了神经。

三毛把爹的所有被子拿来给他盖上，把棉衣搭在被子上，堆得高高的，像一个小山包，还是抵挡不住铁一样的冰冷。晚上，我睡在爹的脚头，用身子焐着爹的脚。我想，爹的脚热了，身体也就不会冷。可我身上的热气也有限，尽管我紧紧抱着爹的双脚，天亮时，被子里仍是一片冰凉。

自从搬进大哥家的新房里来后，爹就一直感冒发烧，血压也居高不下，身体一天不如一天。细妹天天喂他感冒药、消炎药和退烧药，爹时好时坏。他本来是拉肚子，消炎药吃久了，又开始便秘，几天不拉一次屎。爹嗷嗷叫嚷着肚子憋胀，细妹没办法，就让我给爹抠。抠通了，又不停地拉，连续几天，没有定数，常常是刚给他换上尿不湿，就又拉了，直到把肚子排空才停止，弄得细妹满手都是。多日的宿便奇臭无比，细妹哪里经受得住，连滚带跑冲进卫生间，牵肠挂肚地吐个不停。看着细妹脸都吐青了，我只得一拐一瘸地走到爹的床前，把弄脏的尿不湿丢掉，把床单擦拭干净，用热水给爹清洗。平日里，我的胃也很浅，见着脏东西就恶心呕吐，可给爹清理擦洗时，我却不觉得脏。这很是奇怪。细妹蹲在卫生间吐了好一会儿，才用厚厚的毛巾把鼻子捂住，扭着脸，摸索着给爹换尿不湿和衣裤。待这一切弄妥当，重新给爹盖上被子，爹已冻得全身发紫，不住打冷战，清亮亮的鼻涕流了老长。当晚，爹的病情又加重了几分。

领教了这屋子里的冷，我才知道大哥为什么不同意爹搬进来住。我让细妹想想办法。细妹说，我能有什么办法？

第二天，细妹来时，手里抱了捆木板，一看就知道她是从建筑工地捡来的。她把木板架在墙角，用废纸引燃，本想烧一堆火烤。可那木板是湿的，又粘了干结的水泥，火焰不大，烟子却不小，滚滚升腾，像一棵大树，冲到天花板，乌云一样漫开，下沉，顷刻就填满了整个屋子，让人无法喘息。我们被熏得睁不开眼，咳声一片。爹本来就大小便失禁，一咳嗽，屎尿喷出来，把床单被子弄得污迹斑斑。我和细妹冒着浓烟，把木柴移到楼下，打开门窗，让外面的寒风把屋内的浓烟驱散。

细妹终究不是吃苦耐劳的人。这屋子里的冷，让她有了懈怠的借口。她抱怨说，这么冷的天，如果不是自己的亲爹，打死我也不干了。细妹不再天天给爹擦身子，而是两三天擦一次，有时甚至一周才擦一次。床单被屎尿弄湿了，她也不及时换洗，或是铺一叠卫生纸，或是随手拿一件脏衣服垫上。无事时，她就上街瞎逛。有次三毛来看爹，没见着细妹，打电话给她，她说屋里太冷，待不住，不如上街走走，身上还暖和些。

第二天，三毛提来一个立式石英炉，放在爹的床前。细妹把石英炉四周和上面的发热管全部打开，石英炉就像一个火球，四射着热气，让人觉得温暖。可房间太空，那团热气如一匙盐放进一大锅水里，顷刻就散得无影无踪，只有紧挨着发热管的脚背有一片暖意。细妹只得把房间的门窗全部关上，温度才渐渐升高，暖气充满了房间。爹也感到了温暖，咳嗽声渐渐稀少，安稳地睡去。随着屋子里温度的升高，一股怪怪的、带着陈腐恶臭的气味随之升腾，四处乱窜。我知道那是爹许久没有洗澡，加之他不时将屎尿拉到床上，那气味相互混合，经热气一烘，满屋子都是。我倒无所谓，习惯了，每天晚上跟着爹睡，被子里就是这样的气味。可细妹不行，闻到这气味就哇哇哇哇地干呕，再不敢进爹的屋子里烤火。细妹打电话给三毛，说，你来给爹洗洗澡吧。三毛说，这大冷的天，屋里又没有热水器，怎么洗呀？你就烧盆热水给他擦擦吧。我想也是，这么冷的天，爹在被窝里都冷，感冒一直没有好，哪能给他洗澡？细妹烧一锅热水给爹擦。爹的身子擦干净了，那气味仍然不散，细妹又把床单被套换了，可管不了两天，那气味又冒了出来。细妹烦了，懒得给爹擦身，也懒得换被套床单，任由那气味一天天浓稠。她几次打算把石英炉提到隔壁房间去，又觉得不妥。她打电话要三毛想想办法。三毛说，就这条件，将就吧，等开春后，天气暖和就好了。

细妹只得自己掏钱到超市买来一个石英炉。她把那炉子放到隔壁房间里。从此，她就整天待在隔壁的房间，嗑瓜子，玩手机，什么事都叫我做。给爹喂水，按摩，我还行，可换尿不湿，我总做不好，屎尿流出来，把床单弄脏一大片。细妹见了，又是一阵干呕，骂我无能。她打来一盆水，架到石英炉上加热，要我去给爹擦洗。等我把爹洗好，她才用毛巾捂住嘴鼻，屏住气息走进爹的房间，重新给爹换上尿不湿，三下两下换了床单。细妹一边换一边埋怨爹，说他折磨人。

那天早晨，我给爹抠完屎，给他擦洗身子时，发现内衣上有块血污，解开衣服，见他背上有一片褥疮，已破了皮。我给细妹说，细妹连忙叫我上街买红霉素软膏。我买了红霉素软膏回来，走到客厅，就听到了两声尖锐的脆响，像鞭子抽打肉体的声响。我走到爹的门口，那尖锐的脆响再次响起。我见细妹一脸怒容，正咬牙切齿地挥着巴掌，重重打在爹的光屁股上。爹好像被打蒙了，眼里满是惊恐，看见我，顿时哇哇大哭起来，像一个委屈的小孩。

我见细妹还要抽打爹，忙丢下膏药，扑到床上，护着爹的屁股，瞪视着细妹，气愤地吼道，你怎么打爹呀？细妹说，你自己看看吧，刚给他洗得干干净净的，你一转身，他就又拉了，弄得满床单都是。我见爹的身下果然有一片乌黑的水渍，发出一股腥臭。爹呜呜地哭，瘪着嘴，好似在申辩什么，咿咿哇哇的，又说不清。我想爹往日是多么精明能干的人呀，如今成了这样，顿觉心酸，也跟着失声痛哭起来。细妹见了，越发冒火，上前将我拖开，见我倔强地护着爹，就掐我的后背，揪我的耳朵，扯我的头发。

爹见细妹打我，越发哭得厉害了。他一边哭一边用左手抓扯胯下的尿不湿，把尿不湿撕扯成碎片，扯得满床都是。这又招来细妹一阵抽打。细妹越打爹，爹越是这样做，甚至有意把大小便拉在床上，抓了往床架上揩，往墙上抹。细妹气得吐血。她站在床前大声骂爹，你把我弄寒心了，我不管你了，看你怎么办！

爹瞪着眼，赌气地用左手和左脚掀开被子，让身子赤裸在外面受冻。他含糊不清地说，活着遭罪，不如死了好。细妹说，那你死呀，你现在就死给我看看。爹就挣扎着将身子往墙边挪，想用头去撞墙。可他的头怎么也不听使唤。一次二次，终究力不从心，他哭着将左手捏成拳头，在自己头上一下一下地捶打。

爹死不成，就闹绝食，整天不吃不喝。我再三劝说，他仍旧不吃。我打电话给大哥，大哥要我找三毛。我打电话给三毛，还说细妹打爹，爹想死。当天晚上，三毛来了。他没有责怪细妹，而是没事一般，笑着问爹最近几天情况如何，爹又说他想死。三毛生气，说，好好的，你怎么有这样的想法呢？医生都说了，你这病不会死，只要你好好吃饭，就会好。爹又开始哭，边哭边说，他只想早点死。三毛见劝不住爹，就冲了一碗糖开水来喂他，像诓小孩一样，叫他别哭。爹见了，越是哭得伤心，像有千般委屈无处诉说。三毛无法，只得由他哭。爹哭了一会儿，就不哭了。三毛再端着碗来喂他，他仍然不吃，与他说话，他也不理睬。

爹越来越瘦了，眼窝深陷，颧骨突出，嘴唇干缩得包不住牙齿，身上手上脚上只剩下一层皮包住骨头。他一次次要我去给他买农药，耗子药也行。我哪里能买呢，爹再受罪，我也不能让他死呀。我更不敢对细妹说买农药的事，我怕她赌气真给爹买来，我一个瘫子怎么拦得住呢？

那天我听见有人在楼下叫，来到窗前，见是黄嬢。她说自从爹出院后，就不知我们搬到哪里去了。她去三毛家打听，才知道我们在这里。

黄嬢见爹骨瘦如柴，很是惊讶。细妹说，不吃不喝，怎么不瘦嘛。黄嬢劝爹吃东西。爹好似没有听见，只顾呜呜地叫嚷，要黄嬢去给他买农药。黄嬢没有听清，她问我，你爹说什么？我说我也不知道。黄嬢就俯身上前，说我们又教了两个新舞蹈，大伙经常念着你呢。你要好好吃饭，快好起来。你好了，我教你跳这新编的舞蹈。爹仍旧含糊不清地说，只想死，要黄嬢给他买药。

或许黄嬢听清了，或许她没有听清。她劝了一会儿，就走了。我送黄嬢出门时，见她不停地用衣袖擦拭眼角。

八

那天，我正在石英炉边给爹烤内裤，突然停电。细妹敲开隔壁人家的门问，隔壁的女主人说，没有停电呀！细妹在楼道的电表旁噼噼啪啪鼓捣一番后，电就来了。我问她是怎么回事。她递来一张电费催缴单。我见上面写着当月用电485度，应缴电费220.97元。我仔细推算了一下，我们是上月14号搬进来的，还有两天才满一个月，抄表日期是十天前，也就是说，我们搬到大哥家来的前十九天，就用了485度电。我说，怎么可能呢？细妹说，有哪样不可能呀，难道人家还会弄错？一天两个石英炉烤着，特别是爹这屋里的石英炉，24小时没关过，不费电才怪呢！她打电话给三毛，三毛沉默了好半天，才说，交吧。细妹说，光说交，拿钱来呀？三毛说，他下午过来。可下午三毛过来时就变卦了。三毛是与巧秀一同来的。巧秀说，不到二十天就200多元，那一个月不要三四百呀？一年下来就是四五千，如果爹再活三年五载的，单电费不是就要好几万？

三毛只得打大哥的电话。大哥不接。三毛瞪着手机看了许久，再次拨打，大哥还是不接。细妹又打。细妹连打了三次，大哥才接。细妹打开免提，说了电费的事。大哥说，你们搬进去时怎么不与我商量呢？噢，现在要交电费了，就想起我了！三毛拿过细妹的手机，大声说，爹病成这样子，你也不打电话问问，现在我们主动打电话给你，你还这个态度，像个哪样东西嘛！

我与医生说好的，让爹在医院多住几天，可我转身你就让爹出院了，究竟是哪个不是东西？我正想找你问清楚呢，你倒来向我问罪。大哥在电话里大声吼道。

我凭哪样向你说清楚？我接爹进城这么多年，你管过吗？

谁让你接爹进城的？爹愿意吗？如果爹在乡下，说不定他还好好的。

这么说，我们这么多年照顾爹，反而错了？三毛暴跳着，大声吼道。

这么多年，是你们照顾爹，还是爹给你家当长工，你们心里清楚。大哥冷笑着说。

三毛顿时哑了。

大哥这话实在冤枉了三毛，当初三毛确实是接爹进城养老。可爹哪里闲得住呢？进城才三天，就坐立不安了，吵着要回乡下老家。三毛没法，只得让他到餐馆帮着做一些力所能及的事，打发打发时间。爹一进餐馆，就如鱼得水，拖地抹桌，洗菜洗碗，忙得不亦乐乎。爹还让我也到餐馆帮忙。他说，吃住在三毛家，总该为他们做些事。爹最拿手的是砍猪脚排骨。他长年打铁，练就了一身好力气，也练就了下手既准又狠的绝技，无论再粗的猪脚，他一刀下去，齐展展断开，长短一致，不带一片碎骨肉屑。客人都称奇，赞他好手艺。爹见有人观望，动作更加夸张，有意表演……

巧秀见三毛愣在那里，就从他手中抢过手机，要大哥把话说清楚。她说，这么多年瘸子和爹吃住在我家，你们有谁问候过一声，道过一声谢？而今我们反成了罪人。她说着说着就伤心地哭起来，骂大哥丧尽天良。巧秀噼里啪啦地数落了一阵后，才发现电话里没了声音。她有些慌乱，好似一心想决斗的人，一时间找不到了对手。

正当她不知所措，电话里突然传来一个女人的声音，问巧秀说完了没有。见是大嫂，巧秀语气就软了下来。这么多年，大嫂只是过年时回来过几次，大家对她都不熟悉，也不知道她的底细，对她自然要客气些。大嫂说，你们既然把话说到这个份上了，那今天我也把话说清楚。当初，爹并不愿意进城，你大哥也不赞成他进城。想着爹过惯了乡村的日子，我们本是打算每月给他几百块零用钱，让他就在乡下老家种种菜，养养鸡。是你家三毛硬要充当孝子，把爹接进城，还骂我们没良心。你们把爹接进城，我们也不好说什么。既然当了他的儿子，做了他的儿媳妇，我们每月照常给他几百块零花钱，只要得知他需要什么，我们都是主动给他买。爹的热水袋、收音机、助听器，哪样不是我们给他买的？虽说我们没有与他一起过年，但烟酒都是给他带来的；每年爹的生日，都要给他买衣服，无论是冬天还是夏天，爹穿的衣服，哪件不是我们给他买的？前年暑假我们一家去北京旅游，不是也带上了他？按理说，我们完全可以不管爹，平日里他偏向谁，顾了谁，大家心里都明镜似的。但我们几时与你们计较过？我们不计较，不等于说我们好欺负！任何事情都由你们摆布，招呼都不打一声，就擅自做主把爹搬到我们家的房屋里，是谁给你们的权利？就算我们的房子该给爹住，你们也该给我们说一声呀？

……

巧秀的脸红一阵白一阵的，几次想插话解释，都没有机会。她实在是忍无可忍，不等大嫂说完，大声抢白道，我看你越说越有理了呢！你们做大哥大嫂的，家里的大小事本该你们做主，可你们倒好，躲在一边，把一切责任都推给我们，现在反过来说我们的不是。爹平日的头疼脑热，你们管过吗？爹这病是几时得的，发了多少次，你们知道吗？既然你这样说，要不管大家不管。巧秀说完，狠狠地挂了电话，瞪着三毛说，你听到了吗？我们这么多年照顾爹，不仅无功，反而成了罪人。今天这电费你要是敢交，我跟你离婚！

细妹惶惶地看着巧秀，说，那我的工资呢？

巧秀白了她一眼，说，你还要工资？

三哥亲口对我说的，他说，医院里的全天陪护每月四千五，要我来照顾爹，一月开我四千。

巧秀看了看三毛，又看了看细妹，不屑地说，照顾自己的亲爹还要四千？

给爹养老送终本来就是你们几个儿子的责任嘛，关我一个姑娘哪样事？

巧秀瞪着细妹看了好一会儿，冷笑道，有本事找你大哥要去！

细妹傻愣愣地站着，随后扑向三毛，要他开钱。

三毛说，你总得让我去想办法呀，这么拉着我，我就给你钱了？

细妹犹犹豫豫地放开三毛，说，限你三天，如果三天不给，我就到你们店里去闹，让你们生意都做不成。

细妹说着转回屋子，一边收拾东西一边哭诉，说从没有见过这样的哥嫂，欺负别人也就罢了，欺负我们孤儿寡母，算哪样角色？

第二天，细妹没有来，三毛也没有来。我笨手笨脚地给爹换洗，垫尿不湿，忙得满头大汗。爹也被弄烦了，很生气，怪我不听他的话，要我给他买农药。我生气地说，街上早没农药卖了。他问，耗子药呢？我说，卖耗子药的也被他们自己的药毒死了。爹狠狠地瞪着我，无奈地任由我左一下右一下地摆弄。

物管见我们自行把电闸合上了，就来催电费。我支支吾吾，半天也说不清。他们不耐烦，递给我一张纸条，哐当一下又把电断了。我打电话给三毛，三毛要我找大哥。我打电话给大哥，大哥把三毛骂了一通，也挂了电话。

我缩在爹的床前，看着床上的爹，感到从未有过的孤单。爹更瘦了，蜷缩在被子里，像一只山羊。我真恨自己无能，也想到了死，几次准备下楼买药，打算与爹一起死。我出了门，下了一层楼梯，又返回来了。我死倒无所谓，只是觉得对不住爹。我不能为爹尽孝也就罢了，总不能让爹死在我的手里。医生不是说爹还有站起来的可能吗？万一奇迹出现，那我不就成了杀死爹的凶手？

可眼下该怎么办呢？大哥不管，三毛也不管，就这么冷下去，且不说一个病人，就是一个好人也坚持不了几天。

就在我万分绝望之时，大哥来了。大哥是中午赶来的。大哥站在爹的床前，惊讶地看着爹，好似看着一个不相识的人。他自言自语地说，怎么瘦成这个样子了呢？怎么瘦成这个样子了呢？大哥跌坐在床前的凳子上，前倾着身子，双手捧着爹那毫无知觉的右手，眼泪就流了下来。

　　大哥去物管处交了电费，石英炉就亮了，屋里又有了暖意。大哥察觉到屋里的气味不对，揭开爹的被子，见床单地图一样，片片污迹，散发出恶臭。他解开爹的内衣，见身上、四肢，已是瘦骨嶙峋，背上、屁股上，到处都是褥疮，有的还与衣服粘连在一起。大哥沉着脸，一边轻轻吹着，一边小心翼翼地将衣裤从疮口上撕开。我将膏药递给大哥，他看了看我，又看了看膏药，才细心地给爹涂抹。

　　大哥上街买了一个过水热和淋浴的花洒，还买了轮椅、电热毯、塑料布和一个大红的塑料澡盆。他将过水热安装在卫生间里，在红澡盆里注满热水，把爹抱到轮椅上，推到卫生间，给他洗了澡，重新给他抹了药，换了干净的衣服，垫了尿不湿，在床上铺了电热毯和塑料布，换了干净的床单、被套。等床热了，才把爹抱到被子里去。一会儿，爹就睡着了，还打起了鼾声。

　　大哥又到超市里买了电饭锅、电磁炉、碗筷菜刀等用品，还买了米、菜、肉和油、盐、酱、醋。那天晚上，厨房里第一次响起了咚咚咚咚的切菜声，整个屋子顿时有了生气。难道大哥又请了长假，要在这里长久地住下来？我心中升腾起一片喜悦。就在这时，爹的床上传来了手机铃声。我一看，是大哥的手机，屏幕上正跳动着大嫂的名字。我忙将手机送到厨房。大哥把爹的情况给大嫂说了，就听见大嫂在电话里骂人。大哥打断她的话说，好了好了，你到学校给我请三天假，记住，把假条交给王校长，要他批才算数。我静静地听着，心里又担忧起来，不知三天后，又该怎么办。

爹这一觉，睡得很沉，直到大哥把晚饭煮好，才把他叫醒。大哥从锅里端出一碗热气腾腾的鸽子汤，一匙一匙地喂爹。爹乖乖地喝着，像一个听话的小孩。可爹才喝两口，就哭了起来。他显然在极力地控制，以至喉咙里发出裂帛般的哽咽声，急迫、短促而又苍凉。

大哥将碗放在一旁，抱住爹，极力诓劝。不诓劝则罢，一诓劝，爹哭得更加汹涌。

吃过晚饭，大哥打电话给三毛，三毛没有接。他又打电话给细妹，问她什么时候来照管爹。

细妹说，我管爹，哪个来管我呀？

大哥说，你好好的，要哪个管呀？

细妹说，我娘儿俩都要喝西北风了，还好好的？

大哥说，不是要开你工资吗？

细妹说，开工资？哼，去诓别人吧，就你们，我算早看明白了！

第二天，细妹来了。她说大哥，不管怎么说，你是我们四兄妹的老大，这家里的大小事，该你做主。那二十多天的工资你们总该给我吧。

你真不来照看爹了？大哥答非所问地说。

打死我也不来了，你们另请高明吧。

为哪样？

不为哪样。

大哥从皮夹子里数了二十张百圆券丢给细妹。细妹疑惑地看着大哥，犹豫了一会儿，收了钱，走进房间，把她买的那个石英炉也提走了。她说，小双做作业时没有火烤。

细妹走后，大哥急得不停地挠头。我也着急，问大哥怎么办。大哥说，只有另外请人了。爹听了，在床上呜呜地嚷。我来到爹的床前，听见爹口齿不清地说，黄孃，黄孃。我把爹的意思说给大哥听，大哥看着我，沉吟了一会儿，说，你觉得呢？

起码比细妹强。

她愿意吗？

我去问问。

那天晚上，我到乌江广场找到黄孃，把爹的意思跟她说了。黄孃却怎么也不愿意。她说，你家细妹不是照管得好好的吗？我又把细妹的情况给她说了，她还是不愿意。我急了，结结巴巴地央求道，黄孃，我爹就要你来照顾他，你就答应他吧。黄孃迟疑了好一会儿，才点头应了下来。

第二天一早，黄孃就来了。大哥说，每月四千五，您看行不行？县医院里那些全天陪护人员也是这个价。

哪里要那么多哟，又不是外人，给三千就差不多了。黄孃惊异地看着大哥，连连摆手。

爹扭头看着我们，呜呜叫嚷。

白日夜晚地照顾，不得休息，三千还是太少了。大哥说。

够了够了，比我收旧书废纸挣的多多了。黄孃坚持道。

大哥说，也行，每月我再给一千元的生活费，你看够不够？

够了够了。黄孃沉默了一会儿，又问，与你家三毛说过吗？

您放心。他这次再不管，以后我爹的事都不要他管了。大哥愤愤地说。

黄孃摇摇头叹道，唉，真是家家都有本难念的经！

九

黄孃一来就忙开了。她先把屋里的东西收拾整齐，又把水泥地面拖干净，再把爹的床单被条换了，把挂在屋角绳索上的衣服取下来，一件件叠好，整齐地码在一个纸箱里。转眼间，屋子就变了样，让人舒坦。

黄孃找来一张废弃的门板，用砖头在爹的床边支成一个简易的床，把她带来的被褥铺上。她说，晚上睡在这里，睁开眼就能看见你爹。我说，晚上有我看着爹，你就放心去隔壁睡吧。她说，你去隔壁睡，你们俩爷子挤一张床，大家都睡不安稳。我睁大眼睛，不解地看着黄孃。她说，你安心睡，睡好了，白天也帮着我照顾你爹。

那天晚上，我不在爹的身边，怎么也睡不着，总感觉少了什么。我听到黄嬢在隔壁屋子里不停地走动，或是给爹洗脸洗脚，或是半夜起床给爹喂水，或给他理被子换尿不湿。有一次，我听见拧帕子时水花飞溅的哗哗声持续了许久，随后传来黄嬢轻声细语的吩咐。

早晨我起来时，黄嬢已帮爹洗好脸刷了牙，还喂爹吃了早餐。她要我看护好爹，就出门了。我来到爹的床前，准备坐下，见床单被子理得抻抻展展的，有些不舍，我又转向黄嬢的床铺边，那床铺虽然简陋，也很干净整洁。我木木地站在爹的床前，隐约闻到一股淡淡的暗香，让人舒坦，安宁。我支着鼻子嗅嗅，又低头到处寻找，原来，在门后的角落，有一缕细细的白烟袅动。我上前细看，是一盘铜丝一样的檀香。我来到爹的床前，见他平静地看着天花板，不知在想什么。

黄嬢回来时，手里提了两袋东西，有白菜、胡萝卜、豆腐、鸡蛋、羊肉，还有洗衣粉、香皂。她一进屋就问爹饿没饿，说马上煮饭。她对爹说，你猜，我今早上去哪里来？爹定定地看着她，一脸平静。她说，我去了一趟县医院，向那些专门陪护人员请教。她们告诉我说，对于你这样的病人，最重要的就是不断地翻身、按摩。每天早晚按摩一次，每隔两个小时翻一次身、喂一次水。冬天，每三天洗一次澡；夏天，每天洗一次。她说，针对你这病情，我又去找了一位认识的医生。那位医生说，你这种病饮食要清淡，又不能缺营养，早晨以小米稀饭、黑芝麻糊、银耳汤为主，交替着吃；中午要吃好，可以用海带炖排骨、萝卜炖羊肉、乌鸡汤等，补充营养；晚上以水果蔬菜为主，水果最好打成浆，拌上蜂蜜，喂一玻璃杯。爹听着听着，又呜呜呜呜地哭。黄孃连忙拉着他的手，笑着说，怎么了，感动了？我说给你听，是希望你配合我。爹哭着，不住地点头。

煮饭时，黄孃又向我复述了一遍护理瘫痪病人的知识，要我记下来，时时提醒她。她说，人老了，记性差，转眼就忘记了。

我拿来纸笔，认真记下来，贴在爹的床头。开始几天，每天早上，我都要给黄孃念一遍。她坐在床头听着，默默地记了，就开始一天的忙碌。

黄孃很快就进入了角色，像这房屋的主人，做起事来，不仅有主见，也麻利。黄孃一边做事，一边与我说话。我一瘸一拐地跟在她身后，一问一答，不觉间，时间过得飞快。有时，我会产生一种幻觉，好似我们本就是一家人，她就是我妈。这样的感觉真好，让我有一种从未有过的温暖与幸福。

自从黄孃来了以后，爹也变得安静了，再不把屎尿往床架上揩，往墙上抹，也没有叫我去给他买耗子药。黄孃说什么，他都是嗯嗯地答应，会心地笑。不管是喂饭，还是换衣服，或是洗澡，他都乖乖的，任由黄孃摆布。

渐渐地，爹的脸色不再灰了，有了些血色，只是仍旧瘦。不管黄孃喂他什么，他都努力地嚼，嚼着嚼着，吞咽不下，才吐出来。鸡肉、鸽子肉、羊肉，不管炖得再烂，他也咽不下，只能喝汤。后来黄孃就给他熬稀饭，把肉剁成末，放在里面，爹仍咽不下，卡在喉咙里不停地咳嗽。黄嬢无法，又跑到医院去找那位相熟的医生。那医生也没有办法。黄嬢只能将筒骨鸡肉鸽子肉羊肉熬汤，再用那汤煮稀饭喂爹。

遇着晴天，暖暖的冬阳从窗子里照进来，黄嬢就把房间的门窗打开，让房间透风，把爹推出门，到楼下晒太阳。黄嬢一边给爹按摩，一边与他说话。爹听着听着，就歪着头，看着某处傻傻地笑。

一天晚上，我半夜醒来，听见黄嬢还在与爹说着什么，声音是那样的轻，时断时续。爹不时应和，声音微弱而含糊。我好生奇怪，半夜三更的，不知他们在说些什么，就披衣起床，将耳朵贴在门板上听。我听了半晌，也没有听清。我轻轻地把门推开一条缝儿，才听见黄嬢在说他们从前的一些事，那语气，好似他们都是共同的亲历者或参与者。我从门缝里望去，见黄嬢半躺在自己的床上，侧身望着爹。爹仰躺着，望着天花板，好似随着黄嬢的讲述，也进入了从前的某段日子。黄嬢不时开心地笑，爹也霍霍地笑。我再次生出那样的幻觉，似乎黄嬢真是我妈，这么多年，她从没有离开过我，之前的经历，只是一场梦。当我从臆想中回过神来，又感到无比沮丧，暗自哀叹，要真有这样一个妈，该多好呀。

细妹与三毛来看爹，一进屋，细妹就审视着屋里的一切，这里瞅瞅，那里瞧瞧，生怕黄嬢偷奸耍滑，虐待了爹，或对爹做出一些不可思议的事来。细妹转了一会儿，把我拉到一边，悄声问，大哥答应开她多少工资？

大哥给她四千五，她只要三千。

三千？细妹瞪着眼，张着嘴，好半天才说，你没听错吧？

他们讲价时，我在场，听得一清二楚。

细妹走到三毛身边，比画着说了些什么。她又里里外外转了一圈，实在挑不出什么毛病，就站在客厅中央，皱着眉头说，屋子里太闷，要黄孃不时打开窗子透透气。我急忙说，黄孃每天都开窗透气，还将爹推到楼下呼吸新鲜空气。细妹瞪大眼睛，一脸惊诧，大声说，那怎么行呀，外面那样冷，风又硬，万一把爹吹感冒了怎么办？黄孃有些慌张，急忙申辩，说是出太阳时才推你爹出去晒晒。细妹斜着眼看了黄孃许久，说，那也不行，他毕竟是病人。黄孃撑着爹的轮椅，喏喏地应着。

一连几次，细妹与三毛来看爹，见屋子干干净净，爹也清清爽爽，连头发也梳得整齐，就再没说什么，只是端着主人的做派说话，好似黄孃真是家里请的仆人，该在他们面前俯首听命。

那天，他们进门时，见爹正坐在轮椅里笑。黄孃坐在他旁边给他按摩，与他轻声说着什么。爹右边的嘴角刚淌出一线口水，黄孃连忙从衣服口袋里拿出一张纸巾，仔细给他擦拭。那样子，很是亲密。细妹停在门口，退去了脸上的僵硬，亲热地叫了一声，黄孃。

细妹不再端着主人的架子在屋里走动，而是主动喂爹吃稀饭，给爹按摩，向黄孃问这问那的。得知黄孃的丈夫早世，独生女儿又远嫁他乡，现在独自一人在县城以收旧书废报为生。细妹一脸同情，亲昵地玩笑道，以后就把我当您的女儿吧。黄孃先是瞪眼看着细妹，又拍了拍她的肩，热泪滚滚地说，好哦，只怕我这个妈降了你的身份臊了你的脸皮呢。细妹搂着黄孃说，您说哪里的话哟，我做梦都想有一个妈呢！三毛见了，很是感动，掏出手机要给他们拍照。细妹很高兴，与黄孃相拥着，蹲在爹的身旁，说来一张全家福。

那天临走时，三毛真诚地说，黄孃辛苦了。

一次，三毛给我们送了饭来，打开时，正冒着热气。他说是他亲自炒的菜，要我们赶紧吃。见三毛高兴，我就把大哥的话给他说了。三毛脸一红，瞪着我说，谁说我不管了，又不是他一个人的爹。三毛说着，连忙弯下腰，讨好地对坐在轮椅里的爹做鬼脸，说，是不是呀，爹？爹好似没有听见。三毛尴尬地笑着，蹲下身来给爹按摩。黄孃忙连声说，是呢，你们都是难得的孝子，你爹真有福气。爹歪着头，看着黄孃，不觉间，眼里闪出一圈泪光。三毛佯装没有看见，默默地给爹按了一会儿，起身说，家里还有事，就走了。临走时，他从钱包里数出500块钱递给黄孃，说，我爹想吃什么，你尽管买，钱的事，不用担心。黄孃连连后退，推辞说，你哥已经给了。三毛说，他给是他的，这是我的心意。黄孃还是不接，她说，你哥给了一千，够了够了，再说，医生也说了，你爹的饮食要清淡。三毛只得收回钱，说，那我找我哥算账。黄孃说，对，找你哥算去，亲兄弟，明算账嘛。

以后三毛和细妹再来时，总要带些东西，或是三毛煲的鸡汤，或是细妹买的黑芝麻糊、营养米粉。三毛给爹洗完澡，细妹已给爹准备好干净的衣服，等三毛把爹抱到床上，她就给爹扑爽身粉，穿衣服。收拾停当了，他们就坐下来陪爹说话，给爹按摩。爹一直木着脸，有些痴呆的样子，一句话也不说。他们就相互调侃，逗爹乐，不时还要夸张地笑出声来。细妹笑着挽着爹的手臂摇晃，要他也笑一个。爹开始一副木讷样。细妹噘着嘴，抱着爹的头，将脸贴在爹的脸上，一遍遍撒娇。爹的脸动了一下，又动了一下，最后忍不住霍霍地笑了起来，笑着笑着，泪水就淌了一脸。

我看着心酸，想爹一定是想起我们小时候的事了。那时，细妹就是这样缠爹。她要什么，非要爹满足她才罢休。中考时，她离预选线还差老远。老师对爹说，细妹太精，不是读书的料，劝爹把她领回家。可细妹不干，非要补习，要像大哥一样考师范。爹就让她补习。结果补了一年又一年，直到她自己都不好意思再读了，才卷了铺盖悻悻回家，成为村里唯一一个读了九年初中的人，落得个"初九"的诨名。

爹这一笑，给了三毛和细妹极大的鼓励。他们一有空就来陪爹。有时是一起来，有时是单独来，有时是早上来，有时是晚上来。他们一来，清冷的屋子里就变得热闹了。有时黄嬢家里有事，细妹就主动来照顾爹。她也学着黄嬢的样子，小心翼翼地侍奉，生怕把爹弄烦了，让他不高兴。爹见了他们，脸不再木了，目光也灵活了。有时，一句平常的话，也会惹得他不住地笑。只是气氛冷淡下来时，爹就走神，目光直直地定在某个地方，不知他又想到了什么。

那天，三毛来时，大哥也在。三毛嘿嘿嘿地笑着问，大哥你也来了？怎么不到我们店里喝一杯呢？大哥白了他一眼，说，我看你还没有喝就醉了！

我怎么醉了？

你几时见过我喝酒呀？

啤酒，啤酒也不喝？三毛涎着脸说。

大哥不答，只顾给爹按摩。三毛问黄嬢，还有菜吗？黄嬢高兴地说，有有有，足够你们兄弟俩喝一顿酒。三毛挽了衣袖走进厨房，一边准备菜一边说，今晚与大哥好好喝一杯。不到二十分钟，三毛就炒了一盘鸡蛋，煎了一盘鱼块，炸了一盘花生米，煮了一钵清水白菜。随后，他又噔噔噔噔地跑下楼，抱来一箱啤酒，硬拉大哥喝。大哥犟不过他，只得坐到桌边。三毛举杯与大哥碰了一下，笑嘻嘻地说，对不起。接着，一口气喝了个碗底朝天。他抹了一下嘴巴，说，都怪我，做事没想周全，惹你生气了。大哥见三毛一口干了，也准备一口干，可他喝了半碗，就喘着气停了下来。三毛忙给他夹菜，要他慢慢喝。大哥不说话，只顾吃菜。三毛就自顾自说，说他这么多年的不容易，说他如何对爹好。大哥本没有多少酒量，几碗下肚，就脸红脖子粗了，话就多了起来。他瞪着三毛说，人高马大的，说话做事像婆娘，斤斤计较。三毛低头沉默了许久，端着碗，说大哥批评得对，今后一定改。随后，他一口又干了那碗酒。

一会儿，桌边就摆了一排空酒瓶。大哥醉了，三毛也有了几分醉意。大哥趁着酒兴，还在数落着三毛。三毛头一歪，就呼哧呼哧地哭起来，边哭边说，大哥，你是饱汉不知饿汉饥呀！我何尝不想大大方方体体面面地活个人样出来？可现在的生意难做，钱难挣，花钱的口子又越张越大。常言说，人穷志短，马瘦毛长。这人一穷，见人就矮了三分，说话做事也就没了底气。我一直担心呀，哪天这生意做不动了，一家人就只有喝西北风了。大哥无言，直着目光盯着盘中的花生米。他再次抬眼看三毛时，目光就软了。他端着酒碗，含糊不清地说，都怪大哥无能，没能力给你找一份安稳的工作。说完，他晃荡着酒碗与三毛碰了一下，送到嘴里，滴滴答答，喝一半洒一半。大哥坐下后，脖子一软，一会儿就趴在桌子上睡着了，还打起了鼾声。三毛继续对着大哥那秃了顶的头，喋喋不休地唠叨着，说个没完。

十

爹终究还是去了。

那天，大哥作为全县的中学名师，来县里开表彰大会，给爹带了一条乌江黄鱼，装在塑料袋里，用水养着，到家时，还摇着尾巴游动。他说是临走时，特意到黄板的一个渔夫的船上买的。第二天黄嬢早早起来，将黄鱼熬成了汤，端给爹喝。爹喝了一口，又喝了一口，好似喝上了瘾，伸了左手，护在黄嬢的手上，示意她抬高一些。黄嬢见他有些心急，本想让他吸一口气，就用力将碗往下按。他们的手都在用力，碗就在爹的嘴边僵持着。哪知爹的手用力过猛，一口汤灌进嘴里，呛进气管，一阵猛力咳嗽。黄孃急忙放下碗，给爹捶背抹胸。只见爹两眼一翻，身子往后一仰，全身又抽搐起来。我见爹抽成一团，急得哇哇大哭。黄孃连忙抱住爹，见爹越抽越厉害，就把他抱到床上，一下一下抹着他的胸口。一会儿，爹就不抽了，只是喉咙里响声不停，好似堵着一口痰，吞不下去，也吐不出来，听了让人难受。黄孃跌坐在床前，镇静地给大哥打电话，又给三毛打电话，要他们快点赶来，说你们爹不行了。

大哥气喘吁吁地赶来时，爹喉咙里的痰音越来越重，好似全身的血液都化成了痰，十万火急地朝喉咙里涌。大哥紧握爹的双手，轻声叫了一声。爹眼珠一轮，猛力睁开眼，深深地看了大哥一眼，就闭上了。爹又嚯嚯地喘着，越来越急。突然，他双脚一蹬，像一段弯曲的老树，全身僵直着，绷得紧紧的，许久，才松弛下来。当爹的身体妥妥帖帖地落在床上时，喉咙里的痰音也消失了。

按乡下人的说法，爹临终时，只有我、大哥和黄孃为他送终。

三毛是开着他的农用三轮车赶来的，车上还装着满满一车菜。他呼呼地冲进屋，见爹直直地躺在床上，一下子跪在爹的床前，默默地看着爹，泪水就流了出来。此时，细妹也赶到了，见黄孃在楼道里烧纸，她就老天、妈呀地哭叫着扑进来，一下子倒在地上，满地打滚，哭喊着问爹为什么不等她，说她真正成了无爹无娘的孤儿，那撕心裂肺的样子，让人看了无不伤心落泪。

大哥见他们都到了，就让三毛去请阴阳先生，叫细妹负责采购葬礼所需物品。

三毛从乡下请来阴阳先生时，大哥已把爹送到了殡仪馆。见爹停在靠边的祥云厅，三毛责怪道，怎么不停到前面的正厅呢？大哥说，送爹来时，只有这一个厅是空着的。三毛抱怨道，再怎么也要热热闹闹地送爹最后一程。大哥说，厚养薄葬，只要在生时对他无愧就行了，死了就没有必要铺张。三毛不听，转身出门，带来几个殡仪馆的工作人员，叫他们把爹移到前面一个名叫孝慈厅的正厅。孝慈厅很宽大，是祥云厅的两倍。三毛还让殡仪馆用鲜花和彩带布置了灵堂，一时间，爹的周围花团锦簇。随后，三毛就在大厅门前一个接一个地打电话，喂喂喂地高声大叫着，通知他的朋友。大哥也将爹去世的消息发到微信朋友圈里，让熟悉的人们知晓。

下午，大哥的同事来了，三毛的朋友也来了，连细妹那些失散多年的同学也来了，还有乡下的那些血亲故友，都闻讯赶了来，两百多平方米的大厅坐满了人。

大哥和三毛站在门口，每来一个客人，大哥就忙着递烟，三毛抢着端水。客人从三毛手中接过水时，三毛就拉着客人的手，说爹进城跟着他十多年了，本来身体一直好好的，可哪知天天大鱼大肉也会吃出病来，高血压引起的脑梗死，送到重庆的大医院都没有治好。客人听了，摇着他的手，赞叹道，真是难得你们一片孝心，是你们爹没有福气享受。

整整三天，人来人往，好似人们不是来参加葬礼，而是来赶一场欢乐的盛宴。八个阴阳先生坐在灵堂左边，激越地敲击着锣鼓铙钹，齐声念经超度。

我独自坐在灵堂前，不时添香化纸，看着鲜花丛中静静躺着的爹，感觉冷清清的，孤零零的，似乎这热闹场面与他无关。

第三天晚上接灵时，场面一下子静了下来，所有的人都放下手里的活，围坐在四周观看，气氛肃穆而紧张。

接灵就是由亡人的子女举着死者的灵幡，在阴阳先生的召唤下，把亡人飘走的灵魂接回来。灵幡是一面长长的黄色纸旗，上面写着亡人姓名，用一根细竹竿挑着。接灵时，如果亡人的灵魂回来，纸旗就会上下左右欢快地跳动。

据说，只有孝心好的子女，才能把亡人的灵魂接回来。因此，接灵就成了检验子女对亡者有没有孝心的仪式，也是葬礼的一场大戏。

掌坛先生举着灵幡念着咒语，围着冰棺走了三圈，来到灵堂前，问哪个来接。三毛一个箭步冲上前去，信心满满地接过灵幡，跪在堂前。几个阴阳先生一边念经，一边敲打着锣鼓。三毛稳稳地跪着，一脸虔诚。阴阳先生念经的节奏渐渐加快，锣鼓声也渐渐密集。三毛手中的灵幡直直地垂着，像夏日无风的柳条。阴阳先生越念越快，锣鼓的声音也如急雨，一声紧赶一声，灵幡依然垂着，毫无动静。三毛有些慌乱，身子不安地晃动。阴阳先生使尽全身的解数，仍在做最后的努力。堂前的人们开始细声议论起来。三毛满头满脸都是汗水，灵幡仍然纹丝不动。阴阳先生终于停止了颂念敲打，要求换人。人们都把目光投向大哥，细妹却抢上前去，从三毛手中接过竹竿，做着鬼脸说，看我的。三毛剜了她一眼，恨恨地说，最不孝的就是你。阴阳先生又由慢到快地敲锣击鼓，大声念着经文。细妹紧紧地盯着灵幡，先是满眼期待，见灵幡一动不动，一会儿就失去了耐心。她生气地站起来，将灵幡丢在地上，说，迷信，骗人。

阴阳先生又叫大哥去接。大哥推辞说，爹生前最不满意的人就是我。阴阳先生说，总得有人接呀，不然，你爹就成了孤魂野鬼，整日在外飘荡，不得安息，你们几兄妹也不得安宁。大哥只得上前，举了灵幡，跪到灵堂前。说来也巧，阴阳先生才开腔念唱，锣鼓还在缓慢地敲击，那灵幡就像一条冻僵的蛇突然醒来，左右摇摆，弯曲扭动。三毛鼓着眼，呆呆地看着，见那灵幡越摆越快。他几步走到大哥跟前，捏捏大哥的手，摸摸竹竿抵着的腹部，说，你拿稳点哟，手不要抖嘛。大哥调整了一下姿势，更紧地握住竹竿。三毛又拿了一条板凳放在大哥的面前，要他把握竹竿的手靠在板凳上。大哥照着他说的做了，那灵幡仍然在摇动。三毛看看灵幡，又看看大哥的手，见阴阳先生的念经声越来越快，他再一次上前，捏捏大哥的手，摸摸大哥的肚皮。大哥被弄烦了，生气地站起来，大声喊道，换人。阴阳先生不解，说，眼看快接稳了，你怎么放弃呀。

正当阴阳先生不知所措时，三毛从大哥手中夺过竹竿，重新跪下来。几个阴阳先生你看看我，我看看你，有些不情愿地念诵着，慢慢地敲打。他们显然不相信三毛能把爹的灵魂接来。果然，那灵巧柔软的灵幡又变得僵硬了，好似真的与三毛过不去。三毛长久地跪着，眼里满是焦急与不安。他的目光逐渐暗淡。阴阳先生也失去了耐心，锣鼓的击打声也变得散漫拖沓。掌坛先生使了一个眼色，几个阴阳先生就停下手来，一边摇头一边擦汗，说，怪了，从没有遇着这样的现象。

掌坛先生不解地看着冰棺里的爹，说，真该知足了，这么孝顺的儿女，你怎么还日怪呢？掌坛先生说罢，转身望着众人。

人们似乎忘记了我的存在，一个个满脸惋惜。我几次准备站起身来，但我有自知之明，知道自己不孝。可再怎么，也不能让爹的灵魂在外飘荡呀！我正准备自告奋勇地上前，却见掌坛先生从三毛手里接过灵幡，回到桌边。一时间，鞭炮声响起，细妹、大嫂和巧秀伏在灵堂前哭成一片。我只好作罢，看着冰棺里的爹，想着他的不如意，也想像女人们一样，伏在爹的灵堂前，畅畅快快地放声大哭一场。

整个晚上，三毛都阴沉着脸。阴阳先生领着他们拜忏时，他也走神，或是跪下就忘了起来，或是站在一旁，木然地盯着冰棺里的爹。大哥一次次提醒他，他总跟不上节奏。夜深了，安魂的法事已结束。灵堂里除了几个守灵人，都散了。三毛仍在爹的灵位前长跪不起。细妹也跟着来到他身旁跪下。一会儿，细妹就坚持不住了，龇牙咧嘴地站起来，不停地揉着膝盖，拉三毛起身。三毛身子摇晃了几下，仍旧直直地跪着，一脸沮丧。巧秀气呼呼地前来拉他，骂他丢人现眼。三毛手一挥，把巧秀推出老远。大哥也来劝，三毛还是不听，看着鲜花丛中的爹，说不清是悲伤、不舍还是绝望。

十一

第二天早上火化时，许多亲人都来为爹送行。看见爹被缓缓地送进炉膛，我本该悲伤，可心里空空的，不相信这就是与爹永别。就在炉门关闭时，三毛突然大叫一声"爹——"，随后扑向炉门口。人们还没反应过来，只见他一头撞在炉门上，头皮与一块角铁深深地咬在一起。人们把他拖开，见那口子森森地张着，像一个小孩的嘴。我吓得不轻，摇晃着身子奔过去，可人们又把我挤了出来。我站在门外，清楚地看见那口子由白变红，渗出颗颗血珠，集成一股细流，顺着眉毛、眼睛、鼻子流了下来。巧秀尖叫着，奔过去，揭了头上的孝帕，想给三毛包扎。可她哪里参得近三毛的身呀，只见他刨天挖地地号哭，一声接一声，说对不住爹，说爹死了也没有原谅他……

此时，火化炉里风机轰轰响起，我不由得仰头望去，只见高高的烟囱口喷出一股浓烟，直直地冲向天空，是那样的急切，匆忙。我轻声叫了一声爹，泪水不自觉地模糊了视线。

梦里可曾到千山

一

门轻轻关上时，石曼心里一颤。她闭上双眼，两手抱在胸前，无力地靠在门板上，长长地吐了一口气。那张苍白的脸像一只水母，紧紧地抓扯着她的神经，怎么也挣脱不开。

石曼当然知道他没有睡。他闭着眼睛，只是表示对她的不满。她无视他的存在，义无反顾地出门远行，他心里肯定不好受。自从石曼决定与唐娟一道出门旅行，他就没有与她说过一句话。

那天唐娟来看石曼，说她请了公休假，想去一个地方玩玩。石曼问她准备去哪里。她说去千山。

千山！石曼脑子里一下子闪出了"会当凌绝顶，一览众山小"的诗句来。她问，千山在什么地方？

思州夜郎，去不去呀？

你问我？石曼不解地看着唐娟，心想，你明明知道我守着一个瘫痪在床的病人，不是戏弄人吗？她朝里屋的床上望去，见昏暗的床头，他那双眼睛像猫眼一样闪亮，惊惶不安地瞪视着她们。石曼心里一动，心底涌起一股快感，恶作剧般地说，去！陪你去玩两天。他昂着头，鼓着眼，伸长着脖子，吃力地挥动着左手，呜呜呜地叫嚷着，好似在争辩着什么，身子也随之麻花似的扭动起来。石曼故意大声说，我们好久没有一道出门旅游了。唐娟疑惑地看着石曼，好一会儿才说，你真去，你去了伯父怎么办？石曼武断地说，这个你就不用操心了，我自有安排。他扭动的身子顿时瘫软不动，像风中摇摆的充气玩偶突然被人拔掉气门，无助地垂下头，独自呜咽幽怨。

路边树上的喜鹊在喳喳地叫。石曼睁开眼，抬头看看天，阳光清朗明丽地照在远近高低的建筑物上。她正了正头上的遮阳帽，拖着行李箱，大步向前走去。

一辆的士迎面驶来，石曼慌忙上前拦下，急急地钻进去，对驾驶员说，去高铁站，随后就掏出手机，拨通了老拔的电话。

喂，老拔，老爷子交给你了哟！

行，你去好好玩吧。

午饭我提前喂了，屎也拉了，身子也擦了，床单和被套也换了。中午他要睡午觉，下午两点多你来帮他换一下尿不湿。

好的。

记住，每天三餐，早餐就蛋白粉、黑芝麻糊、白米粥轮换着吃，中餐和晚餐不要喂多了，菜饭总共就那一小钢碗。

知道。

你晚上不要睡得太死，怕他要喝水时叫不醒你。

没问题。

还有……

你就放心去吧，我知道。

石曼摇了摇头，心想自己怎么变得婆婆妈妈的？自从养父瘫痪后，她还没有离开过他。虽然每天早晨她一睁开眼，心里就塞满了千般愁烦万般苦恼，但真要离开他，她又放不下心。她收了手机，透过车窗玻璃，看着街边阳光照着的一排落完叶子的梧桐，那张苍白的脸，又无声无息地飘进她的脑子里，隐隐不安，像雾一样挥之不去。

来到高铁站，唐娟已在进站口等她。

真让老拔顶岗？唐娟明知故问。

石曼笑而不答。

你真绝！

怎么绝？

哈，你心里那点小九九，我还不知道？唐娟使着鬼脸笑。

你厉害！是我肚子里的蛔虫。石曼揶揄道。

这次回来该没话说了吧？

不一定。

天，我的老小姐，再挑三拣四，怕你这辈子真的要孤苦伶仃了。

不是还有你吗？

我才不陪你呢，我要陪我家爷儿俩。

她们就这样打打闹闹地来到自动取票机前，各自拿出身份证取了票。

和老拔还谈得来吧？

什么叫谈得来呀？不过，他这次得到老爷子的认可，我就相信你说的话。

老爷子还没有松口？

没有。

就因为老拔是二婚？

还嫌他年龄大了些。

是呀，一个黄花大闺女，确实有点屈。

那你怎么还把他介绍给我呀？

是谁口口声声说，要找一个重情重义老实可靠的？

你怎么知道他重情重义老实可靠？

一个中年男子丧妻后，几年不近女色，你说可靠不可靠？

也许压根儿就没有女人看得上他！

你搞错没有？人家堂堂一个牙科医生，想找什么样的女人没有。

过了安检，石曼将拉杆箱往唐娟手里一塞，挤挤眼说，我今早从起床一直忙到现在，还没有来得及上厕所呢。

唐娟看着她朝卫生间走去，无言地摇摇头。

二

列车下午 7 点 04 分准时到达夜郎南站。京都到夜郎，两千多公里，仅用了八个多小时。刚出站，一个青年男人就迎面朝她们走来，与唐娟无声地拥抱在一起。石曼见了，痴痴地站着，目瞪口呆。唐娟挣脱那男人的怀抱，对她介绍说，刘立，大学同学，在这边开了一家中药材公司。石曼才长长地"哦"了一声，一边与刘立握了握手，一边看着唐娟挤眉弄眼地笑，心想，难怪你抛子别夫，只身一人来这里旅游。唐娟狠狠地瞪了她一眼，转身向刘立介绍说，石曼，我闺蜜。唐娟说完，拖着箱子就朝前走。

石曼有意落在后面，看着唐娟与刘立的背影，心里有些失落。唐娟从未向她提及过刘立，就是她们决定同行，也没有与她吱一声。她想，早知这样，自己就不该来。

走了很远，唐娟才发现石曼落在了身后。她停下脚步，等石曼走近，挽着她的手臂，半依半拥，跟着刘立走向一辆凯迪拉克。

他们来到黄金大酒店，登记入住，收拾洗漱，吃过晚饭，刘立邀她们出去走走，说，小城的夜景很美，夜市也很热闹，去看看吧，顺便到小吃一条街尝尝我们这里的美食。

你们去吧，我有些累了，想回房休息。石曼看着刘立，一脸歉意地说。

走吧，我们出去逛逛。唐娟摇着石曼的手臂说。

石曼不答，只是似笑非笑地看着唐娟。

好吧，那你一个人在酒店乖点哈。唐娟抿了抿嘴，转身挽着刘立朝门口走去。

石曼回到房间，仰躺在床上，打量着房间内的陈设，吊灯，电视，沙发，电脑……一股落寞伴随着疲惫从她心底升腾起来，把她包裹、淹没，慢慢向四周扩散。她常常会生出这样的感觉，哪怕身处人群，也如溺水般孤独与恐惧。她脑子里又浮现出那张苍白的脸，那绝望的表情让她不安。她有些后悔，不该一时冲动答应唐娟，参与到这次不尴不尬的旅行中来。

石曼起身来到窗前，掀开窗帘，一股冷风铁片一样刮着她的脸。她不禁打了个寒战。站立在这二十一层高的楼上，临窗俯视，小城的夜，似一片倒映着繁星点点的湖泊，安静，秀丽。

高楼间，一片低矮的砖混结构建筑，像煤炉里快要熄灭的炭火，灰暗间，透出一丝丝猩红，横七竖八，散发着微光。

石曼被那片低矮的建筑深深吸引，匆匆出门，走进其中的一条裂缝一样的巷道，很快就被那巷道中的气息所迷惑。

长长的巷道，只有转角处亮着一盏路灯。幽暗的灯光下，断砖碎瓦，砂土木材，间或一丛花草，有茉莉、桂花、玫瑰、仙人掌、夹竹桃等等，参差错落地摆放在墙角，零乱、潮湿、惺忪、沉稳，使整条巷道显得繁复驳杂而又自成一体，似乎走进了遥远的记忆。石曼看着一个个透出白光的窗户，不时停下，站在窗前，想象着里面人家的生活，似乎透出一股果子熟透的甜丝丝的腐败与庸常，让她心生向往，向往那烟熏火燎热气腾腾的气息。

当一个丁字路口出现在眼前，她记忆中的某个片段随之闪现。她喘着气，细细端详，那幽深的巷道，凹凸不平的青石街面，以及路口边上的水泥电线杆，和电线杆上嗡嗡鸣叫的变压器以及蛛网似的穿来绕去的电线，一切都是那样熟悉。她有些迷惑，不自觉地往旁边那条更窄的巷道走，心中暗想，转过这个墙角，应该有一个打开的窗户，里面坐着一个老太太，守着一窗花花绿绿的零食和玩具。她定了定神，转过墙角，果然看见一个窗户，只是窗台没有想象中的那么高，窗户紧闭着，没有花花绿绿的零食与玩具，也没有一张慈祥的笑脸。她想，或许是天黑了，收摊了。她又继续朝前走，想前面应该有几级石阶。她朝巷道深处望去，光线很暗，什么也看不清。她迈步前行，近了，果然有三级石阶横在脚下，若不留意，定会绊倒。她止不住一阵兴奋，也有些惶惑，继续朝前走，来到巷道的尽头，在一户人家的门前站定，那褪色的红漆木门，门边残破的对联，都是她意料中的样子。她似乎还能想象得出屋中的格局与物件：屋角一个铸铁的北京炉，另一旁是一张小方桌，靠墙立着一个黑漆的碗柜……当这些东西出现在她的脑子里，她自己也感到吃惊。她记事以来，并没有见过这些东西，可为什么此刻那样顽固地盘踞在她的脑子里，那么坚定地相信它们的存在？石曼想着想着，就热血沸腾了。她在那巷道徘徊了许久，几次走出巷道，又返身回去，伏在那窗台上，透过碎花玻璃往里看，只见一片模糊的光影，什么也看不清。她举起手犹豫了许久，最终还是没有敲响那扇玻璃窗。离开时，她用手机照下了那个门牌号码：桐花巷53号附2号。

她站在街口，对眼前的景象深信不疑，这让她兴奋，想与人分享这喜悦。她拿出手机，把联系人从头翻到尾，又从尾翻到头，没有找到一个可说话的人。她停在了唐娟的号码上，手指悬在屏幕上，最终还是放弃了。她不知此刻她与刘立在哪里，她不想打扰他们，不觉间，却拨通了老拔的电话。还没有待她开口，老拔就先向她诉起苦来。老拔忧心忡忡地说，老爷子的情绪很坏，晚上什么东西也不吃，问他也不应，只是长一声短一声地呻吟，这样下去，怕拖不了几天。她听着听着，只觉心绪烦闷，早没了倾诉的欲望。她知道养父怕死。他每天悬着一颗心，怕自己突然死去时，石曼不在身边。可他瘫痪了三年多，仍然活得好好的，只是不能下床行走，不能利索地说话。常言道，久病床前无孝子，石曼早已身心疲惫。有时，她真希望他死。他死了，对她，对他自己，都是一种解脱。石曼想，病成了这个样子，活着还有什么意思？但石曼知道，他活一天，她就得照顾他一天。

这是她的责任。

　　石曼回到宾馆时已是深夜 11 点 26 分，唐娟还没有回来，房间里空寂而寒冷。她将空调定在 27 度，换了睡衣，洗漱完毕后，就关了灯，躺在床上，打开电视，拿着遥控器转了一圈，没有一个可看的节目。中央空调在头顶呼呼地吹，温度也渐渐升高了，可她怎么也睡不着，脑子里塞满了一些奇思怪想。她意识到这将又是一夜的失眠。她打开床头灯，起身从旅行包里取出那本随身携带的玄幻小说，看了半天，一句也没有看进去，脑子里仍是关于那条巷道的想象。她索性丢开书，瞪着天花板，隐约感到自己与那条小巷有什么关系。什么关系呢？她又很快否定了。她知道自己有一个怪毛病，每到一个陌生的地方，就会生出一种幻觉，觉得自己曾经来过或在此生活过。她摇摇头，不想被这些无妄的想法纠缠。她关了灯，打开手机，翻出催眠曲，闭上眼睛，任由那轻柔的声音引导着她的思绪，慢慢飘进邈远的天空。她先是在灰蒙蒙的云层中飞翔，后来又进入了一片晴空。她像一只鹰，在群山之巅盘旋，俯视着大地。大地如一个巨大的沙盘，有山丘，有河流，也有种着各种庄稼的原野。渐渐地，大地上升起一片雾，越来越浓，模糊了河流，模糊了原野，模糊了山影，天地间一片昏暗。隐约有"哐当哐当"的撞击声传来，由远而近，冲破浓雾，直奔而来，撞进她的身体。随后，她发现自己的身体变成了一列长长的火车，绿色的火车，而自己的灵魂在一节节车厢里穿行，带着汗味和陈腐的烟臭味的热烈气息，充满了一节节狭长幽暗的车厢。她沿着列车前行的方向逆向而行，一张张奇形怪状的脸迎面扑来，像一群受惊的鸟，呼啦啦飞过，有的仰面长髯，有的俯首垂涎，有的左摇右晃，有的稳如磐石，然而，没有一张是她熟悉的脸，是她要寻找的脸。她不知道这火车从哪里来，也不知它要到哪里去。她无望地盯着窗外，窗外一片漆黑，仿佛这火车不是在地面上奔跑，而是在空中飞行，在很高很高的空中飞行，越飞越远，也越飞越高。她有些害怕，心想如果这火车哪天不飞了，突然停下来，那不是就要从很高很高的空中往下掉？她害怕火车停下，希望它永不停息地飞。但又不知道这样一直飞下去，将会把自己带到哪里。她再次朝那一张张陌生的面孔望去，觉得那些面孔随着列车的颠簸而摇晃，如一群觅食的怪兽，正虎视眈眈地看着她。她全身一阵痉挛，像被捆缚一般，努力挣扎着，双脚猛力一蹬，突然醒来，全身汗湿淋淋。

许久没有做这个梦了。二十多年前那一次远行中的恐惧，又死灰复燃，向她袭来。她再次沉陷于那无助与渺茫中，感到生命如暴风中的一片枯叶，无处停靠。影子一样的妈妈再次出现，她想不起妈妈的样子，只记得她带着她来到一个街口，就再不见了，接着就是一个叔叔，那个左额上有一道疤痕的叔叔，随后就是那长长的绿色火车和"哐当哐当"的声音。

三

　　第二天，唐娟与刘立回宾馆时，石曼正在宾馆前面的草坪上遛弯。自从养父瘫痪在床，石曼就养成了早起的习惯。唐娟笑着走到她跟前，讨好地递上一包早点。

　　我已经吃了，宾馆里的自助早点很丰盛。石曼拍拍肚子说，脚仍不停地在原地踏步。

　　吃个尝尝吧，这是我们这里的特色早点。刘立劝道。

　　什么东西？石曼禁不住他们的劝说，拉开塑料口袋，一股浓厚的葱油香直冲鼻孔。

　　煎包。刘立说，很好吃的，吃个吃个！

　　石曼尖着手拿了一个，见是饺子一样的东西，一口咬去，油就淌了一手。她哇地叫了一声，往后退了一步。唐娟连忙递过纸巾，问，怎么样？

　　嗯，不错，皮软馅香，只是太油了。石曼细细品尝着。

　　这天，他们的目的地是矿山公园，不远，就在城郊，十多分钟的车程。沿途处处都是有关黄金元素的文化符号，什么黄金大厦，金都体育场，金色花园等等，都是与黄金有关的名字，一个个门牌店匾，也是清一色的金黄色。

　　你们这里盛产黄金？石曼好奇地问。

　　是的，我们这里的黄金世界闻名。有上千年的开采历史，古今中外，一个个冒险家，背井离乡，不远千里，来这里实现暴富的梦想，留下许多动人的故事。刘立介绍说。

　　这么说，这里的经济主要是靠黄金产业？

早成了过去喽！刘立叹惜道，在 20 世纪 90 年代，这里的金矿产业就开始萎缩，金矿在 2000 年政策性关闭，2009 年，国家宣布千山为资源枯竭型城市，金矿经济就退出了千山的中心舞台。

那现在靠什么呢？

旅游呀！千山千山，千态之山，我们这里的山特别多，溶洞也很多，奇雄险峻，千姿百态，很有特色；特别是几百年的采矿历史留下许多矿洞遗址，纵横交错、四通八达，形成了洞中有洞的神奇景观。我们现在去看的地质公园主体，只是 20 世纪六七十年代采矿时留下的一小段坑道。刘立说。

你该改行做导游。唐娟笑道。

你忘了，我不仅是千山人，还是金矿的子弟。刘立说。

哦，对了，我记得你好像是说过，你父亲是什么矿上的矿工。

就是这金矿的矿工，这里是我的家，每一条小路，每一个山头，都留有我的脚印。

你是土生土长的千山人？

不是，是云南曲靖。我父亲当年从部队退伍后，就分配到这里，直到退休。

这么说，这里许多人都是外地的？唐娟问。

可多了，当年全国各地的人纷纷往这里赶，那阵式，可热闹了。

这么说，这里曾经也辉煌过？

嗬，了得！20 世纪 80 年代，这矿上还有几万人，一度被誉为"小香港",那时矿上效益好,职工多,消费自然高,这里人的衣着打扮,吃喝玩乐,总是引领着时尚风潮。那时走在街上,见到一个稍有姿色的女人,一打听,保证是矿工的家属。刘立自豪地说。随后他语气一转,神色黯淡地说,矿山政策性关闭后,矿工纷纷下岗,那些既没有技术也没有门路的矿工,最后连菜都没得钱买,到市场上捡脚叶菜吃。那段时间,这矿上的广播里天天播放那首《从头再来》,本来是想激励人们不要向命运低头,但许多人听着听着,并没有激励出志气与豪情,倒激出了一脸泪水。你想想,都是四五十岁的人,为金矿奋斗了几十年,一转眼就没了,既没有本钱,又没有出路,如何叫他们从头再来?

是哦,我父母也是下岗工人。他们同在一个机械厂,刚下岗时,因为一下子断了收入,一家人的日子过得紧巴巴的,家庭矛盾随之升级,常常为一件小事,就会大发脾气,无休止地争吵。唐娟深有感触地说,他们那一代人的命运总是与国家政策紧紧连在一起的。

是哦,那时整个矿区好像末日来临,走到哪里都是静悄悄的,死气沉沉的,让人惶惶不安。刘立说。

他们来到一个宽阔的广场,见前面有三个鎏金色巨型 A 字组成的大门。

这就是矿山公园。刘立说着,径直将车开了进去。

怎么不买票呀?

我父母还住在这里面,我经常回来看他们,所以守门的人都认识我。

那我们去看看老人家吧。

不用不用，他们现在好了，每月拿着几千元的退休金，在这里养鸡种菜，自得其乐，不愿外人打扰。

见刘立这样说，唐娟就不再坚持。他们走过了一条笔直的大道，来到一个停车场停了车。刘立带着她们来到悬崖边，沿着一条半山崖上的栈道前行，凭栏望去，只见朦胧雾中，重峦叠嶂，层层山影，起起伏伏，如万马奔腾，扬起阵阵尘烟。刘立不时指着前方绝壁上那一处又一处洞口，说，那就是古人开矿时留下的遗址。她们抬头仰望，绝壁如削，再凭栏俯身，朝下望去，仍是悬崖数丈，让人望而生畏。

刘立说，那些矿洞有的深数十丈，长十余公里。在生产力十分落后的年代，靠人力一錾一錾地凿壁开山，煅石取金，该是怎样的艰辛与悲壮？就连那些矿洞废弃了许多年后，仍有人冒着坠坑、迷路、遭遇野兽蛇虫的危险，进入那些洞穴盗矿，常常是有去无回。

听着刘立的讲述，石曼抬头再次看向那些奇形怪状的洞口，好似一个个张开的大嘴，向世人无休无止地讲述着人类采矿炼金的历史。

她们还没有从古人采矿的场景中回过神来，却已经置身于一个现代的坑道里，只见一条用五彩灯光装扮一新的坑道，还铺着防滑地板，不仅流光溢彩，两旁还清流潺潺，薄雾轻绕，人行其间，如若闲庭信步在神话的龙宫里，全不见当年矿工的艰难与险境。只有细心观察，才会发现洞壁四周不规则的凿痕断石，如犬牙交错，挂着一串串水珠，步道两旁，乱石堆彻如山，略现当年生产景况。

刘立说，这是 20 世纪六七十年代采矿时留下的坑道，为了让游人实地体验当年矿工战天斗地的激情、辛劳与惊险，特意开发出来的。

他们从坑道出来时，已是中午 12 点。他们吃过午饭，来到一条老街，顿时被一阵陌生的氛围惊住了，好似来到另一个世界，到处都是红旗飘动，一街都是口号标语，满耳都是斗志昂扬的歌声。沿街那一栋栋房屋都是 20 世纪五六十年代修建的砖木结构，有供销社、医院、学校、体育馆等，这些房屋都不高，两到三层，青砖灰瓦，木门木窗，虽然粉饰一新，仍然显出些斑驳的景象。街上游人不多，但在那激情音乐的衬托下，显得十分热闹。刘立说，这条街是当年矿工的居住区，一切按原样修复后，作为矿山公园的一部分，让人们体验那个年代的工人阶级生活情景。是的，置身于这样的氛围中，有一股豪情在全身冲撞，让人跃跃欲试。

他们来到一块开阔的坝子上，四周仍是老式的建筑，只是格局略有不同，敞亮，疏朗，墙上写着标语，什么"工业学大庆""抓革命，促生产""鼓足干劲，力争上游，多快好省建设社会主义"等等。一栋"人"字架结构的房屋前，摆放着一台巨型冲床，足足有两米多高。一栋苏式建筑的墙上写着"禮堂"二字，礼堂旁边有一栋小洋房，大门旁挂着一块小方木牌，写着几个金色大字：俄罗斯餐厅。刘立介绍说，这是当年金矿的办公区和生产区，据说，五六十年代，有许多苏联专家来这里指导采矿炼金，这个餐厅就是专门为他们烤面包牛排、煮咖啡牛奶的。

　　石曼又一次生出似曾相识的幻觉。当那栋苏式建筑跳进她的眼里，她一下子就愣住了，特别是门楣上那"禮堂"两字，如一盏灯，照亮了她幼时记忆的黑洞，就连墙上的那些标语，都是记忆中的样子。她疾步走进那个礼堂，昏暗的灯光下，只见一片前低后高有序排列的椅子，前方是一个拱形戏台。她坐在前排的椅子上，坚实的钢架稳稳当当的，没见一丝摇晃，一如当年的感觉。她死死地盯着那个戏台，似乎看到了记忆中那块镶着黑边的电影银幕，上面还有人影跳动。一时间，久违而又熟悉的气息隐约飘来，让她迷醉。她闭上眼睛，深深地吸，贪婪地吸，努力地分辨，终于记起了那是汗与烟草混合的气息。这气息像腐蚀汁迅速浸透她的全身，脑子里浮现出了一个肩膀，一头浓密的头发。她鼻子一酸，泪水就止不住淌了出来。是呀，怎么会忘记呢？来这里看电影，是她童年最快乐的时光。每次看完电影，她就伏在爸爸的背上，爸爸的臂膀是那样坚实与温暖。她的身子随着爸爸的步伐一左一右地摇晃，那股汗与烟草混合的味儿，从他那冒着热气的脖子和浓密的头发间扩散出来，把她紧紧包裹，不知不觉，她就在这气味中睡着了，在梦里继续着电影中的故事。此刻，她随那气味的牵引，童年时光从记忆深处袅袅升腾起来，浪花一般，在她脑子里漂浮闪现。尽管如此，石曼仍然怀疑眼前的真实性，担心只是自己的幻觉或错觉。她愣愣地看着那个戏台，狠狠地掴了自己一耳光，脸上的疼痛证明意识是清醒的。是哦，这么多年，自己怎么把那段记忆遗忘了呢?

唐娟见石曼许久没有出来,也跟了进去。里面的光线很暗,待眼睛适应这暗淡的光线时,她才看清是一个剧院。她四处寻找,眼前是一片黑压压的椅子。她叫喊了两声,不见石曼回答。正准备往外走,跟在后面的刘立说,那里不是?

她朝刘立指的方向望去,只见最前一排椅背上,冒出一个人头的暗影。他们走过去一看,果然是石曼,见她正痴呆呆地看着戏台,他们在她的前面站了好一会儿,她也没有发现。唐娟吓得不轻,忙上前搂住她摇晃,连声问道,你怎么了?

我找到了,找到了……

找到什么?

……

石曼低头不语,说不清是高兴,还是伤心。她感到全身没有一点力气,一下子伏在唐娟身上,低声抽泣起来。

唐娟一时不知所措,忙把她揽在怀里,一下一下抚弄着她的后背。

许久,石曼才说,我找到了我的家。

你的家?你什么家?刘立不解,瞪着唐娟问道。

唐娟轻声说,你不知道,以后慢慢告诉你。她搂着石曼,迟疑地问,不会又是幻觉吧?

不是的,这次一定不是。我对这里的一切都是那么熟悉,特别是这个礼堂,我经常与我爸爸来这里看电影。我记得最清楚的是那部叫《妈妈再爱我一次》的台湾电影,我与爸爸来看了一次又一次，每次我都哭得一塌糊涂。你们小时候也唱过《世上只有妈妈好》这首歌吧？我那时天天唱。因为我一直记不起我妈妈的样子，也不知道她在哪里。每次唱这首歌，我就努力地想啊想，可想来想去，脑子里总是电影中那位妈妈。我就把妈妈想成她的样子，在心里一遍遍为她唱。离开这里后，我仍然唱，只是我把歌词中的妈妈改成了爸爸。

你爸爸叫什么名字？刘立不解地问。

不知道。

姓什么呢？

也不知道。

你妈妈呢？

更是不知道了，在我的记忆中，她只是几张照片，一个影子，好似从来没有真实存在过。

那你怎么能肯定这里就是你童年的家？

对这里的记忆呀？石曼说着，又将昨晚的经历告诉了他们。

那你怎么不早告诉我呀。唐娟责怪道。

我当时拿不准，怕是自己的幻觉，见到这里的一切，我就有信心了。

那个地方在哪里？

一个叫桐花巷的地方。石曼说着，拿出手机，找出昨晚照的照片。刘立接过去看了一会儿，说，对，桐花巷，离你们住的酒店不远。

那我们现在就去看看。唐娟激动地说，上前扶着石曼往外走。

上车后，石曼主动将自己的身世向刘立详细说了。

那你是怎么到你养父家的呢？

我也记不清了，只记得坐了几天几夜的火车，其他的都记不得了。

这么多年，你就一直没有找过父母？

没有线索，怎么找呀，再说我养父不准，时时防着我呢。

有一次不是我与你到公安局查过？唐娟说。

对，只有那一次。当时我看见电视上一则打拐新闻，说各地成立了什么打拐办，只要把 DNA 上传到数据库，就会在全国进行比对，比对上了，就能找到亲人，我就邀你一同去了公安局抽血化验。

后来没有结果？刘立问。

没有。石曼幽幽地说。

他们来到桐花巷巷口，因为路太窄，加之两旁堆着杂物，车辆无法通行，刘立只得将车停到对面的停车场。他们步行在巷道，看着两旁的低矮零乱的房屋和阴暗的巷道，石曼犹豫起来，她不相信这就是昨晚自己所走的那条巷道。她觉得昨晚那条巷道似乎要整洁明亮些。她问刘立，这就是桐花巷？刘立说，对呀，难道不是这里？石曼看了好一会儿，说，不是这里。刘立翻出她手机里的照片，再次确认上面的地址，石曼仍然将信将疑。直到他们来到那个丁字路口，看到那两根木电杆和变压器，石曼才确认昨晚走过的就是这个巷道。他们走进那条更小的巷道，整条巷子空无一人。他们站了一会儿，失望地往回走。刚走过一个拐角，与一个五十多岁的妇人擦身而过。石曼一愣，觉得这个妇人有些眼熟，转身紧走两步，上前问候道，阿姨，您好。

你们找哪个？妇人站定，好奇地打量着他们。

向你了解件事。石曼定定地看着妇人，觉得又有些陌生。

哪样事？

请问您在这里住多久了？

三十多年了。

那这附近的人家您都熟悉吧？

几十年的老邻居了，能不熟悉吗？

那二十多年前，这条街上有没有哪家的小孩被人拐卖？

小孩被拐卖？妇人想了想，肯定地说，没有，我们这条街从来没有出现过孩子被拐卖的事。

他们三人对视了一会儿，眼里的光就渐渐暗淡下来。

四

这天晚上，石曼一直闷闷不乐。她分明记得那个礼堂，记得那条桐花巷。她坚信这里就是自己记忆中的家乡。可如何去求证呢？二十多年的时间，犹如一片茫茫水域，让她无法泅渡。她躺在床上，陷入了无边的绝望。偏偏这时，老拔打来了电话。老拔在电话中涩涩地说，老爷子他……

他怎么了？石曼急切地问，她想这个老拔，人高马大的一个男人，怎么说话做事磨磨叽叽的，就主动问道，他今天吃东西了吗？

没有，只是一遍又一遍地催我给你打电话。

给我打电话干什么？

叫你回来。

叫我回来？石曼睁大眼，突然从床沿边站起身来，大声说，你告诉他，让他安心等着吧，我还没有玩够哩！等我玩够了，自然会回来。石曼说完，愤愤地挂断了电话。

唉，这老爷子，也真是够闹的。唐娟坐在旁边，见石曼气呼呼的，只得摇头叹息。

你说他把我当成什么人了？就是一个使唤丫头！石曼大声说。

唐娟忙给她倒来一杯水，说，别生气别生气，管他呢，生病的人都是这样小气。

石曼接过水，喝了一口，又放在床头柜上，说，这三年我没白天没黑夜地伺候着他，容易吗？现在才离开两天，他就不干了，你说这不是有意折磨人吗？

唐娟拿着遥控器不停地转着电视频道，不知如何应答。她怎么不知道石曼的苦？她本是自由散漫惯了的人，却被一个瘫痪在床的病人套着，寸步不离。而且，一套就是三年。好不容易下定决心出来走走，刚来两天，就催她回去，还以绝食威胁，她怎么不郁闷呢！

这时，刘立打来电话。唐娟如释重负，对着手机连声说了几声好，就挂了电话。她站起身笑盈盈地对石曼说，走，刘立叫我们去喝茶。

你去吧，我就算了。石曼笑笑说。

走吧，去见见他的几个朋友。唐娟上前拥着石曼，央求道。

还有其他人？那我更不去了。石曼压着情绪，眨着眼说。

哎，我说你怎么能这样呢？给人家一个面子嘛！唐娟佯装生气，强行把石曼推出门。

来到楼下，刘立已等在了门口。原来，他是将车开到楼下才给她们打电话的。

他们来到古城，是一片临江而建的明清时期的老建筑，一条青石板街依山环绕，街道一旁是一片杂乱的木楼，显然是旧时的民居。另一旁是一排四合天井筒子楼，石门石柱，高墙大院，夹着一条条幽深的巷道，什么唐府、熊宅、杨家胡同等等，井然有序。虽然修缮一新，但仍保持着旧时的格局与气势。街上行人寥寥，昏黄的路灯照着长长的石板街，行走其间，影子也被灯光拉得长长的。刘立说，因为有三条江在这里汇合，水运时期，这里便是货物运输的主要码头，也是商品集散地，直到民国时期，这里的八大商号仍然名声显赫，生意遍布湖广，有的还发展到了海外。而今，繁华不在，倒成了人们闲谈雅聚的酒肆茶楼。

他们来到一栋叫淡园的木楼，走到楼上，包房里已坐了一圈男女。刘立一一向她们介绍，有他中学时的同学，有他生意上的朋友，也有政府部门的公务员。当他介绍到一位青年男子时，唐娟心里灵光一闪，欣喜地看着石曼，不住地眨眼。

石曼不解，在她左臂上掐了一下。唐娟忍着，只看着石曼鬼鬼地笑。两人坐定后，唐娟伏在石曼耳边轻声说，自己心里有鬼，就以为别人不安好心？

石曼又在她手臂上掐了一下。

我知道你想歪了，那个人不是公安局的吗？何不找他帮忙查查？

查什么？石曼不解地问。

查你的生身父母！你不是怀疑自己是这里的人吗？

石曼恍然大悟，羞愧地笑笑，心想是呀，怎么自己没有想到呢？她将头偎在唐娟肩上，心里满是感激。

喝茶闲谈的间隙，唐娟低声对刘立说，让你那个朋友帮个忙，到公安局的打拐办帮石曼查查档案。

好，好。只是她能确定自己的身份吗？

如能确定，还要他查什么？

我问问。刘立说着，借着敬茶的机会，起身走到那位青年男子身旁，与他耳语了一会儿，就与他一同走出了包房。

他让我们明天去他们单位找他。刘立回到座位上后，低头对她俩悄声说道。

唐娟看了石曼一眼，轻轻地将她揽在怀里，不停地抚着她的后背。

回到宾馆后，石曼仍止不住兴奋，在房间里一圈圈地走。唐娟见了，有些焦急，也有些心疼。她不知明天是什么样的结果，如果不能如愿，那石曼这一夜的期待又将落空。其实，石曼一向沉着稳健，之前，她俩遇着什么事，总是她拿主意，而今如此烦躁不安，让人心生怜惜。

今晚我们睡一张床吧！唐娟说。

怎么了，一个人睡不习惯？

说什么呢，我们好久没有一起睡了，有些怀念过去的时光。

好吧，今晚我们就做一回临时夫妻。石曼高兴地说。

又贫，你忘了，当年可把我妈吓得半死！

哈哈哈哈，我怎么会忘呢？石曼大声说着，洗漱后，就钻进了唐娟的被窝，紧紧地抱住她，下巴不停地在她头发上摩挲着。

石曼记不得是怎样认识唐娟的。虽然她俩同级不同班，但上学放学，总是形影不离。她们俩一胖一瘦，同学们说她们一个如秤砣，一个如秤杆，真是秤不离砣。那段时间，石曼养父经常出差谈业务，常常一去就是十天半月。每次出门，他不仅要给石曼买足食品，还要给她百多元钱。而唐娟的父母刚刚下岗，整天如两只无头的苍蝇，四处乱飞，就任凭她们俩整天腻歪在一起，以至于闹出她俩搞同性恋的传言，吓得唐娟母亲跑来向石曼求饶，求她放过唐娟。每当提起这段往事，她俩就止不住大笑。

你说，明天会是什么结果？石曼拥着唐娟，幽幽地问。

如果你的记忆没有出错，结果就不会很坏。

石曼当然相信自己的记忆，自从那个礼堂出现在她眼前，她就坚信自己的判断。

这一夜，石曼没有合一眼。她瞪着眼望着天花板，脑子里不停地闪现一个又一个场景，一会儿是她坐在爸爸的肩头，唱着电影里的歌谣穿行在夜晚的巷道中；一会儿又是一对年老而又陌生的夫妇向她颤颤巍巍地走来，满面泪水地望着她，用粗糙的手不停地抚摸她的脸；一会儿又是那列长长的绿皮火车哐当哐当地响……

天没亮，石曼就悄悄起了床，洗澡梳头，换上一套深黑色的毛料大衣。

唐娟也早醒了，见一向素面朝天的石曼突然收拾打扮起来，本想戏弄她一下，可最终还是忍了。她看着石曼笨拙地在脸上涂涂抹抹，心里有些发酸。

他们来到公安局时，刘立的朋友早已等在了门口。他带着他们来到打拐办，向一位民警交代了几句，那民警热情地给他们倒了水，才坐下来听石曼讲述。随后，他打开电脑，调出了1990年到1995年千山失踪小孩的档案，一一核对，又到档案室翻找查阅，却没有一起与石曼的情况相符。

你能肯定自己是这里的人吗？

我也说不清楚。昨天我们去矿山公园，对那里的许多场景都有记忆。

你哪年被拐的？当时多少岁？

1991年吧，应该是四五岁吧。

太小了，那时的记忆应该很模糊的。

可那个礼堂我清清楚楚地记得，我与我爸爸常去那里看电影。

要不这样，你先去查一下DNA，看能不能比对成功。

前几年，我到我们当地的公安局查过，可一直没有消息。

这就怪了，如果你真是这里的人，那么就只有一种可能，你父母当年没有来报案。民警望着石曼，一脸疑惑。

没来报案？不可能，哪有父母不疼自己的孩子？唐娟急忙说。

如果报案了，应该有记载。

还能有其他什么办法吗？刘立问。

还能有什么办法呢？一是她仅有儿时的记忆，不能确定她就是这里的人；二是近二十多年千山人口流动很大，不仅外出打工的人多，而且从全国各地前来这里投资创业的人也不少；三是这几年千山正处转型期，金矿关闭后，有的工人调到其他地方去了，有的工人下岗后已外出谋生，还有的回了原籍，留下来的大多数是老人；四是时间太长，二十多年了，而且又没有当年的立案记录。你让我们怎么查呢？

从公安局出来，石曼彻底失望了。

他们当年为什么没有报案？石曼不停地问。

不会的，一定是哪里弄错了。唐娟开导她说，孩子都是父母的心头肉！你看刘德华主演的《失孤》，据说就是根据一个真实的故事改编的，让人多心酸呀。其实现实中那个父亲的苦与累，哪里又是一部电影就能表现得尽的呢？

我正是看了那部电影，真切地理解父母对失踪孩子那份撕心裂肺的爱与痛，才决定要在我有生之年一定要寻找到他们。

见时间还早，刘立看着她俩征询道：要不，我们还按原订计划出行吧。

你看呢？唐娟看着石曼问。

对不起，把你们的行程也耽搁了。石曼答非所问地说。

这天，他们紧赶慢赶，游了九丰农业，又去了海洋馆、夜郎谷、彩虹海。回城时，已是黄昏，唐娟与刘立的脸上仍是一脸兴奋，不住地打情骂俏，好似忘了石曼的存在。石曼一直不在状态，心不在焉的，一路的景致，一路的欣喜与欢悦，好似都与她无关。她心里总盘旋着一个问题，想自己的父母为什么没有报案呢？她百思不得其解，莫非他们不在乎她，或是有意要卖她。她这样想着，不禁打了一阵寒战。可是，她真切感到爸爸是爱她的，每天晚上睡觉，他总要陪着她，给她讲故事，唱儿歌，直到她睡熟，才离开；每次上街或看电影，就让她坐在肩上，或是唱歌，或是学着鸟儿叫着飞奔。倒是妈妈，她没有一点印象，每次想起，都如一缕烟，一片雾，缥缈不定。

来到市区，石曼才回过神来。他们走进一家河鱼馆坐定，刘立说，今晚请你们吃我们这里的特色菜。不一会儿，服务员端来满满一锅热气腾腾的鱼，上面泛着一层厚厚的红油，飘着一股酸辣的香味。石曼的眼瞪得老大，她翕动着鼻孔，贪婪地吸着锅里冒出的气味。不待服务员点上火，她就急急地夹了一块，嚼着嚼着，一股浓稠的酸辣，雾一样从舌尖漫开，在口腔里旋回，向两腮扩散，再滑入喉咙，钻进胃里，躁动的胃一下子就妥帖安静了。

这是什么？石曼好奇地问。

凯里酸汤鱼。

你不觉得这味道熟悉吗？她对唐娟说。

唐娟朝锅里看看，半信半疑地说，你家老爷子做的酸汤鱼？

嗯，完全是他做的那个味道。石曼不解地望着唐娟。

唐娟也夹了一块，慢慢嚼着，说，是哩，完全一样。

这么说，你家老爷子也在这边生活过？唐娟瞪着石曼说。

不知道。我只记得小时候我一生气，他就给我煮这酸汤鱼。

你从小就喜欢这酸汤鱼？刘立好奇地问。

是的，也许是跟他生活久了的原因吧。

还有一种可能，你们都是这里的人。刘立说，见唐娟白了他一眼，赶紧收住了话题。

石曼好似没有听见一样，注视着锅里翻滚的鱼，没有说什么。她盯着这酸汤鱼，脑子里又浮现出那张苍白的脸，那双躲闪的眼睛。那眼神里有软弱、无奈，还有几分求乞。是的，别看他在外面风风火火，一回到家，他总是小心翼翼。每次对抗，她总是占上风。他要她吃饭，她偏要去睡觉；他要她睡觉，她偏要弄出一些响动来，让他不得安宁。看着他无助乞求的样子，她就有一种说不出的愉快。慢慢地，她就对享受这种愉快成了瘾，每隔几天，就要故伎重演。只有在吃这酸汤鱼时，他们的心才贴得近些。他总是把肉厚刺粗的鱼块夹给她，自己吃鱼头或鱼尾。他们常常吃得大汗淋漓，彼此都有一种心照不宣的满足，仿佛忘了心中的不快。但这平静不会维持多久，只要她感到泼烦，就会弄出一些出格的事，或是把柜子里的衣服抱出来满地撒，或是把水龙头开着，让水整天哗哗地流，或是用五颜六色的蜡笔在雪白的墙上乱涂乱画。可是，不管她如何刁蛮耍泼，他从不打她，也不骂她。有一段时间，她觉得他好可怜，想缴械投降，叫他一声爸爸，可是，心中的那层坚硬无比的壳把她的情感世界包裹得紧紧的，怎么也叫不出来。

而今，回想那时的无知，石曼才意识到养父这二十多年来的不容易，既当爹又当妈，把她拉扯大，自己还时时让他生气。才意识到自己有多混蛋，三十多岁了，仍没有站在他的角度想过。她猛然醒悟，自己只是身体长高了长重了，而心智仍未成熟。她看着桌上的火锅，想着养父每次吃这酸汤鱼的样子，才记起自从养父瘫痪后，他们就再没有吃过酸汤鱼。她多想此刻他就在自己的身边，也能尝尝这久违的味道。她深感自责，想着养父三天来汤水未进，而自己仍安之若素地游山玩水，吃吃喝喝。常言说，男饿三，女饿七。她真怕他出什么事，那会让她后悔莫及。她顿觉归心似箭，想回去亲自给他做一锅酸汤鱼，让他知道，养育了二十多年的女儿成熟了，懂事了，知道感恩了。

明天我要回去了。石曼突然放下筷子说。

明天回去？不去游梵净山了？唐娟睁大眼睛望着她。

不去了。

既然来了，怎么不去呢？那可是一座神秘的佛教名山呢！刘立劝说道。

你们去吧，我得赶回去，我家老爷子三天没吃东西了。

既然你要回去了，我也回去吧，一个人有什么好玩的？唐娟说。

不是还有刘立陪你吗？

我才不要他陪呢，孤男寡女的，被他老婆发现了，那可说不清楚！

算了吧，你们不正好重温旧梦！石曼玩笑道。

看看，连你都这样看我们了，赶紧走，不然，真说不清了。

真的，你好好玩，我要回去了。

老爷子还没有吃饭？唐娟问。

没有。

唉，这个老拔也是，就没有一点办法？

不怪他，老爷子是在与我赌气。

还在与你赌气？

嗯，只有我回去了，他才放心。

那你乘飞机还是高铁？刘立问。

不知是高铁早还是飞机早？

飞机早些，上午九点十分起飞。

直飞吗？

直飞。

那就乘飞机吧。石曼说着，当即让刘立在手机上给她订了票。

两张。唐娟犹疑了一会儿说。

你真要走？刘立定定地看着她。

走。

不去梵净山？多可惜呀！

下次吧，到时来见你也好有个借口呀。

唉，行吧。刘立摇头叹息。

石曼见唐娟执意要去，心里涌起一阵感动。她再三劝说，要唐娟继续她的行程，可唐娟执意要与她同行。石曼觉得有些对不住她，要是自己知趣，不与她同来，那就不会打乱她的行程。可是，也不能全怪自己，谁叫她之前没有说清楚呢？她拨通了老拔的电话，说她们明天赶回去，要他明天去菜市场买条鱼。

买鱼做什么？

给老爷子做酸汤鱼。

酸汤鱼！怎么做？

你只管买，我来做。

你来做？

是的，明天我就回来了。

明天几点到？

十二点左右就到。

好，到时我来机场接你们。

行。

五

吃罢晚饭，刘立邀她们去杉木河散步。还是带你们去逛逛这个城市最美的夜景吧。刘立说。

你们去吧，我回宾馆了。石曼说。

你怎么能这样呢？多没意思！走吧走吧。唐娟挽着石曼的手臂，强行把她拉上车。

石曼看到唐娟眼里满是恳切与怨怒，只好半推半就。他们来到杉木河边，只见波光粼粼的河面满是彩灯的倒影，河不大，蜿蜒穿行在城中，两岸都是人工园艺，草地，树木，楼角，亭台，人行其间，犹在画中，心旷神怡。

他们走过一片丛林，穿过一片假山，隐约有音乐声传来，放眼望去，树影婆娑间，不远处的河心竖着一垛一百多米长的水帘。他们急步上前，挤过人群，见各色水柱跳跃，随着音乐旋律，或群芳争艳，或长袖独舞，或浅浅低语，或直冲云霄，如梦似幻，物我两忘。当最后那首乐曲从一个高昂的音符果断地停止，那一片水柱突然断流，像被快刀生生砍断的植物，齐斩斩跌落下来，一切归于平静，他们仍旧痴痴地看着被击碎的河面，直到人群三三两两散去、走远，才回过神来，原来是水上音乐喷泉。

他们沿着一条用鹅卵石镶嵌成各种图案的林荫小道，继续往前走。来到健身广场，唐娟与刘立在一张木椅上坐下，低声轻语地说着什么。石曼全身有些酸软，见他们那依依不舍的样子，不便与他们坐在一起，但又不好单独坐在一旁，只得沿着广场漫步，观看广场边一座座雕塑。这些雕塑再现了不同时期矿山工人开山采矿、碎石炼金的历史，有古代人原始工艺开采的情景，有对外国资本入侵掠夺资源和压榨劳工的控诉，有建设新中国热火朝天的生产场面，也有改革开放以来，从辉煌到政策性关闭，以及转型升级的腾飞。石曼逐个看完那些雕塑，愈加感到疲惫。她见唐娟与刘立还在亲密地交谈，只得强打精神，来到一个巨型玻璃橱窗前，百无聊赖地看着橱窗里的文字与图片。她看了许久，什么也没有看明白，只感到腰酸背疼，腿肚发软。她打算不辞而别，悄悄回到宾馆休息。就在她转身的那一瞬，一张照片跃进眼里。那是一张三十多岁的中年男人的脸，长发淡眉，瘦长脸，眯缝眼。她见照片下面写着"邓方全"三个字，脑子里轰的一声巨响。她极力控制着情绪，紧紧地盯着那张照片，记忆中爸爸的形象渐渐清晰。她看着看着，情不自禁地瘫坐在玻璃橱窗前，仍仰头望着那张照片，眼里一汪泪水模糊了视线。唐娟以为她累了，叫她过去在石凳上坐，连叫了几回，她都没有答应，就拉着刘立走过来，一声声询问。许久，石曼才抬起头，指着那张照片说，他，就是我爸爸。

你爸爸？唐娟不解地问，抬头仔细看着那张照片，又看了看下面的简介，这个叫邓方全的人是金矿的职工，还是省级劳模。

原来他就是你爸爸？刘立疑惑地问。

你认识他？唐娟惊喜地问。

他是我们这里的名人，谁不认识呢？刘立睁大眼睛，不解地说。

就因为他是劳模？

不是，不是。

那是为什么？

怎么说呢？反正我们这里的人没有不认识他的。

那他现在在哪里？

有好几年不见他的踪影了。

他家住在哪里呢？唐娟追问道。

一个疯子，到处流浪，谁知道他家在哪里？一个从他们身边经过的人不屑地说。

谁是疯子！石曼一脸惊愕，站起身来，朝那人冲过去。

刘立一把拉住她，问，你真确定，他就是你爸爸？

不会错，你看那一头长发，那张长长的瘦脸，都是我记忆中的样子。

他确实疯了许多年。刘立说。

疯了！怎么会疯呢？石曼突然像被什么击中，惊恐地问。

从我记事时起，他就整天在外流浪。刘立说。

此时，他们身边已围了几个过路的人，好奇地打量着他们，七嘴八舌地议论着这个叫邓方全的人。

一个苦命人呀！一连遭遇那么多打击，不疯才怪呢？一个老太太瘪着嘴说。

其实，开始他并没有疯，后来在寻找他走失的女儿的过程中，不知受了什么刺激，就疯了。另一个男人插话道。

他女儿走失了？石曼问。

可不是，走失二十多年喽。那个老太太说。

他为什么不报案呢？

哼，报案，有哪样用？男人冷笑着说。

那他现在在哪里呢？

人们议论纷纷，有的说他死了，有的说他回老家了。

哪里哟，听说在精神病院。那男人说。

精神病院？石曼惊问。她再次来到玻璃橱窗前，看着那张照片，有些不知所措。唐娟走过来安慰她说，别急，既然知道他的下落了，明天我们到精神病院去看看。

现在就去吧。石曼转过头来，盯着唐娟说。

现在！可能不行。到精神病院看病人要经过医院同意才行。刘立解释道。

这么说，要等明天才能去喽。石曼问。

明天都还不一定呢。刘立说。

既然这样，我们只有把票退了，明天再来？

只能这样了。

回到宾馆，石曼打电话给老拔说，临时有事，可能回不去。

听说你们要回来，老爷子可高兴了，还喝了小半碗粥。

老拔说，现在你们又不回来了，不知他又要怎么闹呢。

你给他好好解释吧，就说飞机误点了。

第二天，他们早早赶到远离城区的安定医院，四周少有人烟，一片荒凉，只有对面的山头建有一片工业区，升腾着一片白茫茫的雾气。他们进去一打听，邓方全果然在那里。他们找到了主治医生，说明情况，医生给他们交代了一些事项，就带领他们来到二楼，走过一条长长的幽深的走廊，两旁的绿漆铁门紧紧地关闭着，让人顿生森严之感。不时，从铁门里射出一道雪亮的目光，好奇而又呆直地盯着他们，好似随时要向他们扑来。来到中间靠左的一间房间，护理人员打开铁门，先进去与他交代了几句，才让他们走进去。屋里光线更暗，护士打开窗帘，才见一个瘦得皮包骨的老人弯着身子躺在床上。老人目光呆滞，脸色苍白得如一张洁净的纸。他惊恐地看着他们，尽力将身子往床角缩。她努力在他脸上身上寻找着记忆中的痕迹，那张瘦得脱了相的脸，那双惊惧的眼睛，那个被剃光了的头。一切都是那样的陌生。

是他吗？唐娟走近石曼，轻声问道。

石曼一脸茫然。她走到床边，俯身靠近他，仔细察看他的脸，有意识地闻闻他身上的气味。他紧张地盯着她，突然转身扑向枕头边，紧紧抱住一个布娃娃，惊恐地叫道，莎——莎——石曼被这叫声吓了一跳，莎莎，这个名字像寒冬的雪天飞来的一颗石子，击打着她的心。她感到一阵尖利而窒息的疼痛。她隐约记得自己就叫这个名字，可是，当她再次把这个名字与自己联系起来时，又是那样的别扭与陌生。

莎莎是这个布娃娃，他以为你要抢他的布娃娃。医生对他们说，连忙上前安抚他，说别怕别怕，他们是来看你的，还给你送来了许多好吃的东西。刘立赶紧将手里的东西提到他眼前晃了晃，放在床头柜上。他见了，才搂着那布娃娃，坐直身来。他将布娃娃小心翼翼地抱在怀里，嘴里不停地说着什么。此时，石曼才认出，那个布娃娃正是自己小时候最好的伙伴，那圆圆的大眼睛，那直直的鼻子，还有那蕾丝边纱裙，一切都是那样熟悉。那时候，每晚睡觉，她总要搂着这布娃娃才能入睡，白天一个人在家时，只要有它相伴就不孤单。到了养父家后，最初每晚睡觉时，她哭闹着要她的布娃娃。养父给她买了一个又一个，仍不能制止她的哭闹。养父没有办法，见她哭得伤心，只有陪着她掉泪。后来，她每当想起这个布娃娃，就会想到她的爸爸，就有一种撕心扯肺的痛。这个布娃娃已破旧不堪，身体软塌塌的，金黄的头发也所剩无几，雪白的蕾丝边纱裙已成了灰黑色。

石曼这才坚信，眼前这男人就是深爱自己的爸爸，是教她牙牙学语、扶着她摇摇晃晃走路的爸爸，是给他童年无限欢乐与温暖的爸爸，但她怎么也不相信，那个瘦弱的肩膀怎么能肩负幼时的自己。那时，她常坐在他肩头，闻着他身上那股汗与烟草混合的气味，一路歌唱，一路欢笑，那是多么快乐的时光。她感到一阵心酸难过，好想上前抱抱他，或像小时候一样，偎依在他的怀里，与他说说话。她犹豫着，还是放弃了，怕自己的不慎触动他脆弱的神经，揭开他心头的伤疤。她只能这样默默望着，任泪水无声地滚落。

走出病房，医生叹息道，如果你们有空，常来看看他吧，他真可怜，之前从来没有一个亲人来看过他，只有一个工友，半个月或一个月，来探视他一回，给他带些吃的，帮他洗洗澡。我们有什么事，也是联系他。

那人叫什么名字呀？

王胜利。

石曼掏出手机，记下了那人的电话，与医生挥手告别。

离开精神病院，石曼决定去看一下王胜利。她要向他表达感激之情，可当她拨通了王胜利的电话，说明了自己的身份和来意时，王胜利迟疑着，哼哼哈哈地好一会儿，才说，不——别了。

石曼说，您这么多年来，一直照顾我爸爸，再怎么也要来向您表示感谢。

电话里的王胜利说他回老家了。说完，就挂断了电话。

石曼以为是自己不小心触到了手机，等她再拨过去，对方不接。她有些疑惑，紧接着又拨打过去，对方却已关机。石曼不解，一种不祥的预感在心头升起。

他们站立在街头，一时不知所措。刘立迟疑了一会儿，掏出手机，给他父亲打了电话。他父亲说，王胜利？认识认识，他下岗后，就到环卫站当了工人，你们找他有哪样事？

一个朋友想见见他。

那我帮你们问问。

好的。

不一会儿，刘立的父亲打电话来说，王胜利今年上半年已退休了。

他家住哪里呢？

他是大坑的，应该是住桐花巷。

桐花巷？石曼看了看刘立和唐娟，有些吃惊。

对，当年大坑和中坑的都住桐花巷。

大坑是什么意思？石曼不解地问。

当年采矿分几个坑道，一个坑就是一个作业单位，相当于现在的一个局级单位。大坑是主洞，是矿上的主体。

他们再次来到桐花巷，一打听，王胜利家住桐花巷丁字路口的那条小巷。他们来到王胜利家，再次遇见那个妇女。她显得有些慌张。她说她是王胜利的爱人，她说王胜利的老娘生病了，他半月前就回老家照顾他老娘去了。石曼问王胜利的老家在哪里，妇女闪烁其词，支吾半天没有说清楚。最后，她兀自走进屋，把门关上后，就再不出来了。

从桐花巷出来，石曼感觉蹊跷。这个叫王胜利的人既然对她爸爸那么好，为什么又要躲避她呢？莫非是他？石曼脑子快速地转着，一个模糊的身影从记忆深处走来。她记得自己在那个街口等妈妈时，一位叔叔向她走来，说带她去找妈妈，于是，她就跟着走了。她没有想到那位叔叔会骗她，因为她记得他是爸爸的朋友，爸爸经常带他到家里吃饭喝酒。许多年后，当她在电视上看到有关打拐的新闻，她意识到那位叔叔骗了自己，才知道自己是被他拐卖了。

难道就是他？石曼暗自想，可谁知道他老家是哪里的呢？她要刘立再打电话问问他父亲，进一步了解一下王胜利的情况。

我也不知道。他是大坑的，可能只有大坑的人才知道。刘立的父亲说。

哪些人是大坑的？

都走喽，不知还有哪些人在这里，要不，你们到矿山社区看看。

矿山社区？

对，那里应该查得到他的档案。

查档案？他们同意给我们去查吗？

你们说明情况，应该同意。

他们随后来到矿山社区，来到办公室，见一个四十多岁的男子独自守在电脑前玩游戏。他们上前说明了情况，男人沉迷于游戏之中，头都没有抬一下，直到一场游戏结束后，才疑惑地打量着他们说，你们去他家里找呀？

他回老家了，我们不知他老家在哪里。

莫非你们要去他老家找？男人不解地看着他们。

我们有点事情想向他了解一下。

王胜利？

对，王胜利。

他老家在常德。男人丢下一句话，又埋头忙着玩游戏。

湖南常德吗？刘立问。

不是湖南常德难道北京还有一个常德？男人不耐烦

地说。

常德哪个县呢？

你问我，我问谁呀？

刘立有些生气，正要发作，见一个年轻女子走了进来，唐娟急忙上前向那女子打听。那女子说，我也不知道他是常德哪里的。我查查看吧。女子说着，从办公桌的抽屉拿出一串钥匙，打开靠墙的一个档案柜，从里面抱出一大撂卷宗，一本一本地找，一页一页地翻，终于查到了王胜利的信息，原籍是湖南省常德市石门县胡家沟村人。

这里到常德有直达车吗？从矿山社区出来，石曼急急地问。

没有，只有乘高铁到长沙，再转车。

行，你们去梵净山吧，我去常德。

你一个人去哪行？唐娟说。

怕什么？

还是我们跟你一道去。刘立说。

真不用。石曼诚恳地说。

开玩笑哟，那么远的地方，你人生地不熟的，怎么可能放心让你一个人去？唐娟显然下了决心，不由分说地上了车。

在去高铁站的车上，石曼拨通了老拔的电话，告诉他，今天不能回来了，要去一趟湖南常德，要他再辛苦几天。

你们到常德去干什么？

有点急事。万一老爷子还不吃东西，你先给他输瓶能量吧，等我回来再慢慢给他调养。

好，你就放心去吧。

挂断电话，石曼闭着眼，长久不说一句话。

六

他们赶到常德的石门县时，天已经擦黑。他们在街边一家超市买了两瓶蜂蜜，两包黑芝麻糊，一盒纯牛奶，随后，在街上拦下一辆的士，连夜朝那个名叫胡家沟的小村赶。车出城不久，就开始爬坡，手机导航不断提醒前面弯多坡陡，雾大路滑。果然，没走多久，前面车灯的光柱里，只见浓雾滚滚，能见度不足二十米。很快，车玻璃上就积满了水珠，越积越密，连成一片，雨刮器不时刮出几声揪心的嘎嘎声，水线如蚯蚓般窜下。一路上，司机手忙脚乱地不停换挡变速，以每小时十公里的速度缓慢前行。

刘立与唐娟随着车身左摇右晃，很快就睡着了。石曼坐在副驾位上，紧紧盯着手机导航，见那条弯曲的绿色线路越来越短，她的心也开始狂跳起来。她不是担心这一路的安全，而是不知道如何面对那个人，那个躲避她的人，他的心里一定有许多有关她的秘密。

突然电话铃声响起。他们同时坐直身子，四下张望。石曼见是老拔打来的，没加思索就接了。老拔在电话里急切地问，你家的床单在哪里？

什么床单？

老爷子的床单。

怎么了？

他尿床了，被子和床单都打湿了，上面还有屎。

你没有给他垫尿不湿吗？

垫了，被他扯了，撕得满床都是。

他怎么了？石曼惊恐地问。

今天天一亮，他就问你什么时候回来，开始我还敷衍他说，你下午回来。可到了下午，他又问，我就只好把实情告诉他了。他听后就沉默了，又开始不吃不喝，也不与我说话。后来我见他睡着了，就回店里去一趟，回来就见他赤身裸体躺在被子外面，尿不湿撕扯得满床都是，被子上，床单上，到处都是屎和尿。

石曼不解，向来言行检点的养父怎么能做出这样不知羞耻的事来？她羞愧万分，无地自容，似乎在老拔面前赤身裸体的，不是她养父，而是她自己。她想，一个男人面对着另一个男人的裸体，而且，这个赤身裸体的男人还可能成为自己的岳丈，多难为情呀！还要给他擦洗身子，收拾被屎尿弄脏的衣服床铺。老拔在电话里显得十分平静，就连抱怨的语气也没有。石曼心里顿时升腾起一份感激，觉得老拔成熟老练，宽和平静。

他们来到胡家沟时，已是晚上九点过。村庄在靠近河边的小山沟里，极静，只有零星的灯光从树影间透出来，晶亮晶晶的。他们刚下车，一群小孩就好奇地围了过来打量着他们。

你们去哪里？一个孩子问。

这里是胡家沟吗？刘立答非所问。

是。你们找谁呀？

王胜利家在哪里？

王胜利，哪个王胜利？几个小孩你看看我，我看看你。其中一个突然朝村寨前的一圈人大声叫喊，他们找王胜利，他们找王胜利。人群中走出一个瘸脚男人。瘸脚男人得知他们找王胜利，兴奋地说，他是我哥。

你哥？

是呀。瘸脚男人说着，转身往村子里走，一瘸一瘸的，却极快。他们打开手机里的电筒，努力跟在他的后面，一串零乱的脚步声，引来一串激烈的狗叫。瘸脚男人走远了，见他们没跟上，才停下来等。可不一会儿，他又独自走到前面去了。

这路不好走，你们要小心点。瘸脚男人第三次停下来时，对他们说，快到了，转过这个弯就是。

果然，不一会儿，他们就听到瘸脚男人大声叫道，哥，有人找你。

哪个？一个苍老的声音在屋里答应。

不认识。

石曼心里一紧，生怕王胜利再次逃离，她推了推刘立。刘立会意，几步跟上瘸脚男人，大声叫着，王师傅，是我。

门开了，一个黑影背着光走出来，打量着刘立，不解地问，你是？

我叫刘立，是三坑刘慎光的儿子。

哦，你爸爸是刘慎光，我认识。

在他们答话间，石曼与唐娟也赶了上来，站在院子里，打量着眼前的房子。这是一栋木质结构的老屋，虽然有些破旧，但收拾得还算干净，院子里的地面用水泥硬化了，可能是当初没有抹平，到处坑坑洼洼的，有些硌脚。

听说老人家病了，我们顺便来看看。刘立递过手里的东西说。

哎呀，让你们破费，怎么好意思！王胜利接过东西，疑惑地打量着唐娟和石曼，这两位是？

这位是唐娟，我大学同学，这位是她的朋友，叫石曼。

哦，那快请屋里坐。

王胜利把他们引到西屋。屋里空气中浮动着一股陈腐的气息，像长久没有开窗一样。屋角的老式木床上，一位头发蓬乱的老人蜷曲在被子里。刘立上前问候，她不理睬，只顾呻吟。

老人家什么病？刘立问道。

老人仍是不答，只是呻吟声更大了些。

也没什么，老毛病。王胜利笑着回答说。

高寿呢？

八十六了。瘸脚男人右手比了个八字，自豪地说。

那平日全靠你照顾喽。刘立望着瘸脚男人赞许道。

不靠我靠谁呀，我哥怕我嫂子。瘸脚男人嘿嘿笑着说。

你不怕老婆？

我家这么穷，谁愿嫁给我？瘸脚男人说着，仍旧是一脸的笑。

王胜利把他们引到东头的外屋，陈设十分简陋，一个很大的灶头占据着半个屋子，墙角立着一个碗柜，中间摆着一张小木桌，几个小竹凳。他提了几个小竹凳，招呼他们到灶前的火塘边烤火，火塘里正燃着树根，冒着一缕缕青烟。

他们刚坐下，王胜利就叫瘸脚男人烧水泡茶。瘸脚男人往锅里加了半锅水，转到灶前来烧火。他不断地朝灶孔里添干树枝，火焰蹿出灶门，屋子顿时明亮了许多。石曼见那个瘦小的老人从碗柜里拿出三个花色不同的碗，又从碗柜的抽屉里翻出半包茶叶，分别往三个碗里倒。待水开后，向三只碗里加了开水，一一端给他们。随后，就着锅里的开水，从一个塑料口袋里拿出鸡蛋，一个接一个地往里磕，磕完鸡蛋，他又往锅里下面条。

这么晚了，下碗面将就一下。他说着，不停地用筷子搅着锅里的面条。

我们农村，没得什么好吃的。坐在灶前烧火的瘸脚男人讪讪地说。

这鸡蛋是正宗的农家土鸡蛋，面条也是传统的手工面条，现在的城里人很难吃到这纯天然的食物呢！老人抢过话题，好似在纠正瘸脚男人过分谦虚的话。好，好，现在还真难得吃上土鸡蛋煮粗面条呢。刘立兴奋地说。

当王胜利端着一碗鸡蛋面条递给石曼时，石曼不经意地看了他一眼，见他左眉上有道显目的疤痕，手一抖，端在手里的碗险些掉在了地上。他说了一句，小心。她没应答，惶惶然，魂不守舍的样子。毫无疑问，眼前这个老人就是当年与她爸爸一同喝酒，后来又将她领向那列绿皮火车的叔叔。

石曼细细打量，见他一副落魄的样子，完全是个矮小干瘦的老头，不仅发际已退到了头顶，就连头顶上仅有的那几根头发，也柔弱发黄，像冬天原野上干枯的荒草，在寒风中不住地颤抖；还有那张干瘦松弛的脸，如似一片枯叶，阡陌纵横；那细窄的眼睛里，透出一丝浑浊的光，当年英姿焕发的模样荡然无存。可是，他左额上的那道疤痕早已深深地烙在了石曼心里。看着这个恨了二十多年的人，如今变成了这般模样，她说不清是喜是悲。

刘立和唐娟一边吃一边称赞这土鸡蛋真香，说有许多年没有尝到这味道了。石曼却什么味也没吃出来。她一直在想，如何与他说才不会让他抵触与否认？可她脑子里如一锅粥，怎么也理不出个思路来。

王胜利收拾妥当后，又重新烧水给他们泡了茶，随后给刘立上了烟，才来到灶前一个塑料凳上坐下，自己也点上一支烟，慢慢吸起来。

你认识我吗？石曼将凳子朝王胜利身旁移了移，倾斜着身子问道。

你是——记不起来了。王胜利看着石曼好一会儿，摇摇头，凄然地笑着说。

二十五年前，不是你把我交给石光明的吗？

石光明？他瞪着石曼看了半天，惊愕地说，哦，你就是昨天打电话给我的那个邓——邓——莎莎？

我叫石曼。石曼恨恨地说。

石——曼——哦，对，你是该姓石。你父亲叫石光明。

石光明是我的养父。

唉！你是一个苦命的孩子。他停了停，深深地看了石曼一眼，叹息道。

你当年得了多少钱呀？石曼鼓足勇气，终于问出了心中的疑问。

什么多少钱呀？

你把我卖给石光明得了多少钱？石曼愤愤地问。她知道他会否认，但她想看看他怎么解释。

天地良心！我一分钱没得。他重重地拍了一下大腿，急切地发誓道。

石曼紧紧地盯着他，一句话不说。

你真的以为是我卖了你？王胜利睁着眼，似有所悟地反问道。

不是卖，那是为什么？

唉！王胜利深深地吸一口烟，又长长地吐出来，说，莫非你们今晚是专程为这事来的？

是的。石曼冷冷地说。

王胜利不再作答，只顾闷着头，一口一口地吸烟。好一会儿，他才将烟蒂重重地在鞋底上摁灭，说，你还记不记得你妈妈?

记得,但想不起她长什么样。

我领你走的那天,她说她去买东西,你还记得吗?

记得,我在一个街口等她,她老不回来,后来就看到了你。

你知道她为什么走开吗?

她不是去买东西吗?

不是,她是为了让你跟我走。

为什么? 石曼眼前一黑,脑子里再一次浮现出了那个影子一样的人,她真怀疑自己是不是她亲生的。

不为什么,只为了让你生活得更好。

让我生活得更好? 笑话。

我知道你不理解她。

她现在在哪里?

死了。

死了! 石曼被吓了一跳,脑子里一片空白,什么时候死的?

就在你离家后不久。

什么病?

唉,王胜利摇摇头,长叹一声,说,绝症。

这么说,当年她是把我卖得的钱拿来治病了?

不是这样! 王胜利说。

那为什么?

你想想,她都快死了,谁来养你嘛。

我爸爸呢？

你爸爸？眼看金矿日落西山，几个月才发一次工资，他自己都养不活了。

再养不活自己，也不能把自己的女儿卖给别人呀？

不是卖，唉，你怎么能这样想呢？王胜利没好气地说。

那是什么？

看来我只能对不住你妈妈了。

怎么对不住她？

她临终前要我向她承诺，一辈子守住你身世的秘密。

我身世的秘密？我的身世有什么见不得人的秘密？

唉，说来话长呀。王胜利说着，又抽出一支烟，独自点上，闷闷地抽了一会儿，才抬头幽幽地说，你本来就是姓石，你是石光明的女儿。

什么？石光明的女儿！石曼张大嘴，犹如晴天霹雳，惊愕地瞪着唐娟，见唐娟也定定地看着她。

对，你是石光明的女儿。

怎么可能！石曼脑子里晕乎乎的，理不清头绪。

哦，对了，你父亲怎么样？

谁呀？石曼愣着，没回过神来。

石光明。

瘫了，已经瘫三年了。

瘫了？他不过才六十多岁吧？

六十八岁。

他的命也苦呀！

他与我爸妈之间到底发生了什么？

唉，看来我只好给你说说了，好在你现在已经长大，应该知道自己的身世。你妈在天有灵，也会原谅我的。王胜利吸了一口烟，不慌不忙地说，那时，我和你爸都是大坑的矿工，石光明是我们的坑长。王胜利说，当时我们矿上很红火。我们走到哪里，人们投来的都是羡慕的眼光。周边县区的姑娘都以嫁给我们矿工为荣。也就是在那时，你爸认识了你妈。你妈可漂亮了。她是西边一个县的。她有个孃孃在区政府工作，与石坑长关系很好。她孃孃就请石坑长帮忙，把她介绍到矿上的职工食堂待业。那时，一个坑长权力可大了，相当于现在县里的一个局长。你爸得知你妈是石坑长介绍到矿上来工作的，就去求他。石坑长当晚就带着你爸爸上门说媒，你妈妈二话没说，就满口答应了。

你爸妈结婚的那天，我们可高兴了，人人都喝醉了。石坑长也醉了。石坑长醉了就哭。我们知道他心里苦。他结婚十多年了，老婆一直没有生育。

从此，你爸就与石坑长攀上了关系，深得石坑长的关照，很快提成了作业组组长。那时的作业组组长也是一个不小的官，有很多优待，比如常到外地出差，或外派到大城市学习。刚结婚不久，你爸就被派到贵阳学习半年。你爸也是一个有志向的人，只是有些离不开你妈。他接到通知后，犹豫了许久，还壮着胆子去找石坑长。石坑长一听就火了，狠狠地批评了他，说，好不容易争取的名额，你不去，你还想不想上进呀？你爸没办法，只得去了。你爸外出学习多了，见多识广，很快成了矿上的技术骨干，提为了技术科科长，负责矿上的技术改进，多次受到了冶金部的表彰，还连续三年都被评为全省的劳模。

虽然那时矿上仍旧热火朝天，但已显出了些衰败之象。广播里天天鼓动干部职工辞职下海。一些大胆的人就辞职下海了。石坑长就是其中的一员，并且还离了婚。现在看来，石坑长当时的选择是英明的，只是不知他是因为辞职才离的婚，还是因为离了婚才辞的职。就在他辞职不久，矿上就日落西山，一天不如一天了。到了九十年代，职工的工资也难保障了。那段时间，许多矿工们都开始恐慌了，感到黑天无路，找不到求生的法子。一些矿工的家属就结伴南下。你妈与我爱人就是那时去广州的。你爸也本打算跟她们一道出去，因为要照顾你，他就留了下来。

矿上出去的女人中，数你妈最顾家。王胜利说，她每月都要汇钱来，每年回来过年，不是带彩电，就是带冰箱，有一年还带来了一台吸尘器，把屋里旮旯角落的灰尘都吸得干干净净，让矿上的人眼热了好久。你不知道，在那个年代，家里能有彩电冰箱，可是不得了的。我家那婆娘在外只顾自己。后来，把我们的儿子也接过去了，就再没有寄过钱回家。我以为她再不回来了，哪知前几年，她又突然回来了，一问才知是她患有糖尿病，加之年纪已大，在外面找不到钱了，才想到这个家。

一次，你妈回来，突然来找我，我被吓了一跳，她整个人完全变了形，头发几乎脱光了，戴着一个假发。她说她得了绝症，叫什么艾滋病，快要死了。她说她什么牵挂也没有，就是放心不下你。她还向我坦白了当年她与石坑长的事。其实，之前人们就议论，说你是石坑长的女儿。不久，这一传言就得到了证实，因为你长得像石坑长。但你爸被蒙在鼓里，一点都没有察觉，一直把你当成亲生女儿疼爱。

石曼脑子里嗡的一声，晕晕乎乎的，好似他说的不是她妈妈，而是她自己。她感到莫大的耻辱，真想对王胜利大吼一声，叫他闭嘴。

王胜利一点也没有察觉石曼的不快，继续他的讲述：你妈还跟我说，在她与你爸爸结婚之前，她与石坑长就好上了，但石坑长不是真心爱她，只希望她给他生个孩子。你妈也承认你是石坑长的女儿。你妈说，石坑长在外面做生意发了，也一直想把你接过去抚养。所以，她希望我联系石坑长，把你送到他身边，让你有个好的成长环境，有一个好的未来。

现在看来，当年石坑长与他妻子离婚，与他辞职下海无关，而是因为他妻子察觉了他与你妈的事。石坑长的女人是矿上有名的厉害角色，她哪里能容忍自己的男人对自己不忠呢。

石曼意识渐渐模糊，她听不清王胜利在讲什么，只见他嘴巴不停地张合，从他嘴里吐出的，好似不是话语，而是一只只蜜蜂。她看见千万只蜜蜂从他嘴里飞出，聚集在她的眼前，不停地飞动着，嗡嗡地鸣叫，一下一下地蜇着她的神经。王胜利仍在继续讲述，嘴角堆起了一团白色的泡沫。随着他嘴角泡沫越堆越高，石曼眼前的蜂群也越聚越大，有一种遮天蔽日的阵势。她感到心烦意乱，头痛欲裂，忍无可忍，猛地站起身来，大声咆哮道，不要讲了！

夜里，石曼浑浑噩噩地躺在床上，脑子里一片混乱，没有停息片刻。她父母的往事，像夏日晴空夜幕上的繁星，不停闪现。她万万没有想到，自己是那个既可恨也可怜的石光明的女儿。她希望经历的这一切，只不过是一个梦，醒来后，一切又回到原样。可她分明知道眼前的一切都是那样的真实。她顿觉人生一种沧桑，似乎经历了几生几世，深感命运的不测与无助。

七

第二天天没亮，他们一行人就往回赶。石曼说，她要回千山给妈妈上坟。

那我与你们一道回去吧。王胜利说。

你不是要照顾你母亲吗？石曼说。

她是老毛病，不要紧的。王胜利说，你爸妈在千山既没有亲戚，也没有多少朋友。我若不去，怕你们坟都找不到。

石曼听了，一股热流涌上鼻尖，想到自己昨晚的失态，愧疚万分。她连忙上前，拥着王胜利，说，对不起，王叔叔，让我恨了您这么多年，昨晚又发了那一通脾气，多有得罪。王胜利大度地说，没什么，今天能看到你回来，我很高兴。

来到千山时，已是下午。王胜利带着他们到街角的一处丧葬用品店买了香、纸和烛。出城后，他又向附近的一户农户借了一把弯刀和锄头。见石曼一脸不解，他说，每年我去给你妈上坟时，都要顺便去把她坟上的杂草砍砍。石曼鼻子一酸，见他苍老的样子，又想到了她的爸爸，心里如刀剜一般地痛。听王胜利说，她爸爸至今还不知道她的身世，一直把她当自己的亲生女儿。正因为如此，她的失踪才给了他致命的打击。他一年又一年地寻找，一次又一次地失望，最后就疯了。王胜利还说，看着你爸爸可怜的样子，几次都想向他说出你的身世。但思来想去，还是没有，如果说了，对他无疑是一个更大的打击。因此，就一直隐忍着，没有说。只是一遍又一遍地劝慰他。但苍白的劝说哪能抚慰一位父亲的失女之痛呀！

他们来到城郊，朝后面的山坡走去。显然，这条路平日少有人行走，已被荒草荆棘封住了。好在王胜利在前面边走边砍，才现出一条窄窄的路来。

来到一个山垭口，王胜利指着荆棘丛中的一个土堆说，那就是你妈。石曼朝他手指的方向望去，见那个土堆，好似一个羞羞答答的人，正躲在草丛中偷偷地看他们。石曼伫立在坟前，泪水不自觉就盈满了眼眶。她很难想象，这就是那个影子一样的妈妈，是给她生命、为她操劳的妈妈。她顿觉自己与这个土堆有了一种血肉相连的牵扯与疼痛。石曼想，这么多年，她独自在这荒郊野外，是那样地孤单，那样地可怜，像她当年离开他们时，一样孤苦伶仃。石曼双膝一软，扑向前面的杂草，伏在坟堆上，任心中那股激流翻腾奔涌，多少年的思念，多少年的苦楚，多少年的期盼与渴慕，一股脑儿地化成一声又一声撕心裂肺的悲号。

石曼不知哭了多久，感觉自己已化成了一摊泥，与身下的坟堆融为一体，成了它的一部分。许久，唐娟才把她扶起来，坐在旁边的一个土台上。石曼见王胜利正在坟头一下一下地砍着杂草，刀起刀落，一片片茅草纷纷倒下。刘立也拿了锄头，在坟堆旁清理边沟。渐渐地，坟头从草丛中显露出来，圆润饱满，好似一个刚出笼的馒头。

石曼与唐娟来到坟堆前，燃香点烛，一张张烧纸化钱，火焰在寒风中左右摇摆，发出嘀嘀的叫吼声，像亡人的灵魂在扭动挣扎。不知何时，王胜利也来到了坟前。他上前作了三个揖，说，玉兰，对不起，我食言了，没有守住对你的承诺，好在你女儿已长大成人，现在她来看你来了，你在九泉下安息吧。他刚说完，风就止了，烟直了，火焰也不吼叫了，轻轻袅动着，从容而端庄。

石曼见了，连忙弯下腰去，闭上眼，念念有词，深深地鞠了一躬。她的脑子里再次浮现出那个影子一样的妈妈，是那样地轻盈，那样地缥缈。她轻声呼唤着，生怕一不小心，她就飘散了。直到唐娟上前拉她，她才睁开眼，抬起头看着前面那个光秃秃的土堆，说，妈妈，您好好安息吧。明年，我回来给您立块碑。说完，就一步一回头地朝山下走去。走了很远，仍见坟前火焰在袅动，青烟飘向天空，好似高举的手臂，不停地向他们挥动。

来到半山腰，石曼的手机铃声响起。她摁下接听键，还没有移拢耳边，就听到老拔急切地说，老爷子他——他——他怎么了？石曼一愣，定定地站着，听着老拔的话，一股气流从她的小腹往上蹿，硬硬地，淤积在胸口，不断膨胀，一会儿，腹部气鼓鼓的，胸腔也气鼓鼓的，压迫着心脏。她感到心慌意乱，天旋地转，眼前的世界逐渐模糊，暗淡……

丈夫的微笑

一

　　宝嫂想起那件事，周身就毛焦火辣，烦躁！

　　那天，整个山坡像一块烧热的铁，土坎边一蓬蓬绿得发亮的桐树叶间，知了吱呀吱呀地嘶鸣。

　　宝嫂赶着牛，背着满满一篮苞谷棒子，双手交替撑住路边的岩石，一步一喘地走在陡峭的山路上。牛蹄与乱石撞击刮擦的噼啪声，在寂静的山野回响。明晃晃的阳光从路面反射到她的脸上，一脸的汗珠晶莹剔透，一串一串挂在眼帘，聚在鼻翼间，痒痒的，抹一把，滴滴答答洒落一地。

老牛喷着粗气，走着走着，突然就站着不动了。宝嫂抬头望去，前面什么也没有。她吼了一声，老牛又埋头朝前走。可没走几步，老牛又站住了。宝嫂有些生气，在它屁股上重重地拍了一巴掌，催促它快些走，心想，你倒吃饱了，我还饿着肚子哩。

终于翻上了山垭口，一丝细微的风吹来，整个人就清爽了，步子也迈得轻快起来。

宝嫂将竹篮蹾在一个土台上，长长地哎呀一声，一抬眼，前面绿荫丛中那栋若隐若现的木屋和檐下那黄亮亮的苞谷串子，如年画般喜庆。她凝神看着，迷离的眼中有些许满足。突然，她好似想起什么，抬眼朝后山望去，一片白光抢进眼里。她心头一紧，双眼一黑，险些晕倒在地。

这群瘟羊！今天不死两个，我就不是人！宝嫂恨恨地骂着，擦了一把汗，背起竹篮，赶着牛，快步朝竹林中的木屋走去。

羊群一共有五百多只，远远望去，像一片洁白的云朵，在烈日的照射下，闪着耀眼的光。

这蛮王坡地广人稀，是县里封山育林的示范基地，也是发展畜牧业的理想之地。近年，县里提出大力发展畜牧业，实现人均一只羊的目标。口号喊得热闹，真正落到实处的，只有寥寥的几个人。整个蛮王坡，只有野猫坪村村主任王细娃因得到了政府支持，建起了一大片圈舍，养了这五百多只山羊。羊爱往树林里钻，喜吃那些肥厚的树叶，蛮王坡的封山育林地，就成了细娃家的天然牧场。五百多只山羊，两千多个蹄子，每到一处，蝗虫一般，呼啦啦，摧枯拉朽。原本密不透风的林子，如今处处都是断枝败叶，一片狼藉。蛮王坡人心生怨气。可生气又能怎样呢？羊吃树叶野草，谁能管得着？何况细娃作为一村之长，还有靠山。

那片封山育林地，也有宝嫂家的一块。既然没人愿站出来说句话，作为嫂子，她自然不便说什么。可就在五天前，那群羊直奔她家后山的莒地。她赶了一次又一次，可羊尝到了莒叶的鲜嫩，哪里舍得离去？几天下来，那块长势茂盛的莒地，就只剩下些藤藤蔓蔓，有的还被连根拔起。宝嫂心里堵得那个慌哟，如塞满了乱麻，烦乱不堪。

年初，市里一家淀粉厂的光头老板来到村里，说蛮王坡是发展绿色产业的理想环境。他引进了一种个头大淀粉含量高的大白莒，发给村民种，到时，按一元一斤的保底价收购。就宝嫂家这四亩地，年底至少可收入两万多元。

两万多元，对于宝嫂来说，是一笔可观的收入。虽然，这钱还在镜子里，可宝嫂早将它列入了来年开支的预算：儿子早该结婚了，可女方还在徘徊观望，要他在县城买一套房子。靠他那点死工资，得猴年马月呀？宝嫂答应帮助儿子交一半的首付款；丈夫去世六年多，仍是一个黄土堆，她觉得对不住他，想给他立块碑，少说也要花几千上万；再就是一年的油盐酱醋、人情世故，也是一笔不小的开支。她还有一个难以启齿的心愿，就是想给自己添一套像样的衣服。每次儿子带女朋友回来，她就为穿衣发愁，生怕丢了儿子的脸面。这每一件事，都像一个个张开的嘴，等着她拿钱去喂养。她一分分筹，一角角攒，希望把那一张张嘴填满，可又有些力不从心。如今，那块苕地被羊毁了，眼睁睁看着两万多元泡了汤，叫她如何不心急？

宝嫂抓起屋角的一根竹竿就往后山跑。羊群扯着苕叶，嚼着藤蔓，吃得正欢。最可气的是那只高大威武的波尔山羊，昂着头，挑衅似的，站在羊群中间，悠悠地嚼着嘴里的苕藤，傲慢地看着宝嫂，你往东赶，它往西逃，你往北撵，它往南窜。那傲慢的神情，让宝嫂想起桂霞。

常言说，弟兄只望弟兄穷，妯娌之间比英雄。宝嫂丈夫未死前，她家还是村里数一数二的富裕人家。桂霞一见她就撒娇，好似真把她这个大嫂当亲妈。那时，细娃还在跟着宝嫂的丈夫贩卖牛羊。细娃自小聪明，学了几年牛羊生意，名堂比那些老油子还多，几年下来，就成了村里的富裕户。但自从宝嫂丈夫死后，他们两家的关系就一年比一年淡了。后来，细娃当上了村主任，桂霞眼里就没了人，自然也没有了她这个大嫂。见了宝嫂，淡漠的脸上隐着冷冷的笑。

宝嫂第一天撵着羊群来到细娃家，要他们好好看管。桂霞见怪不怪的，只"噢噢"地应了几声，全没有一丝歉意。第二天，第三天，那羊群仍然浩浩荡荡地来，宝嫂忍住性子，又将它们赶回去，要桂霞管好。桂霞嘴上应着，脸上却不高兴。昨天，宝嫂把羊群赶到她家时，见她仍是若无其事的样子，就生气，说，你们再不看好，就不要怪我不认人哟。

哎哟，不就是吃了你家的几张苕叶吗？有哪样了不得呀！

你说得倒轻巧！你家养羊，难道要我为你们免费提供饲料？

这话说得好难听哟，好似我们欺负了你，大不了赔你嘛。

赔？要赔的话，我家后面那坡山林怕你们赔不起哩！

我看你是得寸进尺！要这么说，羊是长脚的货，谁能管得住它往哪里跑呀！

管不住你们就别养。

要不是乡里的领导三番五次上门劝说，我们才懒得养哩。

不要说乡里，就是县里的领导让你们养，也与我不相干。宝嫂愤愤地说，心想，这分明是显摆哩，谁不知你家细娃整天与乡里那帮人在一起，吃吃喝喝，打牌赌钱，不就是指望弄些项目来做？这几年，天麻、茶叶、药材、李子，哪样项目没有做过？七弄八整，把国家那几万块钱的扶持资金弄到手后，就没了踪影，还说是为政府分忧，帮乡里完成任务！

宝嫂以为与桂霞撕破了脸皮说开后，她会管好羊群，哪知人家根本没有把你放在眼里，只当你是放屁。哼，真是太欺负人了！

宝嫂举着竹竿，朝着那只波尔山羊狠狠打去。那波尔山羊稳稳地站着，只轻轻摆一下头，就躲开了。宝嫂心中的火气更旺了，她上前一步，又朝波尔山羊的头劈去，波尔山羊轻巧地一跳，竹竿落在一片苕滕上，劈断的滕叶纷纷跳跃。宝嫂丢下竹竿，抓起一块石头，上前几步，朝波尔山羊的头砸去。哪知石头还没有脱手，波尔山羊紧走几步，头一低一抬，就把她顶出一丈之远。宝嫂沮丧地坐在地上，呼呼喘气，心中的愤怒如烧山的火焰，一浪高过一浪。此时，一个念头闪进她的脑子，她愣了一下神，站起身来，咚咚咚朝家里奔去。

太阳开始偏西了，知了仍在树叶间无休止地嘶叫，大地闷热难熬，让人无处躲藏。

宝嫂从屋角一个塑料袋里舀了两瓢白花花的尿素倒进尿桶里，用粪瓢搅了几下，一股浓烈的尿骚臭顿时向空中漫开。她提着半桶尿水走向苕地，哗哗哗哗地将尿液洒在苕叶上。羊群闻到了尿骚味儿，纷纷奔来，挤在一起抢食。宝嫂赶散羊群，专等那波尔山羊吃。顷刻，那只波尔山羊的肚子就胀得滚圆。

太阳下山了，暑热却一点也没有消散。宝嫂到河坡地里掰了苞谷，走在回家的路上，看着暮色渐浓的山野，有些莫名的担忧。担忧什么呢？她一时又说不清楚。她背着苞谷棒子翻过山坳，见细娃匆匆迎面走来，与他相遇时，狠狠地瞪了她一眼，哼了一声，头也不回地走了。宝嫂心里咯噔一下，急步朝家里走。她来到院坎下，见桂霞站在大门口，就有些发虚。她走进院子，将竹篮蹾在阶阳坎上，取下镰刀，朝门口走去。她本打算从桂霞身边走过时，有意撞她一下，如果桂霞敢抓扯扭打，她就一镰刀朝她刨去。

崔秋香，我跟你没完！桂霞指着她的脸，撂下一句狠话，转身就走。

宝嫂一时愣住了。自从她嫁给丈夫后，村里人都叫她宝嫂，只有偶尔回娘家时，才有人叫她崔秋香。此刻，这名字从桂霞嘴里喊出来，格外刺耳。她见桂霞走下了院坎，说不清是得意还是失望。她走到大门口，见堂屋神龛下的供桌上，有一坨黑乌乌的东西。她拉亮电灯，顿时惊呆了：躺在供桌上的，正是那只波尔山羊。只见那羊嘴里冒着泡沫，四肢夸张地伸着，一对眼睛努力地鼓着，好似还在作最后的挣扎。她丢下镰刀，扑向那羊，抓住一支羊脚，一步一步地拖到屋外，丢到院子里。她拾起镰刀，朝院坎下追去，暮色中，山路上早没了桂霞的影子。她呼呼地喘着气，一股伤心委屈袭上心头，一屁股坐在地上，双手上举，又重重地拍在大腿上，仰头对天咆哮道，老天爷，你可看清了，究竟是哪个欺负人呀？！

二

死鬼，你说我怎么办呀？

宝嫂站在堂屋，默默地望着墙上的丈夫。

丈夫笑眯眯的，好似在说，看你那点出息。

是呀，丈夫生前，哪样事能难倒他？他们结婚不久，公婆就遇车祸双双身亡，兄妹四人没了依靠。作为大哥大嫂，他们自然担起了这个家。那年，他俩都才十八岁。一夜间，丈夫那张娃娃脸上有了丰富的内容，说话做事，成竹在胸，背挑犁铧，贩牛倒鸡，样样在行。因为他的能干，一家人的日子过得还算富裕。

宝嫂每天只管在家料理家务，照管年幼的细娃。那时细娃还不满两岁，宝嫂虽然还未生养，对细娃，除了喂奶，一个母亲该尽的责任，她都尽了。为了把细娃盘大，他们夫妻俩好几年没要孩子。

丈夫更是怜爱细娃，每晚都要把他抱来同睡。新婚夫妇，难免贪那男女之事，常常累得一觉睡到大天亮。许多时候，夜里他们被濡湿的床单凉醒，才知床单棉絮早被细娃一泡尿湿透了。无论她如何漂洗晾晒，温馨的新房总有一股尿臊味。

好不容易把四个弟妹拉扯大，又张罗他们结婚成家，本该松一口气了，可丈夫福薄，在一个风雨之夜，去对面山坳里看秧地，踩着一根掉在地上的高压线，一命呜呼。人们把他抬回来时，宝嫂顿觉天塌地陷。那时儿子王二顿刚进大学。宝嫂整日晕晕乎乎，被琐事推搡着往前走，夜里躺在床上，却记不起这一天的日子是怎么过来的。一天又一天，她原本纤弱细嫩的手变得粗糙了，人也大大咧咧的。不过，这大大咧咧只是外表，内里，她还是柔弱敏感，遇事拿不起主意。

按理说，细娃应该帮衬宝嫂，主动担起这个家。可桂霞是个厉害的角儿。第一次见着桂霞，宝嫂就知道她不简单。她与丈夫说了，丈夫笑笑说，细娃身上的野性还真要一个厉害的人来治治。果然，这个被哥嫂惯出了一身毛病的浪荡子，婚后却被桂霞收拾得服服帖帖。

细娃刚结婚时，宝嫂还是把他们两口子当小孩，为他们的生计操心劳神。丈夫每次外出贩卖牛羊，她都要他带上细娃，让细娃学一个生财之道。每次与桂霞坐在一起，她就主动与她摆摆处世持家的道理。可桂霞哪里容得她的婆婆妈妈？刚过家门，还乖巧听话，宝嫂说什么，她都点头称是。后来，不经意间，脸上就会流露出一丝不屑。宝嫂见了，也不往心里去。细娃做牛生意发了，包里的钱越来越多，她就不耐烦了，再听到宝嫂说教，就借故走开。一次二次，宝嫂意识到自己多嘴。再次见面，宝嫂就知趣地笑笑，有事只与细娃说。桂霞见她生分自己，独自生气，背地里指着细娃的鼻尖骂，真没有骨气，难道真是你妈从坟堆里爬出来了？细娃任她数落挖苦，对宝嫂依旧尊敬顺从。

细娃当上村主任后，桂霞的不耐烦越发明显了。那时，宝嫂家的日子已大不如前，每次村里评低保救济，细娃总要向着她们。为这，不少村民对细娃有意见，说他做事不公平。桂霞听了很生气，觉得宝嫂一家是包袱，眼里的嫌弃就更盛，不时阴阳怪气地说出一些难听的话来，伤宝嫂的心。常言说，人穷志短，马瘦毛长。宝嫂听了那些奚落的话，只得忍气吞声。

真正让两家失和的，还是另外两件事。

前年初夏的一个雨夜，宝嫂家河坡的土地垮了一大片。宝嫂去找细娃商量，要他把坎子砌回原样。桂霞说，凭哪样要他砌呀？你家的土坎垮下来把我家苞谷苗埋了，我还没有找你呢？宝嫂气得哟，险些吐血。细娃也觉得她过分，大声吼道，你怎么这样不讲理？明明是你铲土坎上的茅草时，把土坎挖虚了脚，雨水一泡就垮了，怎么还要怪嫂嫂？桂霞见细娃揭穿了自己的老底，顿时不依，就与他抓扯起来。这事之后，宝嫂与桂霞之间的隔阂更深了。

去年，因乌江下游修电站，宝嫂家一块承包地也在淹没区内。政府前来赔付淹没款时，细娃却把那块地的赔偿款算在了自己的名下。宝嫂不依，找上门去，桂霞却说，那块地本来就是我家的。

你问问细娃，那块地是你家的呢，还是我们送给你们种的？

对嘛，是你们送给我家的，又不是我们抢的！

宝嫂噎得半天没说出话来，见细娃蹲在院坎边一声不哼，就要他拿句话来说。细娃扬扬脸，说，这土地不是你们的，也不是我们的，是村里的。村里的土地，谁种谁受益。既然你们种不了，送给我们种，这淹没款当然应该由我们领。宝嫂气昏了头，冲上去就给细娃两巴掌。细娃捂着脸，傻愣愣地看着宝嫂，见她一脸怒气，就慢慢低下了头。从此，两家就断了来往，偶尔路上相遇，也是扭着脸，各走一边。

宝嫂没有想到，二十多年的付出，竟是这样的结局。她再次抬头看着丈夫，丈夫仍是那样没心没肝地笑。丈夫生前从没与人发生过争执。她问他哪来的那样好脾气。他说，脾气大有何用？能当饭吃当衣穿？凡事得有一个理，有理走遍天下，无理寸步难行。

可如今这理，由谁来评说？

宝嫂来到院子里，呆呆地看着那只死羊，想着桂霞那蛮横的样子，气就不打一处来。如果她们相互对骂一通，或是撕打一场，她还好受些，可桂霞丢下一句狠话转身就走，让她丈二和尚摸不着头脑。

宝嫂掏出手机拨出一串号码，犹豫了一会儿，又删掉了。她不想让儿子掺和这父辈之间的纠葛，就是天塌下来，也要自己扛着。她一想到儿子，心里就暖暖的，酸酸的，感觉对不起他。儿子大学四年，每年暑假都不回家，留在学校勤工俭学，挣学费。

宝嫂转身进屋，从床头边摸出手电，朝陈松明家走去。陈松明是村支书，也是她的侄女婿。宝嫂当然知道陈松明与细娃不和。按说两人都是自己的亲人，她不应该分彼此，但她觉得陈松明更贴心些，毕竟翠玲与自己是血脉相连的亲人，而细娃，自从结婚后，就难捉摸了。

天上一弯明月，晶亮的星星稀稀落落，满山的虫鸣喧嚣如织，在树叶草尖浮动。走在山路上，宝嫂摁亮手电，一根直直的光柱似持在手中的木棒，让她感到踏实。这蛮王坡村民分散而居，相邻的两家人，也有一两里的路程。她走过一片树林，爬上一段陡坡，翻过一道斜斜的山梁，见陈松明家亮着灯，就绕道去了山坳一家小卖部，花了五十六块钱买了瓶习酒。

以前，宝嫂到陈松明家从不拿东西，自从与细娃家失和后，每次遇事，都是来找他商量。麻烦的次数多了，她感到过意不去，就不时拿点东西，以表感激之意。

翠玲见了姑姑，忙放下饭碗热情招呼，见她手里提了东西，就生气地说，姑，你这是兴倒转了，本该我们去孝敬你哩！

没什么，只是遮遮手。宝嫂说着，把酒放在桌上。

快给姑盛饭。陈松明示意宝嫂坐下，对翠玲说。

宝嫂肚子有些饿，却没有吃饭的心思，连声推辞说，吃了吃了。

翠玲给她倒了一杯水，关切地问，姑，有事吗？

是有一件事哩，想来找松明拿拿主意。

哪样事？陈松明抬起头，问道。

等你把饭吃了再说吧。

我吃好了。陈松明几口扒了碗里的饭，抹着嘴说。

宝嫂将事情的经过说了，陈松明沉默了好一会儿，才说，按理说，你们两家是亲兄弟，我不好多言什么，但这细娃也是太不识好歹了。

唉，老天在上看着哩。宝嫂说着，长叹一口气。

村里人都在议论后山那几千亩封山林活生生被他家那群山羊毁了。翠玲愤愤地说。

我几次去乡林业站，肖站长都说要他们赔偿。陈松明抽出一支烟点上，吸了一口，慢慢地说。

要他们赔？不可能。你没听说他们与王乡长认了干亲家？翠玲说。

认了干亲家又怎么？只顾自己发财，不顾群众的利益，还是村干部哩！

别的事，我管不了，但自己的事，却不得不管。宝嫂问，你说，这事怎么办？

那羊死了就死了呗，还能怎样？你没找他们，他们反而来找你，这是哪来的道理呀？

问题是那只死山羊还在我家院子里哩！

把它丢到大路边，明天正好赶场，让大家评评这个理。陈松明愤愤地说。

是哩！让人们评评这个理，究竟是我不仁，还是他们不义。宝嫂想，顿觉心里透亮明朗。

三

从陈松明家回来，宝嫂费了好大的劲，才将那只死山羊拖到山腰的十字路口。那十字路口有四条路，一条路通往岩上，一条路通往腊园，一条路通往野猫坪，另一条路通往乡场上。她把死山羊丢在去乡场的路边，就是想让来自其他三个方向的人都能看到。

那晚，宝嫂怎么也睡不着。第二天就是赶乡场的日子。她不知人们将会如何评说。她猜想了一遍又一遍，就有了些激动，可冷静后，她又觉得有些过分。可转念又想，谁叫你桂霞太张狂呢？她暗自思忖，这是他们自找的！她起床，来到堂屋，坐在苞谷堆上，心不在焉地编着苞谷串子。苞谷堆得高高的，堆满了半屋，让她欢喜，也让她忧愁，喜的是一年辛苦没白费，愁的是这成山的苞谷，不知何时才能收拾完。丈夫去世后，她家的财路就断了，吃穿用度，全靠地里种出的粮食。宝嫂家的土地本来就不多。她几次想把江边的那块地收回，可当年丈夫亲口答应送细娃家种，就开不了这个口，只得向别的人家租了几亩地来种。她一个人种十来亩田地，常常是白天在山上劳动，夜里洗衣抹屋，打理着收进家里的粮食，几乎没有睡过一夜囫囵觉。

宝嫂看了看墙上的丈夫，那笑容里有几分赞许，好似在表扬她能干，就有些得意，心想，没了你，我照样把日子打理得有条有序，只是有些寡淡，有些孤清，有事无处商量。其实，丈夫在时，他们也很少商量过什么。在丈夫眼里，她娇小柔弱，经不起风雨，遇着什么难事，就独个儿扛。偶尔，她听说丈夫在外遇到了什么麻烦，为他担惊受怕。他却满不在乎，反而安慰她说，没有什么大不了的。

不知不觉，天就亮了。宝嫂洗了脸，背了竹篮，拿上镰刀，牵着老牛，就匆匆出门了。晨光在她的脚步声里渐渐明亮起来，山间的清晨空旷寂寥，透着清爽的凉意。她老远看见那只死山羊仍躺在十字路口，心就落地了。老牛扇动着鼻翼，昂着头，哞哞叫着，朝死羊奔去，那神情，如凯旋的将军。宝嫂骂道，得意忘形的东西！

宝嫂将老牛赶到对面的山塆里。她一边割草，一边听着对面的动静。幽暗的树林里，鸟儿叽叽地鸣叫，声音清脆明丽。她抓住一丛丛青草，不停地挥着镰刀，一条土坎很快就被割得光秃秃的，竹篮也装得满满的。宝嫂坐在草地上，透过树枝的间隙看着对面。两面山坡相距不到百米，十字路口的行人走兽看得清清楚楚，就连蚱蜢飞动时，翅膀拍动的声音也听得分明。

首先出现在对面山路上的是野猫坪的黄篾匠。他挑着竹器嘎吱嘎吱地走来，又嘎吱嘎吱地朝乡场方向走去，或许是晨光昏暗，或许是他过于专注脚下的路，对那只死山羊看都没有看一眼。

太阳渐渐升起来了，赶场的人三三两两，越来越多，有赶牛的，有背粮食的，也有空着手的。突然，一人惊呼道，怎么这里有只死羊呀？

这不是细娃家那只波尔山羊吗？

是呀，怎么死在这里呢？

不会是被狼咬了吧？

狼咬了怎么不吃呀？

有几个人围着那只死羊不走，查看它的死因。

可能是病死的。

哎呀，真可惜。

哪天死的，怎么没有听说呢？

昨天才死的。宝嫂听见陈松明的声音，抬起头来，朝对面的十字路口望去，见陈松明边走边说，并没有停下来的意思。

那肚子怎么那么大呀？

胀死的呀。

你怎么知道？人们见陈松明这样说，就跟了上去。

我听说是翠玲家姑给苕地追肥后，这羊去吃苕叶，结果胀死了。

陈松明没有说毒死，而是说胀死，也没有说尿里加了尿素。宝嫂听了，心里涌起一阵感激。

哈哈，这宝嫂莫不是有意的吧？

可不要乱说哟，本来他们两家就不和。

正因为不和睦，宝嫂才下毒呢。

就是下了毒，也不能怪宝嫂，哪个不知他家这群羊可恨呀，走一路吃一路，后山那片树林被毁得一塌糊涂。

可不是，只是没有人敢得罪他们。

这下好了，他的亲嫂子给大家出了一口气，看他怎么办。

他能怎么办？没有他哥嫂，能有他细娃的今天？

细娃倒好说，只怕桂霞不是省油的灯。

人家是给苕地追肥，谁叫他家羊去吃？

难说难说。

我看没有王法哟！

……

一伙人走远了，另一伙人又赶来。仍是同样的疑问，不同的猜测，议论纷纷……

桂霞，你家那只波尔山羊怎么死在这里了？突然，一声尖厉的高呼，一个女人跑到死羊前，讨好地说。桂霞紧赶了两步，奔到死山羊前蹲下，愣了一会儿，大声叫道，哼，走着瞧，我就不相信，整不过你这个娼妇。说完，疾步离开，气冲冲朝乡场方向走去。

怎么回事呀？另一个女人追上去问。

你们说说，我那羊不就吃了她家几张苕叶，她就下药把我这羊毒死了。桂霞答非所问地说。

哎哟哦，真是狠心，人怎么与畜生计较呀！

是嘛，欺人太甚了，今天不拿点颜色给她看看，她就不知老娘的厉害。

是哪个嘛？这么狠毒！

哪个？那个老娼妇！自从我嫁到他们家来，就像妈一样压着我。如今管不着我了，就拿我家的羊来出气。

哎哟，这个宝嫂也是，吃多了撑的？

哼，今天她不给我退路，我也叫她收不了场。

常言说，亲兄弟，打破脑壳镶得起。这个宝嫂，做事怎么这样绝？几个女人说着，也走远了。

宝嫂在对面听着，气得几次想跳出来与桂霞对骂，最后还是忍住了。她想，你桂霞既然夸下了海口，我也不惧你。她自然想到细娃整天与那帮乡干部打牌喝酒，想到他们的干亲家王乡长。不管怎么说，她是在自家地里施肥，再说，她已多次上门打过招呼，要他们把羊群管好，再不讲理的人，也能分出个青红皂白来。

回到家后，宝嫂感到莫名的烦躁，几次背着竹篮出门准备上山掰苞谷，又返回身来。她知道桂霞不会就此罢休，却不知事态将如何发展。她静静地等着。

天黑后，宝嫂到陈松明家打探消息。陈松明说，细娃这下麻烦大了，林业站马上就要派人来调查他家羊群毁坏封山育林的事。

你怎么知道的？

我今天去了乡林业站，肖站长亲自跟我说的。

这么说，真要他们赔？

那还用说，国家投资那么大，怎么能成为他家放羊的牧场？

宝嫂见陈松明说得这么严重，也被吓住了。她本不希望把事情闹大，只想压压桂霞那股傲气，就暗自怪陈松明狠心，但人家是在帮自己，又不好说什么，事到如今，只有顺其自然了。

四

那只死山羊整日被烈日烘烤，已开始腐烂了，风一吹，一股恶臭就飘满了沟沟岭岭，让人作呕。村里人十分恼火，说大热的天，整日臭烘烘的，这日子还让人过不过呀？有几个人就去找细娃。桂霞说，我家那羊被人毒死了，都没有找到出气的地方，你们还来找我们？他们又来找宝嫂，宝嫂不知怎么办，去问陈松明。陈松明说，事情还没有处理之前，千万不要动那只死羊，就让这臭味熏得人们受不了，逼着上面来处理。

宝嫂坐在家里编苞谷串子，不时飘来一股浓稠的恶臭。她把注意力放在编着苞谷串子上，一边编，一边估算着这一年的产量，按市场行情算能卖多少钱。她这么一算，喜悦就像屋外的阳光，把她的心照得亮堂堂的，想象中，儿子那城里的房子也清晰起来，对那恶臭似乎也麻木了。

　　宝嫂沉浸在这喜悦里，没有听见门外的脚步声。屋里的光线暗了下来，她才从苞谷堆里抬起头，见一行人正站在大门口。走在前面的是陈松明，后面跟着三个不认识的人。莫非是乡林业站的人来调查细娃家羊群毁林的事情？她忙站起身来热情招呼。见那几个人都穿着警服，心里莫名地一紧。听了陈松明介绍，她才知道这几个人是乡派出所的民警，那个高大的胖子是乡派出所冉所长，那个瘦小的年轻人是邓干警，另一个高个子是驾驶员。宝嫂在屋里转了几圈，才想起给他们摆板凳让坐，到灶房准备烧开水。冉所长连声说，别客气，我们是来调查王村长家那只死山羊的事。宝嫂有些失望。她心想派出所的人怎么知道这事呢？一定是桂霞去报的案。她看了陈松明一眼，见他正不住地朝自己使眼色，脑子里乱糟糟的，不知他是什么意思。她乖乖地坐在冉所长对面，双手不停地揉搓，思绪一片零乱。

　　你把事情的经过说一遍吧。冉所长朝她笑笑，亲切地说。

　　好。宝嫂木木地回答道，随后就把那事的前因后果如实地说了一遍。冉所长又问了一些细节，与邓干警交换了一下眼色，就站起身来，说要到后山的苕地里去看看。宝嫂连忙带他们到后山的苜地里。那苜地仍是凌乱不堪。冉所长照了几张相，就与邓干警离去了。

宝嫂目送着他们消失在对面那个山塆里，才转身回去。她还没走几步，陈松明就追上来，不无责怪地说，姑呀，你怎么承认尿里放有尿素呢？

他们不是要我如实说吗？

再如实，也不能说这个呀！尿里加了尿素，不就说明你是有意要毒那群羊吗？

那怎么办呀？

说都说了，还能怎么办？不过，不管他们如何处理，要你赔钱，坚决不给。

他们说要我赔钱了？

没有。我怕你到时一口答应了，就没有反悔的余地了。

要我赔钱，说到哪里也没有这个理哟！

难说，不过，到时你一口咬定没钱，他们也无法。陈松明说完，匆匆走了。

宝嫂想，冉所长那么亲切，办事那样认真，一看就知道是好人，不会偏袒哪一方。她相信这世上有公理，你细娃与乡里的人再熟，也还是要依法，要讲理。说不定念及自家孤儿寡母，不定冉所长还会体恤自己，多些关照哩。她想到这里，心里就踏实了，脸上还露出宽慰的笑意。

让宝嫂没有想到的是，再次见到冉所长，他的态度却是一百八十度的大转弯。

那天，陈松明打电话来，说，乡派出所的人来了，要她去村委会调解。宝嫂洗了脸，又换了一套干净整齐的衣服，来到村委会，见院子里坐着一圈人，除了冉所长和邓干警以及那个高个子驾驶员，还有几个村委成员和桂霞。宝嫂见细娃没来，就心生疑惑，想他是有意躲避。

冉所长一见她，就板着脸，大声说，人都到齐了，我们开始。那威严的声音，震得人耳朵发麻。他说，通过几天的调查，事情的经过很清楚了。现在召集你们双方当事人及村干部，进行调解。希望大家明理依法，充分认识自己存在的问题，该赔礼的赔礼，该赔钱的赔钱。首先，你们把各自的想法说一下吧。

冉所长话音刚落，桂霞就气势汹汹地站起来，说，我们是响应政府的号召发展畜牧业，如果不严肃处理，我们明天就把羊群全部赶去卖了。这样下去，谁还敢养呀？说不定哪天就被全部毒死了。

哪个毒了你家的羊？宝嫂大声问。

你没有下毒，我家的羊怎么死在你家地里了？

我怎么知道？

不吵了，事情我们已经调查清楚了，羊是你宝嫂毒死的。冉所长大声吼道。

怎么是我毒死的？你们说话要有证据！

你自己说的，还要抵赖！邓干警瞪着宝嫂说。

我说什么了？

你不是说用尿混合了尿素去洒在苕地里吗？邓干警说。

我是去施肥。他们的羊把我家的苕叶吃了，我还不能施肥吗？

哪个不知尿里加尿素有毒呀？冉所长说。

有毒又怎么了，我又不是洒在她家的羊圈里。再说，我几次三番给他们打过招呼了，要他们好好管住羊群，他们不听，关我哪样事？

羊是牲畜，是长脚的货，怎么管呀？桂霞愤愤地说。

牲畜怎么了？也不能害别人的庄稼呀！

不就吃了你家几张苕叶？要钱，你开明条说呀？我赔你就是，怎么就起了歹心毒死我家的羊呢？

既说到了这个赔字，情况就复杂了，村后面那片封山林……陈松明突然插话说。

不扯远了，后山那片封山林，林业部门自然要来调查，不是你我说了就能算数的。冉所长武断地打断陈松明的话说，现在要处理的是死羊的事。原以为你们是一家人，会好说话。既然商量不拢，我们就按所里事先研究的方案执行。冉所长干咳了两声，清了清嗓子，说，考虑王村长家的羊群到宝嫂家苕地里吃苕藤在先，理应赔偿羊群造成的损失。而宝嫂在尿里混合了尿素，有成心毒死那群羊的嫌疑，结果又造成一只羊被毒死的后果。我们也咨询了畜牧部门和农业部门，宝嫂家的苕地折价五百元左右，而那只死羊市场上至少值三千元。双方抵扣后，宝嫂赔偿细娃家的损失两千五百元，同时，死山羊由宝嫂负责埋葬，赔偿款限期十天内交到乡派出所。你们看行不行，如果行，双方就在这上面签个字。如果不服，我们就要按《中华人民共和国刑法》第二百七十五条进行处法，先把人拘留起来再说。

宝嫂顿时就瘫在地上了，人们七手八脚地前来扶她，她却软得像一摊烂泥，怎么也站立不起来。她不知这讲的是什么理？两千五百元？是多大的一笔数字！她要卖多少苞谷籽才能凑齐？她坐在地上，仰起头，想求求冉所长，却见冉所长那高大的身躯像一座黑压压的大山，把她的视线挡得严严实实。

五

当天夜里，宝嫂就到山脚挖了一个深坑，把死羊拖埋了。一则是那臭气越来越浓烈，让人受不了，既然派出所要她埋，就是她的责任，她不想受众人指责；再则，她也希望给派出所的人留个好印象，鸡蛋哪能硬得过石头？先软着，看事情还有没有转机。

你说，这派出所也算一个国家单位，怎么就那样偏心呀？宝嫂再次来到陈松明家，愤愤地说。

他们分明是受王乡长的指使。翠玲说。

这么说，这钱一定要赔了。

现在是有点难办了，唯一的希望就是看乡林业站的肖站长，如果他们真的来调查，并对山羊毁林的事及时做出处理，赔这两千五百块钱也值，怕就怕你这边赔了，林业站那边不来处理。陈松明说。

那怎么办？

我明天再到乡林业站去问问。

明天我也跟你去。

第二天一大早，陈松明就用摩托车带着宝嫂来到乡里。宝嫂说，我们还是先到派出所看看吧。

为哪样？

我们去找冉所长说说情，看能不能重新处理。如果派出所不同意重新调解，我们再去找林业站。

也行。

他们来到乡政府，整个院子静悄悄的。他们在派出所门外等了许久，才见一个年轻的白脸警察开了门。他们跟了进去，那年轻人狐疑地看着他们，问，你们有哪样事？

我们找冉所长。陈松明说。

冉所长昨夜值夜班，很晚才睡，你们下午来吧。

陈松明看了看宝嫂。

我们既然来了，还是在这里等等吧。宝嫂说。

那位白脸警察随后打开电脑，就专心地上网看新闻。不时有人前来报案。他见怪不怪地在值班记录本上记下报案情况，随后，就叫他们先回家等着，说他们马上派人出警。快十点钟了，冉所长才哈欠连连地走进办公室，一见宝嫂和陈松明，就问，你们是来交钱吗？陈松明连忙站起身来给冉所长上烟，说，冉所长，你们是不是再商量商量，看看她这事能不能……

我说你个陈松明，还是一个村干部，怎么是这样的觉悟？我们是执法部门，哪能出尔反尔？不待陈松明说完，冉所长就大声吼道。

我是怕……宝嫂欠欠身，说。

怕哪样怕，难道还不相信我们？我们也是代表一级政府呀。

陈松明笑笑，说，是，是。随后起身，叫上宝嫂走出了派出所。他们来到乡林业站，从一楼转上二楼，见一个个铁门紧锁。二楼的走廊尽头，一个年轻姑娘正在水龙头下刷牙。陈松明问，肖站长在吗？

开会去了，找他有哪样事呀？姑娘含着一口牙膏泡沫，含糊不清地问。

陈松明把蛮王坡后那片封山林被细娃家的羊毁了一事说了一遍。姑娘漱净口里的泡沫，说，早有村民来反映过了，但具体怎么处理，还是要肖站长拿主意。

肖站长哪天回来呀？

不知道。

走出林业站，陈松明小声嘀咕道，开哪样会哟，明明是回家了，只是赶场天才来站里上一天班。

肖站长哪里人？宝嫂问。

城里人。

你知道他家住县城哪里吗？

在和平街，有一次我在县里开会，还到他家去过一次。

那我们上县城去找他。

行，在他家里还好说话一些。

他们随后又往县城赶。一路上，宝嫂都在想，见了肖站长该怎么说呢？她觉得这样空着手去怕不好吧！她把自己的想法与陈松明说了。陈松明说，给他买瓶酒吧，他就爱喝两杯。

来到县城一家超市门口，陈松明熄了火。宝嫂拍了拍身上的灰，走进超市。她来到名酒专柜，看着一排排包装精美的酒，心里像打鼓。她不知要买多贵的酒才拿得出手。她挑选了几瓶，价格都是一百多元的，见陈松明不表态，又转头在货架上瞅。最后她咬咬牙，花了三百五十二元买了一瓶红花郎。陈松明拿过酒看了看，点头说，差不多了，再贵的也买不起。

他们来到肖站长家，肖站长一家人正在吃饭。肖站长见了他们，热情地招呼他们进屋里坐，连忙叫妻子拿碗来给他们盛饭。他的妻子好似没有听见，只给他们每人倒了一杯水，又回到桌边继续吃饭。陈松明嘿嘿笑了两声，说，吃了吃了。肖站长见宝嫂把酒放在电视机旁，转过脸来看着陈松明，问，有事吗？

就是那片封山育林的事，麻烦您抽时间去看看，那片树林被毁得真是可惜。

唉，这几天真是忙得两脚不沾地。你知道的，我们站里本来就没几个人，上面下达的造林任务又重，真是没办法。肖站长一边吃饭，一边说。他早听说了宝嫂与细娃家扯皮的事。他吃完饭，放下饭碗，端了茶杯慢悠悠地喝了一口，说，你们放心，这事迟早要处理的，我比你们还急呢！

从肖站长家出来，宝嫂感觉心里堵得慌。她觉得肖站长是在敷衍他们。她每次赶场，都见林业站冷清清的，哪里见他们忙过一天？

回到家里，宝嫂再无心情编苞谷串子了。她心里空荡荡的，事情到了这个地步，就这样放弃，又有些不甘心。夜里，她舞着手电筒出门，在村里转了一圈，敲开了一家又一家的门，收购了两百个鸡蛋，壮着胆子连夜步行到县城。大清早，肖站长见她热气升腾地站在门外，大吃一惊。

你昨天没有回去？

回去了，又连夜赶来了。

还有哪样事吗？肖站长一脸疑惑。

没事，给你们收了些土鸡蛋。

哎呀，你这样客气干哪样嘛？肖站长很是感动。

小意思，这土鸡蛋在我们农村算不得哪样。

这个我可不能要，你拿回去，至于那事，你放心，我会尽快派人来查。肖站长说着，就把那篮鸡蛋提起来，要宝嫂趁早背到农贸市场上去卖。

你这人，好扫人面子。既然人家背来了，你就收下，该多少钱，算给她不就得了。肖站长的老婆听见门外有人说话，披衣起床，见那一篮白花花的鸡蛋，满脸欢喜。

肖站长听了，让老婆点了数后，摸出两张百元钱递给宝嫂。宝嫂哪里肯要，背起背篼转身就走。肖站长追到楼梯口，见她已经走远，只得作罢。

赶场天，宝嫂再次来到乡林业站，肖站长给她倒了茶，在她对面坐下。

我这里你就不用跑了。我给你说句实话吧，不是我们不管，是乡里的领导说了，要我们先把这事放放。

为哪样要放放？

这件事牵涉面大，不是我们一个林业站就能处理得了的。肖站长站起身来，上半身探出门看了看，随后虚隐着门，又坐回来，头倾向宝嫂，细声地说道，我看你还是去找找派出所再所长，他们有独立司法权，只要他们提出重新调解，乡里也不好强行干涉。

我们去找了，人家不同意。再说了，乡里的领导与你都说了，自然也与他打了招呼。宝嫂一脸无奈地说。

他们不同意，那就找县公安局嘛，县公安局要他们重新调解，他们还敢不听？

这时，一个人推门进来，打断了他们的谈话。肖站长借故大声说道，就这样吧，你回去再想想办法。随后就问那人有哪样事。宝嫂只得起身离开。

宝嫂径直来到陈松明家，把肖站长的话向陈松明说了。陈松明说，县公安局，我倒认识一位姓赵的副局长，只是我与他的交情一般，只怕人家不买我这个账。陈松明一脸无奈地说。他沉默了一会儿，又说，不过，这世上没有走不通的路，只是得花些钱。

只要走得通，花多少都行。宝嫂也被逼得走投无路了，急切地说。

陈松明见宝嫂一脸期待，就掏出手机，拨通了一个电话，扯了一阵闲淡后，要对方约赵局长出来吃饭。

宝嫂听说要请他们吃饭，就有些犹豫起来，听说去县城的宾馆吃一餐饭要花好几百呢，不知吃的是些哪样东西，那么贵！

一会儿那边打电话来说，这两天怕不行，公安局正在大范围地扫黄打黑。

宝嫂心里暗喜，想不行就算了，明天我就去把钱交了。见陈松明仍在央求对方想办法，她话到嘴边又咽了下去。

好半天那边才打电话过来说，经他死缠烂打，磨了半天嘴皮，赵局长终于答应了，但只有今晚上八点前有空。

今晚八点以前？陈松明看看手机，连忙说，好好，我马上赶来，说完，就挂断电话，问宝嫂身上带有多少钱。

宝嫂从身上掏出一把零碎，数了数，只有两百多块。

他叫正在厨房煮饭的翠玲拿一千块钱来，说，请人吃饭的事说不准，若是几个人高兴，多喝几瓶酒，价格就上去了。

宝嫂迟迟疑疑地接过钱，说，等苞谷晒干了，背上场去卖后就还你哈。

不急，先用着吧。翠玲笑着说，一直把他们送出门外。

来到县里一个名叫豪门酒家的酒店，宝嫂看到富丽堂皇的大厅，心跳就加快。她盘算着在这样的酒店吃一餐要花多少钱，也许五百，也许八百。她在门口站了一会儿说，我一个女人家，就不进去了。你去招呼他们吃，完了我来结账。

陈松明见她为难的样子，就说，也行。你先在各处转转，八点后我在大厅等你。

宝嫂应了一声，就转身走了。直到看不见那家酒店，她才停下来，四处看看，却不知道该往哪里去。这县城就在乌江边，两边的房屋沿江而立。随着夜色的降临，满城的灯光闪烁，五光十色，很是美丽。

不知不觉，宝嫂来到一个建筑工地，四周用砖墙围得紧紧的，越过围墙，只见里面一片灯火，哐当哐当的撞击声、车辆进出的轰轰声和卷扬机转动的声音交织一片。她抬头看了看建了一半的房子，想到儿子要在这县城买房，不知他们将会买在哪里，说不定就是眼前这片楼哩！她一栋一栋地看着，一层层地数着，就有些兴奋，有些好奇。她沿着围墙走，来到一个入口处，见几个戴安全帽、脚穿高筒靴的工人正从里面走出来。她急忙迎上前去，问，你们这里的房子卖多少钱呀？

不知道，这是老板的事。

大概是多少嘛？

高低都有，看你买哪一层。另一个说。

最低是多少？

三千五百多吧。

三千五？

她站在门口，见那几个人走远，就盯着地面，用脚划了一个正方形，想三千五百多块钱就买这么一小块，吓了一跳，若把那三十五张百元大钞铺开，也不止这一个平方米了。她再次抬头朝那一片还没有完工的高楼望去，觉得那楼真高，高得看不到顶上施工的人，只听得见从上面传来的尖厉的敲击声和吊塔启动的嗡嗡声。

不知转了多久，宝嫂见前面一片杂乱的灯光里，热汽升腾，仔细一看，原来是小吃一条街。她掏出手机一看，才六点四十。她朝小吃街走去，见一街都是吃喝的人，到处都是诱人的各色食物，感觉有些饿。她来到一个偏僻角落，在一个小摊前坐下，要了一碗米豆腐，慢慢吃起来。她连吃了两碗米豆腐，又喝了两碗酸汤，一看时间，七点二十了，才起身慢慢往回走。

隔得老远，宝嫂就看到陈松明在与那几个人握手道别。她待那伙人走后，才走进大厅。陈松明一脸红光，喷出一股酒气说，效果不错，赵局长当场就给冉所长打了电话。冉所长说，有赵局长一句话，明天就重新调解。结账时，服务员递来一张账单，一千三百七十二元。两人一看，都傻眼了。陈松明拿过单子，看了半天，对着宝嫂说，都是一些酒坛子。

宝嫂摸摸索索地递过钱，陈松明接过数了数，又从自己的钱夹里抽出两张百元票子，一同交给服务员。

一路上，陈松明心情很好，他把摩托车的油门踩得大大的，宝嫂坐在后面，风在耳边呼呼地吹。她仍在心疼那叠钱，但想到派出所同意重新调解，管它三七二十一，就当暗里交了赔偿款，明里却争了个面子赢了理！

六

宝嫂原本打算躺一会儿就起来编苞谷串子，哪知一觉就睡了个大天亮。

天空明净无云，太阳明晃晃地从对面的山垭口冒出来。宝嫂一看这天色，就知道三五天是不会下雨的。他本打算去河坡地里把剩下的苞谷取回来，又突然转念一想，决定去给屋后的那块苕地施肥。虽然那块苕地不可能如往年一样有好收成了，但若能及时施肥，说不定还能捞回个千儿八百。

宝嫂每挑一担粪，都要站在地里朝半山腰的马路上眺望一会儿。她不知冉所长何时来重新调解。一次两次，见那马路上空空的，她就有些失望。她挑了七担粪，才把那块苕地浇完。收工时，太阳已爬上房顶，肚子也饿得紧贴着了背脊骨。她煮碗面条吃了，又牵着牛去河坡掰苞谷。她刚到地里就接到陈松明的电话，要她赶紧到他家去。她以为是派出所的人来了，就将牛拴在地里往回赶。她汗流浃背地来到陈松明家，见陈松明一人躺在凉椅上睡着了。她正犹豫着，不知要不要把他叫醒，陈松明却伸了一个懒腰自己醒来。

姑来了？陈松明说，我也是刚回来。

你到哪里去来？

乡里。

乡里？宝嫂用衣角抹抹汗，不解地问，见陈松明一脸阴沉，就知道事情有了变故。

姑呀，看来那钱还是得交。陈松明若有所思地说。

哪样钱呀？

细娃家的赔偿款。

怎么了？

今天一大早，我就被王乡长叫去狠狠地骂了一顿。他说我作为村干部，不但不平息事态，还挑起事端，找县里有关部门的领导打招呼。我说没有，只是觉得那事情处理得有些不公。王乡长说，有哪样不公？发展畜牧业是县委、县政府的一项富民政策，也是省里对我县扶贫开发的重点项目，一年扶持资金上亿元，实施不好，谁来负责？为推动这项工作，乡里决定实施能人带动。好不容易树起了细娃这个典型，而今，他家的羊被毒死了，不给个说法，今后这项工作如何推动？

我就知道他们会盖大帽子！要么说，封山育林才是造福子孙的大事呢？！宝嫂说。

唉，谁不知道这个理？可他们明明是要拿你开刀，杀一儆百。

今天我就偏不交，看他们能把我怎么办？

陈松明迟疑了半天，叹了口气，说，还是交了吧，迟交早交都是交，何必得罪他们呢？

我就不交，他们还会拉我去坐班房？宝嫂生气地说。

王乡长说了，只要你把这钱交了，他随后就叫林业站的人来调查。陈松明话锋一转，有了些央求的意味。

这话你也相信！那他为什么不先叫林业站的人来调查呢？

人家是领导，怎么可以和他讨价还价呢？

领导怎么了？领导也要讲良心，讲公理。要不然，不说他是一个乡长，就是县长、省长，我也不怕。

我说姑呀，你怎么就不听我一句劝呢，难道我的胳膊还会往外拐？

我知道你不会害我，但你怕他们把你的乌纱帽摘了。宝嫂气鼓鼓地说。

话怎么能这样说呢？陈松明有些生气，站起身来说，你好好想想吧，总之，不要吃眼前亏，留得青山在，不怕没柴烧。

宝嫂从陈松明家回来，天已黑了。她打开门，就一屁股坐在粮堆上发呆。原以为只要派出所里的人来重新调解，她做些让步，大家脸面上都过得去。而今，退路被堵死了，而且非要拿她来开刀，不禁悲从中来。她抹了一把泪，抬起头来，望着墙上丈夫的照片，见窗外一束月亮正照着他的笑脸。她走过去，一声声地问，怎么办？你说我该怎么办呢？

她与丈夫对视了许久，突然想起老牛还拴在河坡。她犹豫了一下，本想明天再去牵，可又怕人偷了老牛，只得进屋拿了手电，锁了门就朝河坡里走去。

宝嫂来到河坡，见老牛静静地卧在地上看着她，突然一阵心酸，上前紧紧地抱住老牛，放声大哭起来。哭了许久，她才醒悟，此刻是在深夜的山野。她连忙止住哭声，四处打量，迷蒙的月亮下，山野鬼魅森森。白天熟悉的地形，在这黑夜里也变了形，全是恐怖与阴森。她想起陈松明的话：留得青山在，不怕没柴烧。言外之意，如果不交钱，莫非他们就要下毒手了？想到这里，她禁不住打了一个寒战。她看了看月夜里的远山近树，似一个个静候着的怪物，正龇牙咧嘴地瞪着她。是哦，这深山荒野，弄死一个人就如弄死一只蚂蚁一样容易。几年前，马楝坪一个大姑娘被人奸杀，尸体发臭了才被人们发现。公安局的人来查了几天，至今也没有查出凶手是谁。宝嫂越想越害怕，觉得这荒山野岭随处都隐藏着致命的危险。

回到家里，宝嫂就掏出手机，拨通了儿子的电话，才响两声，王二顿就接了。王二顿问，妈，有事吗？

没事。只是问问你最近忙不忙。

忙哩，马上就要中考了，每晚都要补课，作最后的冲刺。

哦。要注意……宝嫂本想叮嘱他注意身体，可话还没有说完就被他打断了。他说，妈，等下课了我给你打来，说完，就挂断了电话。

王二顿大学毕业后，顺利地考上了教师，现在在一个片区中心学校教书，还是毕业班的班主任。他的女朋友肖燕是他的同事。肖燕是一个秀气的姑娘。宝嫂第一次见她，就很喜欢。肖燕说，她自己倒没什么，只是她的母亲有这个要求，说只有在县城买了房子，才算得上是城里的人。肖燕还说，等他们结婚了，两人工资还按揭款没问题，主要是首付有些困难。宝嫂觉得这肖燕不仅长相讨人喜欢，还通情达理。现在这世道，夜长梦多，只要没有结婚，肖燕就还算不得她家的媳妇。她想尽快帮助他们筹齐首付款，把房子定了，再催他们把婚结了，才能安心。可谁知偏偏遇上这麻烦事。

晚上十一点，王二顿准时打来电话，问母亲有哪样事呀？宝嫂先没有说。她不想让儿子操心。可母子连心，见母亲说话吞吞吐吐的，王二顿就知道她有事。他一再追问，宝嫂最后只得轻描淡写地说了。

王二顿很是生气，当晚就骑着摩托车赶了回来，连夜要去找细娃。宝嫂死死拉住，他才作罢。王二顿从小与细娃一起长大，论理是叔侄，实则如弟兄，两人如果此刻相遇了，难免会大打出手。宝嫂说，事情总有解决的一天，再说，钱在我手里，我不拿，莫非他们还敢来抢？

第二天，王二顿一起床就去找细娃。宝嫂怕他与细娃争吵，拉住他的摩托车，非要与他一道去。

幺叔呢？来到细娃家，王二顿见了桂霞，冷冷地问。

桂霞看着王二顿，见他没有叫喊自己，本不想理他，但又不知他找丈夫做哪样，只得冷冷地说了，昨夜被乡里人叫去打牌，还没回来。你找他有哪样事？

男人的事，你不要管。王二顿直戳戳地说，随后跨上摩托，带上母亲，又往乡里赶去。桂霞被噎在那里，半天才回过神来。她往地上啐了一口，恨恨地骂道，杂种，没教养的东西，还是人民教师！真是有哪样的妈就有哪样的儿子。

王二顿带着宝嫂来到乡里，见细娃正与几个乡干部在对面一家粉馆吃早餐。王二顿把摩托停在街边，叫了声幺叔。

细娃见了，忙迎出来，叫他们进去吃粉。王二顿说，你过来，我找你有事。

再大的事也过了早再说。

若不想在你朋友面前丢脸，就过来。王二顿气愤地说。

细娃只得转身把钱付了，与那伙人说了几句，走过街来，把王二顿拉到一边说，我也正想去找你。

那你为哪样不去学校找我呀？

还不是怪你妈，把事闹大了，现在乡里都插手了。

家里的事，怎么让乡里人插手呀？

你妈与人到处告我，说我家的羊毁了那片封山育林。

还不是被你们逼的。

你问问你妈，我几时逼她了？

你没有逼，怎么不管好你家的羊。宝嫂说。

那羊死后，我一直没管这事。可不知怎么，乡里面的人就知道了。细娃一脸委屈地说。

还不是桂霞到派出所报了案。宝嫂气愤地说。

过去的事就不要争了，现在怎么办？王二顿打断了他们，大声说。

怎么办呀，只有听从乡里处理了。细娃摊摊手，无可奈何地说。

好，我现在就去找乡长。王二顿看了细娃一眼，丢下一句话，发动摩托，带着母亲飞驰而去。

他们来到乡政府，见乡长办公室的门紧闭，就来到办公室问，王乡长在吗？

到县里开会去了。一个年轻人看了宝嫂一眼，说。

杨书记呢？

也到县里开会去了。

王二顿在乡政府大院闷闷地站了一会儿，一股怒火就在胸中乱窜。他点上一支烟，吸了几口，又重重地甩到地上，就往旁边的派出所走去，见所长办公室虚隐着，王二顿推开一看，见里面坐着一圈人，好似在开会，就退了回来。里面有人问道，有哪样事？

找冉所长。

我就是。

宝嫂见儿子不认识冉所长，忙上前说，冉所长，我们还是为那事呢。冉所长见是宝嫂，说，我不是早给你说了，你们别再跑了，跑了也没有用，抓紧准备钱，明天就到规定的期限了。王二顿听了，铁青着脸，瞪着冉所长，大声吼道，走着瞧，我就不信你们能一手遮天！说完，甩门而去。几个民警先是惊得一愣一愣的，你看看我，我看看你，随后就不约而同地笑了起来。宝嫂见了，很是生气，心想，你们笑哪样笑，站着说话不腰疼，哪天火柴头落到你们脚背上，才知道烫人！

七

从乡政府出来，王二顿就不停地拨打电话。他打了半天，也不见对方接。他急得不停地晃着头，额前那绺头发一甩一甩的，像兔子的尾巴。他晃了一阵，再次拨打，还是没人接听。他生气地把手机砸在地上。宝嫂吓坏了，好在前面是一块草地。宝嫂拾起手机，擦掉上面的泥。此时，手机响了。她慌忙递给儿子。

你这厮怎么不接电话？

刚才在开会，手机放在办公室了。

哦，我这里遇着了件事，你来采访一下。

哪样事？

王二顿把事情的经过简略说了。只见他捏紧拳头，用力上下晃动了几下说，你来把这帮草包好好修理一番。

宝嫂见了，也情不自禁地咬紧牙，捏紧拳头，眨巴着眼，好似要帮他使劲。

哪个？见挂了电话，宝嫂不解地问。

我同学杨秦峰。

杨秦峰，不就是你爹死时来我家吊孝的那个？

对对对，就是他。他是我高中最铁的哥们儿。

他现在在哪里？

在省城报社当记者。

当记者？

嗯。

你是让他来报道这事？

嗯，我看他们还能猖狂几天。

宝嫂心里陡然升起了新的希望，她没有想到儿子还有这样一个同学。前几天，她在电视里看到城管打人，被新闻爆了光，打人的城管很快就被开除了。

　　杨秦峰是第二天晚上赶来的。吃晚饭时，他问了宝嫂几个问题，宝嫂如实说了。吃过晚饭后，他与王二顿又去陈松明家，见陈松明反映的情况与宝嫂说的一致，心里就有底了。杨秦峰说，来之前，他在网上查了，这一带的封山育林属于长江中上游水土流失治理工程，只要把这事捅出去，不说乡里，就是县里的主要领导也是吃不了兜着走。陈松明听了，眼里闪着亮晶晶的光。

　　第二天一早，杨秦峰就叫上王二顿到后山那片苔地和林子里去拍照。从山上回来，他们径直去了细娃家。桂霞听说是省城的记者，慌得不知所措，连声抱怨说，他们是费力不讨好，替乡里分忧，到头来落得众人嫌弃。

　　吃了午饭，王二顿就陪杨秦峰去了乡里。下午王二顿回来，手舞足蹈地说，乡里那帮人见了杨秦峰，吓得筛糠似的，连忙打电话到县委宣传部，宣传部长马上打来电话，要派车来接杨秦峰，但杨秦峰理都没有理他，一口拒绝了，采访完后就直接从乡里搭班车回省城去了。

　　晚上，王二顿连夜就赶回了学校。临走时，他对宝嫂说，妈，你放心，以后他们再不敢欺负你了。送走了儿子，宝嫂站在丈夫遗像前，泪花闪闪地说，死鬼，你儿子出息了。她见丈夫笑得天宽地阔的，长久堵在心里的那股气也平顺了。

　　这一夜，宝嫂又是一夜无眠。第二天天亮，她也不感到一丝疲乏。她洗了一把脸，就准备到河坡去掰苞谷，打开圈门放牛时，老牛怎么也不出来。她走进圈里，见老牛正默默地流泪。她大吃一惊，想这老牛怎么无缘无故地流泪呢？是不是病了？她端起牛头，仔细端详，见牛鼻孔湿润清爽，又掰开它的嘴，里面也没有异样，再转到它屁股后面，也没有见拉稀的迹象。宝嫂闷闷的，越发不解，隐约有不祥的预感。她急忙打电话给王二顿，问报纸出来没有？

还没有哩。

哪天出来呢？

不晓得，我打电话问问。

半小时后，王二顿打来电话说，妈，你别急，杨秦峰还正在写稿子。如果版面不紧，明天就会出来。

那天，宝嫂总感到心里不踏实。她掰了一篮苞谷就收工回家了。她前前后后把事情的经过又想了一遍，还是觉得这事有些悬。她想，这省城的报纸登的都是些多么了不起的大事呀，怎么会与她一个平民百姓有关联呢？可那杨秦峰是儿子的同学不假，他在省报工作也不假。那天晚上，儿子问他有没有记者证，他随手从随身小皮包里拿出一个本本递给儿子说，笑话，没有记者证敢来采访？儿子羡慕地翻翻，又得意地递给她翻看一回。她见那个咖啡色的小本本上，有杨秦峰的照片，还有钢印。她看见了那钢印，就觉得那记者证很神秘，像捧着宝贝一样，小心翼翼地还给了他。尽管如此，她还是觉得这一切像梦一样不真实。

第二天一早，儿子就打来电话说，那新闻出不来了，说县里托人向报社的领导说情，稿子被领导压了下来。

那怎么办?

杨秦峰把稿子和照片都发给我了,我要贴到网上去,把篓子捅大,让他们堵都堵不住。

这样做不会出哪样事吧?

出哪样事?我又不用真名发,他们晓得个鬼。

挂断电话后,宝嫂心里更不踏实了。她不知网络是什么东西,但她有一种预感,觉得这事连县里的领导都惊动了,一定不会像儿子说的那样简单。她又拨通儿子的电话,说算了,不去网上闹了,不就是两千五百块钱吗?明天我就去借钱交了。

妈,你别去交,你去交了,他们会得寸进尺的。

那天下午,宝嫂没有去河坡地里掰苞谷。而是守在家里,不停地给儿子打电话。她担心儿子会出事。开始,儿子还安慰她,说现在是网络时代,没有什么事可以隐瞒得住的,只要在网页上贴出来,全世界的人都会知道。儿子越是这样说,宝嫂心里越没有底。她想,自己一个普通人,再怎么弄,也不会弄出多大的响动来,反而惹恼了那些当官的,不好收场。果然,她下午再打儿子的电话时,却怎么也无法接通。她急忙打肖燕的电话。肖燕刚接通电话就哭了起来。她边哭边说,王二顿出事了。宝嫂顿觉五雷轰顶,愣了好半天,才问出哪样事了?肖燕哽哽咽咽地说了经过,宝嫂顿觉天昏地暗。

原来,王二顿将文章与照片发到一家网站,很快,文章就在那个网站上贴了出来，还被置了顶。他看见许多人在跟帖和评论，十分激动，马上打电话给杨秦峰，要他吆喝一下，叫圈里的朋友们转发。待杨秦峰打开电脑，却怎么也找不到那篇文章。王二顿不信，再次进入网站时，那帖子已被人删了。当天下午，学校保卫科就打电话给王二顿，要他到校长办公室去。他来到校长办公室门口，见里面坐着三个不认识的人。他正迟疑着，不知要不要进去。校长冷冷地叫了他一声，并向那三个人介绍说，这就是王二顿。随后对他说，这是县里的调查组，有个事情想问问你。王二顿一听，就知道是怎么回事了。他坦然地承认了帖子是他发到网站上去的。校长听了很生气，说你有什么问题可以向有关部门反映嘛！怎么能这样无组织纪律呢？接着，县公安局网监大队大队长向他分析了帖子贴在网上可能带来的严重后果，县教育局纪检室周主任也语重心长地说，你是教师，凡事要从大局考虑，不能与群众一般见识。最后，他说县教育局党组决定，要学校暂时停止他上课，协助调查组把事情处理好了再说。

宝嫂问，那他人现在在哪里？

不知道。因为调查组找他谈话时，他的态度很强硬。他们怕他再到网上去乱发帖子，已经被控制起来了。肖燕哭着说。

你也见不到他。

见不到。

宝嫂看着门外明晃晃的阳光，不知儿子现在在哪里。她越想越怕，后悔不该让儿子知道这事。她想到了监狱，不觉一阵战栗。

八

手机才响一声，宝嫂就接了，见是陈松明的声音，她心一酸，一时泣不成声。陈松明连问几声，宝嫂不答，只顾哽咽。陈松明忙挂了电话，叫上翠玲一同赶了过来。他们见宝嫂坐在苞谷堆上，呆直地看着地面，吓得不轻。翠玲上前搂了宝嫂，关切地问，姑，你怎么了？

二顿被关了。宝嫂一下抱住翠玲大哭起来。

他犯了哪样罪？陈松明大惊，不解地问。

宝嫂把事情的经过说了，他们才松了一口气。陈松明安慰她说，不要紧，只要他答应不再到网上乱闹腾，他们就会放他的。

本来，陈松明打算劝宝嫂明天到乡派出所交钱，不然，真被拘留起来，那麻烦就大了，可见她这样，只好作罢。他们坐下来与宝嫂说话，帮她编苞谷串子，见她情绪稳定了，才离去。

宝嫂决定去救儿子，可不知要花多少钱。苞谷才收进屋，等晒干了背去卖，显然来不及了。向翠玲借，可那一千多元都还没有还，又开不了口。她仔仔细细想了一遍，家里能值点钱的东西，就只剩那头老牛了。卖老牛？她很快就否决了。老牛是丈夫留下的，因为身架子好，一直留作种牛，两年产一头牛犊，给家带来了许多财富。老牛老了，不再生育，丈夫也没有舍得卖。而今，老牛是宝嫂相依为命的伙伴。这老牛也通人性，宝嫂与它说话，如果只是闲谈，它就只顾低头吃草；如果宝嫂倾吐心事，它就抬起头来，专注地看着她；有时，宝嫂情绪不好，它就昂起头来，泪眼汪汪地对着远方哞哞地叫，好似也为宝嫂感到心酸难受。

　　而今，一旦卖了它，等待它的，就是宰杀的命运。可不卖老牛，怎么救儿子呀？她迟疑了许久，最后还是拨通了老黄的电话。老黄是当年与丈夫贩牛的朋友。她叫他连夜来把老牛牵走。老黄问她出了什么事。她说，你别问，只管来牵牛，至于价钱，你看着给。

　　宝嫂挂了电话，心里空荡荡的，像丢了魂魄。她在屋里一圈圈地转，最后来到牛圈，抚着老牛的头，任老牛在她怀里拱。月光下，她见老牛的眼睑下有两道湿湿的泪迹，心底就升腾起一阵愧疚。她打来一盆清水，用一把木梳细细梳洗老牛，又将剩下的半篮青草倒在它嘴边。她站在圈门口，本想与它说些什么，却什么也没有说，只是静静地看着老牛一根一根地吃着草，那样子，好似一种告别的仪式。

　　当天夜里，老黄就牵走了老牛。他给了宝嫂六千三百元钱。临别时，宝嫂没有相送。她躲在屋里，连大门也没有出。她听到老牛迟缓的蹄声渐渐远去，就伏在苞谷堆上伤伤心心地痛哭了一场。

　　第二天，宝嫂正在家里收拾东西，准备去县城救儿子。突然，大门被拍得山响，打开一看，见是乡派出所的邓干警。

通知你到乡派出所，怎么不去？邓干警生气地问。

哪个鬼老二通知我的？宝嫂也没有好气地说。

陈松明没有给你说。

没有。

走，去乡派出所。

哪样事？

你去了就知道了。

宝嫂脑子里嗡的一声，整个人就飘起来了。她想，莫非他们要把我也抓起来？

等我换件衣服再说。宝嫂说着，转进里屋。她一边换衣服，一边想，怎么办呢。她又想起陈松明那句"留得青山在，不怕没柴烧"的话。看来，他们早就准备对我下手了。她磨磨蹭蹭地在屋里转着。邓干警在外催促道，快走吧，冉所长还在所里等你呢。

催哪样催？就是拉去枪毙，也要等吃饱肚子再说嘛。宝嫂大声说着，临出门时，又万般留恋地看了一眼屋子。她见床下有半瓶农药，顺手拿起来，揣在衣服口袋里，刚走两步，觉得农药瓶子太显眼，想起那天杨秦峰回来时，留下半瓶矿泉水。她来到灶房，把桌上那半瓶矿泉水倒掉，将农药灌进去，拧紧盖子，揣进裤兜里，才出门。

来到派出所，冉所长说，你们那事的调解期限已过，既然你不服我们的调解，我们只有将你们的案子移给法庭，由法庭来判决。今天叫你来，是要你来补一份材料。说完，就让邓干警带她来到一间昏暗的房间。面对黑暗，她一时不知所措。突然，头顶一盏脸盆大的电灯被拉亮，强光照着四面白墙，晃得人发慌。房间空荡荡的，只有两把椅子，一张桌子。她在其中一把椅子上坐下，许久，一个更年轻的警察走了进来。那年轻警察走到她对面坐定，她才认出是那次见过的那个白脸警察。她笑着本想与他打声招呼，可白脸警察没待她开口，就凶巴巴地问她的姓名、年龄和住址。她不耐烦地答了，心想，这不是明知故问吗？白脸警察又说，问你几件事，你要老实交代。如果说谎，要负法律责任。

我从不说假话。宝嫂收了笑容，生气地说。

白脸警察又将那天羊群吃苕叶的事问了一遍，并不停地在一个本子上记录。问完后，他又将记录本给宝嫂看。

我不识字。宝嫂气愤地说。

白脸警察又读给她听，问她是否属实。

她说，为哪样不写他们的羊子多次到我家苕地里来呢？还有村后那坡封山林也被那群羊毁了，你们为哪样不写上呢？

你管那么多做什么？我只问你这些是否属实。

我说的都属实，但不全。

属实就行，在你的名字、日期和涂改的地方摁上手印。

不摁。

为哪样不摁？

你不把那些写上，我就不摁。

这时，邓干警走进来，问他们在吵哪样。白脸警察说她不摁手印。邓干警劝说道，这是调查取证，如不配合，到时吃亏的只是你自己。

不是我不配合，是你们偏心。宝嫂没有好气地说。

你这人，怎么这么不讲理？白脸警察大怒道。

是我不讲理还是你们不讲理？宝嫂也不示弱。

邓干警朝白脸警察使了一个眼色就出去了。

你今天摁还是不摁？白脸警察说着，把那个记录本重重地摔在她面前的桌子上。

不摁，你能把我怎么样？宝嫂大声吼道。

白脸警察拿了印泥走过来，抓住宝嫂的右手，强行将拇指朝印泥里摁了一下，又朝记录本上摁了几下。

宝嫂挣扎着，可哪里敌得过白脸警察那铁爪似的手。她看着自己右手拇指被强行拖去在本子上摁了一个又一个红印，感到十分绝望。

白脸警察放开她后，她只感到全身的血都在往头顶上涌，心口一阵阵发紧。

今天我就死给你们看。她说着，就从裤兜里拿出矿泉水瓶，咕噜咕噜地喝起来。

白脸警察以为她是喝水，没有理她。当一股浓烈的气味窜进他的鼻孔，他才瞪着宝嫂看了一会儿，本能地扑上去，抢过瓶子放在鼻子边闻了闻，果然是农药。他发狂一般冲出门，在走道里高声大气地叫喊起来。

宝嫂先是感到那农药味冲得难受，渐渐地就感到恶心，随后就呕吐不止，接着就是肚子里像刀绞一样疼痛……

派出所的一帮人闻讯赶来，见宝嫂正张着嘴不住地呕吐，一个个吓得不轻。冉所长一边拨打120，一边让邓干警去向乡领导汇报。一时间，乡大院像开了锅，顿时乱成一团。

九

宝嫂醒来时，已是第二天下半夜了，先是丝丝缕缕的意识像被风吹散的细烟，慢慢聚拢，成一片淡淡的云，最后凝聚成清晰的感觉。她感觉自己像一片树叶，在天空飘浮。她不敢睁开眼睛，她怕，怕睁眼时发现自己正悬在半空，那该多吓人呀。透过眼皮的光越来越强烈，像烈日的阳光一样晃眼。她听到人们嗡嗡的说话声，又清晰地听到王二顿在叫妈。虽然那声音有些缥缈不定，但她感到真实可信。她鼓足勇气，终于睁开了眼睛，见一群人正围着他看。她长长地舒了一口气，原来自己并不是飘在空中，而是躺在床上。她看到一张张脸像树叶一样围拢来，有认识的，有不认识的。她从那一些脸中看见了儿子。儿子正俯身看着她。她紧盯着儿子，想伸手去拉拉他，可意念怎么也不能传递到手上，只是巴巴地望着，任泪水无声地流。

王二顿已恢复了上课，仍是初三尖子班的班主任。因为快中考了，他照顾了宝嫂五天，就回学校去了。随后的十多天里，一直是细娃在宝嫂身边。起初，宝嫂对细娃不理不睐。可不管她如何使性子，发脾气，细娃都默默地守着她。宝嫂很是反感，细娃喂饭她不吃，打水给她洗脚，她不理。同一病房的人见了，以为细娃是她的儿子，都说她不应该。当得知细娃是她小叔子时，人们更是感动，说天底下哪有这样的小叔子呀！你怎么身在福中不知福呢？宝嫂听了，就不好再任性了，只是仍然木着脸不理细娃。桂霞也不时来看她，帮她梳头，给她擦身子，真切地关心她。宝嫂不解，想这是怎么了，太阳从西边升起来了？一天两天，宝嫂不好再绷着脸面，可心里仍有一些防范。她不知道他们两口子葫芦里卖的是哪样药。时间一天天过去，细娃两口子仍旧一如既往，宝嫂就有了些感动，想真是难为了他们，又觉得他们还是小孩。可不，他们比儿子大不了多少，也就四五岁。她又想起细娃小时的样子，每晚抱他睡觉，他总要搂着她，直到睡着，才肯松手。每次尿床，他就赤裸着身子站在床上，低着头，一句话也不说。宝嫂想着这些，心里暖暖的，升起了一片怜爱。细娃再给她洗脚时，就情不自禁地伸出手，在他头上抚了一下。

一次，细娃推她到医院的草地上散步，不知不觉，说到了羊群的事。细娃说，嫂子，都是我们的错，那羊子死了就死了，不就是一只羊吗？

当初我也是鬼蒙心子，一时糊涂。宝嫂拍拍他的手说，也不是我财心紧，把那片红苕看得比命重，只因二顿买房差钱，我心急。

二顿买房差多少？我先借给他买了，让他们慢慢还，哪能让你一人受累呢!

还没定呢,到时只交首付,剩余的按揭。

那叫他们先去定房,定好了,再来拿钱。

宝嫂又在他手上拍了两下,什么话也没有说。

宝嫂在医院住了二十多天才出院。回家时,她见屋里那堆积如山的苞谷棒子不见了,堂屋也收拾得干干净净,房梁上,川排上,挂满了苞谷串子。细娃说,河坡地里剩下的苞谷也收了,全在这房上挂着哩。

宝嫂点了点头,脸上绽出了感激的笑容。她想,一家人和和睦睦多好呀!

她来到丈夫面前,久久地凝视着丈夫,突然领悟了丈夫那微笑的深意。是哦,想丈夫在时,家里家外都是风平浪静的,从没有与人发生过什么争执。想到这些,她就感到羞愧,觉得以前自己心眼太小,不该与他们较劲,哪里还像个大嫂的样子呢?

宝嫂在家休息了三天,喝了三天的鸡汤,感觉身体完全复了原。鸡汤是桂霞炖好后送过来的。桂霞每天还要过来给她煮饭,直到她吃了,把碗洗了,才回去。

身上有了些力气,宝嫂就坐不住了。她来到后山,见那片茖地已长出一片葱绿,新发的嫩叶泛着油亮亮的光。她看着这片茂密的茖地,很是高兴,想就算收不了多少红茖,这水嫩嫩的茖叶,也够细娃家的羊吃几天。

这天,王二顿打来电话,询问母亲的身体情况。宝嫂笑着说你放心,我恢复得与原来一样了。突然进来了几个穿制服的人。宝嫂心里一紧，想派出所的人怎么又来了？

我们是林业派出所的。那几人坐定后，其中一个人说。

见一旁的年轻人拿着本子，准备作记录，宝嫂又想到了在乡派出所的那一幕，心里就止不住打鼓，忙问道，你们来做哪样？

前不久网上反映你们这里的封山育林被毁。

你是说林子吗？我，我不知道。宝嫂一时糊涂，好似忘了此事。她说，我害了一场病，什么也想不起来了。

那些人反反复复地追问，要她好好想想，回忆回忆。宝嫂答非所问，越说越离谱。那几个人终于失去了耐心，一无所获地走了。

看着他们远去的身影，宝嫂突然想笑。可她的笑意还没有在脸上完全绽开就凝结了。她想，莫非他们真要处理细娃家的羊群毁林的事了？她猛然醒悟，难怪细娃两口子对自己那么好，特别是桂霞，像换了一个人似的。她把住院以来细娃两口子对自己的好细细想了一遍，又很快否定了自己的判断，想自己不该冤枉他们。可那个判断在脑子里一落地就生根了，越是理智地排斥它，它越是据理力争。她来到丈夫遗像前，询问丈夫，见丈夫似笑非笑，好似在讥讽她，嘲笑她。她羞愧地低下了头，自言自语地说，管它是不是呢，只要自己不昧良心！

宝嫂急忙出门，朝细娃家走去，见细娃家大门洞开，里面空无一人。她又朝山下望去，见小路上一群人正吵吵嚷嚷的，不知在争执什么。她看见细娃被那几个穿制服的人扭着，夹在中间，桂霞紧跟在后，大声争辩着什么。上了公路后，那几个穿制服的人把细娃推上路边停着的一辆车，关了车门，飞奔而去。桂霞大声叫喊着，追赶了一程，跌倒在地，许久都没有爬起来。

宝嫂见了，急步朝山下走，泪眼中，那远去的车影一片模糊。

流淌在峡谷的爱情

明永乐九年，思南宣慰使田宗鼎与思州宣慰使田琛争夺朱砂坑矿，仇杀不息，朝廷多次调解无效。永乐十一年，朝廷命镇远侯顾成以五万大兵压境，田宗鼎被革职查办

——《思南府志》

一

冉茂典砍完地里的苞谷，直起腰，长长地吐了一口气。他想，这一年的辛苦总算没有白费！

这坡鸡窝地不知耕种了多少年，大概是祖上逃进这峡里，就从石缝里刨出来的吧。长期的雨水冲刷，日晒风化，已成了油沙地，三晴两雨，都会成灾。每年种子一下地，他就悬了一颗心，早上起床，就看着天色，计算出了几天太阳下了几天雨。

阳光像瀑布，哗哗哗从山顶泻下，在谷底的江面溅起一片五彩的光斑。一声苍凉的船工号子，在峡中幽幽回绕，久久不散。循声望去，上游森森绝壁间的飞磨石滩，一只歪屁股船正在急流中艰难前行。他顿觉这苍山深峡，帆孤影只，好不孤清。

曾经，他到乡里开会，听见峡外人赞叹这乌江山峡美如画廊。可谁知道，这画廊美景，哪里是人居住生息之地？若不是他田氏先人惨遭劫难，族中人改成冉姓，逃难至此，恐怕这百里长峡至今仍荒无人烟。

冉茂典脱下背心，抹了一把汗，径直朝土坎边的黑山羊走去。黑山羊正在尖着嘴吃一丛酸梅草，一树的叶子被扯得一颤一颤的，像飞舞的蝴蝶。他怜爱地拉过山羊，抱住它的头，对视着。山羊不惧，若无其事地嚼着嘴里的树叶。他突然扬手，山羊咩咩挣扎，脚下一块石头被踩翻，野兔一般冲下悬崖，顷刻不见了踪影，只听见一串沉闷的回响从对岸传来。

崖上是哪个？小心砸着人！

一声惊呼，冉茂典才看见河崖边有两个人影。细看，正是乡教办主任张恒和中心完小校长王代江。他一怔，心想，你们终于来了？别的学校都开学半个多月了，这峡谷小学仍无动静，看你们今天如何向峡里人交代！

一个月前，冉茂典到乡教办询问有关开学的事。张恒告诉他，罗仕高老师辞职了，又说县里决定解聘所有的代课老师。

他万没有想到，自己在这峡中教了二十多年，竟是这样的结局。

他赶回到家时，听见村长三公正在对面那道山弯上叫喊，通知村里在家的人到学校集合开会。他解下苞谷捆，洗了一把脸，从锅里端出一碗四季豆饭，慢慢吃了，才朝学校走去，远远看见那狭长的院子里，稀稀拉拉的十多个人，或蹲或坐。三公见了冉茂典，就催促道，差不多了，开始吧。张恒站起身，环视了一下院子，又看了冉茂典一眼，清了清嗓子，说，今天我们是来与大家商量孩子们上学的事。其他地方早开学了，就你们这里还没有动静。

为哪样呢？有人问道。

因为没有老师。

罗老师和冉老师呢？

罗仕高老师辞职了，冉茂典老师又被解聘了，别的老师又派不进来。

解聘，哪样叫解聘？

人们好似不相信自己的耳朵，你瞪着我，我瞪着你，七嘴八舌地议论。

解聘就是开除。其中一女人想当然地说。

开除？人家冉茂典老师犯哪样错，怎么开除他？

也不是开除，反正就是不要他教了。另一个女人纠正说。

到底为哪样喽？

一句话，他不是正式的。另一个男的插嘴道。

那罗老师是正式的嘛，怎么也不要他教了？

罗老师是自己不愿来，他老婆说，再进这峡谷教书，就要与他离婚。

他不要工资了？

别吵，别吵。一个男人扭过头，不耐烦地说。

张恒等了一会儿，见人们也拿不出一个可行的方案，就说，我看只有把这个教学点撤了，孩子们到黑岩中心完小去读。中心完小可是全乡最好的学校。今天，我把王校长叫来，就是看如何接受这里孩子的事。

三公急了，含着烟杆站起来，呼呼吸了两口，重重地磕去烟斗里未燃尽的烟叶，说，这恐怕不行哟！古话说，穷不离猪，富不离书。想当年，祖先爷们逃进峡谷来，连老婆都顾不上找，首先想到的就是办学堂。为哪样？还不是想让子孙后代有文化，知书识礼？若停办了学校，这峡谷还有什么指望？

我们也不想停这个学校，可谁来这里教呀？张恒一脸无奈地说。

人家茂典老师不是教得好好的吗？三公争辩道。

是嘛，茂典老师多称职呀！怎么就不要他教了呢？村民们七嘴八舌地议论。

张恒眯着眼，嚅着嘴，吸了两口烟，望了冉茂典一眼，说，就算茂典老师愿意教，也才一个教师。再说上面取消了代课老师，谁给他开工资呀？

三公愤愤地说，你们给他转了正，他不就有了工资？

我们也希望他能转正，上面没政策，我们怎么办哟？张恒说。

一时间，大家都无话可说。全场一片寂静。只有几个老人吧嗒吧嗒地吐着呛人的烟雾。

此时的冉茂典心里涌起一阵悲凉，后悔当初没有听贵清的。

贵清是他的学生，几年前从市里的师范学校毕业，在峡谷与他做了几年代课教师，后因参加县里乡村教师招考落选，就外出打工去了。现在，他在土城一所私立学校教书。

那次贵清回来，对他说，冉老师，你在这里教书有哪样意思哟？还不如跟我出去，随便说一个女人回来安身过日子。冉茂典想了几天，最后还是没有跟他去，而是听了张恒的劝说，去县教师进修学校参加了成人大专函授考试。张恒说，有了大专文凭，才有转正的资格。

见大家不作声，张恒有些着急。他来到冉茂典身边，递上一支烟，问，茂典，你看怎么办呀？

冉茂典有些气恼，闷着头说，我怎么晓得？

张恒又给他点上火。冉茂典深深地吸了两口，长长地吐了口烟雾，说，我也希望撤了这学校。撤了它，我就放下了心中的挂念，安心另谋生活。可这里到黑岩，有二十多里路，况且，一路的悬崖峭壁，一二年级都是七八岁的娃娃，哪个家长放心让他们起早摸黑在这路上奔走呀？如果都在黑岩寄宿，一年光生活费、住宿费就要几百上千。峡谷人穷，哪家负担得起呢？

是嘛！这不是逼着孩子们辍学？村民们愤愤地说。

张恒一时语塞。

眼看太阳快落山了，还没有一个可行的办法。

冉茂典咬咬牙，站起身来，说，这样吧，一二三年级仍由我在这里教，四五六年级下黑岩读。

可你的工资呢？张恒定定地望着他。

这么多年都过来了，我就再坚持两年吧。我不希望祖宗延续下来的尚学之风断送在我的手上。

要得，孙子！你这是做好事、善事，是积德。村里人虽穷，不能补贴你的工资，你家田地里的农活，大伙帮着做。三公说着，眼里已是一汪热泪……

兄弟，既然这学校要办，四五六年级的孩子也不用下黑岩了，你嫂子也是有文化的人，反正她又干不了这峡里的农活，一天在家闷得无聊，就让她与你一起教。坐在墙角的皮二站起来，拍了拍身旁的秀秀，笑着说，是不是呀？老婆。

秀秀的脸唰的一下就红了。她惊诧地站起来，张望着人群，一下一下地捶打着皮二。

我看你是脑壳发热哟！让她来教。有人站起身来，看着皮二说。

是嘛，恐怕她连一年级的娃娃都管不住。

到时把娃儿们都教成了傻子怎么办？

人们议论着，一阵哄堂大笑。

真的，她一直想教书，还是自学的大专毕业呢。皮二红着脸争辩道。

大专毕业？看不出嘛，皮二，你还找了一个知识分子呀！

人们又是一阵哄笑。

让她试试吧，也许她真能教。冉茂典望着张恒说。他想起第一次见这女人，虽然有几分呆相，但感觉不是真正的傻子。

要得，孙儿媳妇，这峡里的孩子好管，只要教他们识几个字，长大了外出打工不迷路，能算工资就行。三公见冉茂典应许了，激动地说。

秀秀仰了仰头，自信地看着三公，咬着下嘴唇使劲点头。

张恒盯着秀秀看了好一会儿，才站起身来，拍着冉茂典的肩膀说，好，难得你们有这样的办学热情，你们先教着，等有了教师，我们再调两个进来。

这时，一直没有发言的中心完小校长王代江站起来，大声说，差粉笔、墨水等教学用品，随时来中心完小拿，我们全力支持你们。

二

峡谷小学终于开学了。

这栋半山崖上的学校，是建于上世纪七十年代的土坯房，远远望去，像一只陈旧的鸟窝，灰黑的泥墙，被雨水冲刷得厚薄不均，不时掉下一块，砸在地上，四散开去。

开学的第一天，冉茂典特意来得早些，谁知秀秀比他还早。一身素衣白裙的秀秀站在校门前，好奇地东张西望着。蹲在学校门前拔草的皮二见了冉茂典，忙起身向他上烟。

来了？冉茂典笑着接了烟，问道。

来了，早来了。秀秀抢答着，挤到他们中间，对着冉茂典笑。

冉茂典连忙掏出钥匙，打开大门。秀秀紧跟其后。见堂屋正前方那张斑驳的黑板上，用红黄绿三色粉笔端端正正地写着几个大字：欢迎新老师！秀秀立刻驻足，拉扯着皮二的衣袖，指了指那几个字，喜悦的脸，笑得更加灿烂。

嘿嘿，你们这些知识分子，就爱这些花板眼。皮二笑着说。

这是学校，凡事要认真，要有仪式，才让学生敬重。冉茂典说。

皮二听了，心里咯噔一下，果然有了敬意，连走路的脚步也迈得轻了。

太阳升起一丈多高，学生们才陆续到来。他们围着秀秀，好奇地打量着，嘻嘻地笑。冉茂典介绍说，这是新来的秀秀老师。一个学生怯怯地叫了声秀秀老师，其他学生哈哈笑着，一哄而散。

冉茂典要学生们打扫卫生，搬放桌凳。他与皮二、秀秀蹲在旗杆下，开了一个简短的会。

我教二、三、四年级吧。没待冉茂典开口，秀秀抢先说。

冉茂典一时语塞，定定地看着皮二。皮二不好意思地笑笑，自信地说，她想教几年级，你就让她教几年级吧！我保证她教得下来。

教一年级，我没耐心，教五六年级，我又没那水平，教二、三、四年级正好，有一年级打基础，万一学生成绩后退了，你还可以在五、六年级帮他们补上。秀秀一本正经地说。显然，她已深思熟虑了。

冉茂典心里掠过一丝惊诧，想这女子哪里傻呀？一来就抢了主动权。

开始几天，皮二都要接送秀秀。每次见了冉茂典，就赶忙递上一支烟。

村里人见皮二那讨好的模样，忍不住嗤嗤地笑，心想，你家那个傻婆娘，平日连话都不愿多说，还能把孩子教好？他们上山劳作或收工回家，路过学校，就站到教室窗外，见她在课堂上讲着一口纯正的普通话，不仅孩子们听得很专心，就连他们这些大老粗，听了一会儿，似乎也听懂了她讲的内容。晚上翻开孩子的作业本，看到整页都是红红的大勾，既整齐，又好看，盈盈的喜悦就挂在脸上，说，看不出，这呆女子比冉茂典老师还强。

其实，秀秀天生就是一块教书的料！上语文课时，她把课文读得声情并茂，字正腔圆。开始，学生们笑她说普通话，她就叫学生们拼拼音。学生们按拼音一字一字地念，果然发现课文中每一个字的读音都与她教的一样。上数学课时，她由浅入深，一步步讲解，才讲一遍，大多数学生都懂了。只有几个反应迟钝的学生，瞪着似懂非懂的眼神看着她。她就对他们逐一提问，找准他们理解的难点，反复讲解，见那一双双愚钝的眼睛显现出恍然大悟的神情，就夸他们聪明。这样夸奖的次数多了，那几个学生就有了自信，似乎脑子真的就灵光了，听课更专心了，作业也做得工整清洁了。

最初，冉茂典还以领导自居，一有空就到秀秀上课的教室，表面上是来帮她管管班上的纪律，镇镇那几个调皮的学生，实际是来听她上课。他见她落落大方地站在黑板前，气定神闲，思路清晰，吐字清楚，特别是对中心问题的引出，总是旁敲侧击，妙趣横生。他打心底佩服，甚至有些嫉妒。他很清楚，自己虽然对小学一至六年级的课本熟悉得几乎能背下来，但新知识，新教法，他一概不知。二十多年来，他甚至连教学参考书也没有买过一本。

也活该皮二有福。自从当上了教师，秀秀像换了一个人，不仅眼神灵动了，性格也开朗了，与人相遇，未语先笑。

这喜气是能感染人的。天天与她在一起，冉茂典也忘了心中的烦忧。每次听她讲课，见那薄薄的嘴唇快速张合，牵动着嘴角甜甜的笑意，他就有些迷醉。

真是山外有山！冉茂典想。长久受着村人们的尊重，以为自己就是高人。没想到，自己只是井底之蛙。这样想着，他就兴冲冲的，有了紧迫感，有了追赶的欲望。可是，一旦放学，走在回家的路上，他的心情就随着暮色，渐渐暗淡下去了。

他来到自家承包地边，见黑山羊咩咩地叫着看他，他跳下土坎，扯了一捆黄豆，解开黑山羊，快步回家。

他迈进院子，一股烧苦蒿的烟味扑进鼻孔，见灶前的火光里，母亲正扁着嘴，伸着脖子，努力吞咽着什么。他知道母亲又在吃那胆汁浸透的生糯米。

自从冉茂典记事时起，他母亲就是病恹恹的，一日三次吞着猪苦胆汁浸透的生糯米。这是一个游医给他母亲开的药方。游医没有说他母亲患的是什么病，只是要他父亲在每年腊月向屠夫讨些猪苦胆，将生糯米灌进去，风干后，让他母亲生吞那胆汁浸透的生糯米。游医说，用完七七四十九个猪苦胆，他母亲的病自然就会好的。一年又一年，他母亲不知吃了多少个猪苦胆汁浸泡的生糯米，可病情并没有好起来，而是一天天加重了。他父亲去世后，他母亲就不再出门，整天躺在床上呻吟不绝。但她每天仍然坚持吃那胆汁浸透的生糯米。

他母亲终于咽下最后一粒糯米，向灶孔里加了一把柴。锅里升腾起一股热气，迷漫了满屋，酸菜的味道惹得他饥肠咕咕地叫。

他走进屋里，从炕架上端下一个筛子，抓起一把面条，丢进沸腾的锅里。他母亲慢慢站起身来，说，少煮点，我不要。

他看着母亲颤巍巍地朝里屋走去，感到一阵沮丧，饥饿感顿时消失。他转到灶孔前，添了满满一孔柴，火光再次从灶孔里吐出来，把屋子照亮。他从一口大锅里舀了一桶猪食，提到猪圈里，倒进猪槽。黑山羊跟着他跑进猪圈，与猪抢食。他不阻拦，甚至还有些欢喜。这猪与羊，都是他的伙伴，更是他赚钱的宝。回到屋里，灶孔里的柴火已燃尽，整个屋子都暗了下去。他在黑暗中拿了碗筷，盛了满满一碗酸菜面条，来到门外蹲着，呼噜噜地吃起来。

一碗面条还没有吃完，屋坎下就响起一轻一重的脚步声。他站起身来，见皮二和秀秀正朝他家走来。

我们来看看干娘。皮二说着，将装有白糖和罐头的塑料袋放在桌上。他自小就认冉茂典的父母为干爹干娘，两家一直很亲。

冉茂典要给他们重新煮面条，他们连连推辞说，吃过了吃过了。

她还不是老样子。冉茂典说着，几口扒完碗里的面条，带他们到里屋。

他母亲见了皮二，就幺呀宝地叫起来。一阵亲热后，他母亲才看见皮二身后的秀秀，顿时一脸严肃，挣扎着坐起身来，拉着秀秀的手，上下打量着，突然放声哭喊道，造孽哟，我家茂典几时才能说个女人回来……

干娘，你别急，等兄弟转正了，自然会有女人来找他。

转正？猴年马月哟！

快了，快了。皮二敷衍着，安慰她几句，就来到了
外屋。

冉茂典煮了一罐茶。他们一人端了一碗，就东家长西
家短地闲扯起来。秀秀好奇地睁大眼睛，静静地听着。时间
在这轻松愉快中像长了翅膀，一晃就到了深夜，他们才收住
话题。

兄弟，和你说个事。皮二走出了很远，又返身回来，悄
声对冉茂典说。

什么事呀？冉茂典不解地问。

我得外出找点事做，不然，买盐巴的钱都没有了。

你去噻。

你嫂子，就拜托你了。

放心吧。

皮二拍了拍冉茂典的肩膀，才转身离去。

三

虽然冉茂典认可了秀秀的讲课，但一有空，仍到她的教
室里去。

请多多指教。

哪敢，向你学习。

表面，他们这样客气着。实际，各人都有着不同的想法。冉茂典是真去向她学习。秀秀呢，认为他是来听她的课。于是，一个尽心尽力，拿出了看家的本事；一个呢，虚心听着，心中暗自佩服。一节课下来，两人都有些激动，有些欢悦。

　　在秀秀眼里，冉茂典宽和厚道。在冉茂典眼里，秀秀一言一行都超凡脱俗，全没了一点傻气。他想，也许她本来就不傻，而是人们太功利，因为她的单纯和不谙世事，就认为她傻。这恰是冉茂典欣赏的品格。有了这样的想法，再看秀秀在讲台上激情讲解，那娇小的身姿灵巧如燕，甜甜的声音也如一股亮亮的山泉。他听着听着，就有了一种幻觉，好似又回到了二十年前的中学时光。那时，他特别迷恋他们的数学老师。他把恋人、姐姐、母亲等多重身份集中在这位女老师身上，生出许多漫无边际的遐思来。他沉浸在这样的遐思中，学习更加刻苦了，特别是数学，经常考全班前一二名，很受这位老师的器重，每次遇见到他，也格外亲热。这让他感到温暖。而今，他又有了这样奇妙的感觉，觉得这女子真是天使一样的人物。他想，这不正是他梦里千百次寻找的女人？等他回过神来，竟被自己的想法吓了一跳。于是，再次见着秀秀，他就努力地克制着，装出若无其事的样子。

　　秀秀还是从冉茂典的眼光里读懂了他的心思。好几次，他俩说着话，不经意间，她就发现他眼里有一种坚硬的东西，直刺她心里。久而久之，她就知道这东西是什么，先是有些惶恐，后来就有了些激动，甚至一丝甜蜜。这甜蜜是无法掩饰的，有这甜蜜在心里，她看他的眼神就有了些迷疑，与他说话的语气也有些绵软。每次出门，都要精心打扮一番，虽然，她每天穿的都是那几件衣服，可换得更勤了，搭配得也很妥当。

一天，冉茂典总觉得秀秀有些不对，但又说不出问题出在哪里。他观察了几天，也寻思了几天，终于发现她的眉毛比以前黑了，脸也比以前白了些，使得原本清朗的眉目，有了几分妩媚。他心里一动，彼此之间似乎有了一份默契。

虽然五六年级的教室与二三四年级的教室隔着一间堂屋，但他们上课时，彼此都能听到对方的声音。一个声音厚实低沉，一个声音清亮高远。这一高一低混在一起，别人听来，错落有致，很是和谐。有时，冉茂典正在给学生讲课，秀秀的声音飘过来，他听着听着，就走神了，忘了自己所讲的内容。

一次，冉茂典在上六年级的语文课，秀秀在隔壁上三年级的音乐课。冉茂典正讲着课文，秀秀的歌声却把他的声音盖住了。这声音像一只手，不断伸过来抓扯他的注意力。他几次要学生们大声朗读课文，想赶走那歌声的打扰。可待学生们读完，他的注意力还是不能集中。他只得让学生自习，自己在教室里来回走动。一会儿，他就跟着秀秀轻声唱了起来。学生们先是好奇地看着他，相互做着鬼脸，窃窃地笑着。一个大胆的学生站起来，故意问，冉老师，你也成了秀秀老师的学生了吗？冉茂典见学生们瞪着一双双知天知地的眼，脸唰地一下就红了。

课间，是学生们最快乐的时光。他们或是跳绳，或是踢毽子，或是打球，或是斗鸡干仗。冉茂典端了一张板凳，与秀秀坐在院子里晒太阳。开始时，他们彼此感到有些尴尬，小心翼翼地，谁都不肯轻易说话，只静静地看着学生们游戏欢笑。这欢笑很快就感染了他俩，见学生们惊叫蹦跳，他俩也情不自禁地高声大叫起来，或是提醒某个学生小心，注意安全；或是被某个学生的滑稽行为逗得哈哈大笑。这样的时候，他俩是尽情尽兴的，也是快乐的。女人对快乐的感受格外敏感，也更为真切。秀秀沉浸在这快乐中，有一种错觉，感觉这学校是一个大家庭，他俩是家长，这些学生就是他们的孩子。这样的幻想让她沉醉，想到了人们常说的天伦之乐。值日的学生敲响钟声，她才回过神来，见冉茂典正盯着她看，想他莫非也有同样的想法？她慌忙起身走进教室，脸上有些发烫。

　　整天面对着一群快乐的学生，他俩的陌生与尴尬很快就消除了。慢慢地，他俩就你一言我一语地闲谈起来。不知是谁先开口，从学生们的嬉闹说到各自的童年趣事，各自的成长史以及家人的情况，最后说到人生感悟，免不了一阵长吁短叹。他们说着说着，就争先恐后地抢着话题。这样的时候，冉茂典总是急忙刹车，把机会让给秀秀。时间久了，他们就分出了主次。常常是秀秀讲，冉茂典听。秀秀发现自己在冉茂典面前，有一种倾诉的欲望。

　　秀秀说她从小对老师就心生敬意，觉得教书是世间最神圣的职业。中考时，她唯一的志愿就是师范学校。可后来接到的却是省畜牧学校的通知书。她跑到学校询问，才知道是她父亲暗地里改了她的志愿。她回家与父亲大吵了一场，并提出复读。她父亲说，复读了，明年还得考畜牧学校！她家是养猪专业户，她父亲希望她学完兽医后，帮他管理猪场。她想一个女孩子，整天与猪呀牛呀打交道，多恶心呀！她复读了一年又一年，考分却与中师的分数线差得越来越远。最后人都读傻了，仍没有考上。父亲见她变得痴痴呆呆的，就生了气，要她回家帮他养猪。她回家养了一年的猪，想莫非这一辈子就当猪倌？痴呆症更重了，一气之下跑到广州，想一边打工，一边自学，等有了大专文凭，再去参加教师招考。可是，在这打工的过程中，她就遇着了皮二。

　　那时，他们都在一个果园吊果。她因怀着心事，常常独自待在一边，懒得与人说话。皮二见她单纯，就时时关注她，事事关心她。时间久了，她就对他熟悉起来。上班下班，他有意或无意与她一道。吃饭时，也将饭端来，与她一道吃。得知她在复习，准备参加成人高考，就劝她少出工，腾出时间来多看看书。差钱时，他就主动借给她。秀秀自然高兴，但出于女孩子的本能，她对皮二是防范的。她每次向皮二借钱，都认真记了账，并要皮二在他记账的地方签字。她说等考完了，找到了工作，加倍还他。时间长了，秀秀向皮二借钱的次数多了，又没能力及时还上，就再不好意思向皮二借了。可没有生活费，哪里还有心学习呀？她只得又厚着脸皮找到皮二。还没有开口，皮二就一脸堆笑地把钱递给她。她觉得皮二真是一个好人，让她感到有一种坚实的依靠。考完了专科的全部课程，她发现自己对皮二竟生出些难舍的依赖。一天，皮二说要带她回家，她就欣然答应了。

　　进了峡谷，秀秀才醒悟皮二对她的好是处心积虑的。可醒悟了又怎样呢？哪个进入峡谷的女子不后悔？面对这远天远地的大山深谷，就是放你走，恐怕也难走出去。

　　没想到，在这里我还如愿当上了教师。秀秀说着，黯淡的眼里，闪出一汪喜悦。

四

　　知道了秀秀的经历，冉茂典心里又添了一份同情。一个男人对一个女人一旦怀了敬佩与同情，就会生出一份责任，有了这份责任，就事事显出男人的坚实与强大。对于学校的事，他处处抢着干，有些本来是秀秀分内的事，他也主动承担。有时家访，遇着偏远的人家，他也要陪她一同去。走在路上，他看着这么一个娇小的女子，天仙一样的人儿，被人骗到这峡谷来，就为她感到委屈，有些自责与愧疚，好似这一切都是他强加于她的。

　　白天，他还能管住自己，一到夜里，思绪就像脱缰的马，漫无边际地奔驰。他久久地瞪着漆黑的屋子，那黑暗的深处，就渐渐出现了一片明亮，映出一片广阔的天地，其间山水树林，花草走兽，生机盎然，像一部无声的电影。当然，里面的主角是秀秀。他见秀秀从黑暗的深处走来，沿着她的经历，一幕一幕，是那么真实、可感。看着她楚楚动人的模样，受着皮二的欺骗，心就隐隐地痛。如果不遇着皮二，她又会是怎样的呢？或许比现在好，至少不会嫁到这么个鬼不下蛋的地方。他不怪皮二，只怪她太单纯，受着皮二的骗。当然，他不怪皮二，只能说，遇着皮二，是她的命。自从祖上逃到这里以来，哪个女人不是男人到很远的地方或诓或骗或抢来的？

　　一夜又一夜，冉茂典就这样胡思乱想着，头昏脑涨，疲惫不堪。他多想好好睡上一觉，可头脑里满是纷乱的思绪，像一团理不清的麻，活跃，错乱。

　　他意识到自己对秀秀的感情已超越了同事、叔嫂之间的关系。三十多年来，他心底那份渴慕与期盼渐渐清晰，关于女人的幻想，都集中在了她的身上。当那个意识终于清晰地从脑子里冒出来时，他被吓了一跳。他想，你算什么东西？都这么大的年龄了，还有资格谈情说爱？何况，她是干哥哥的女人。他想起皮二那晚对他的托付，羞愧得无地自容。

　　然而，男女之间的情感本就是个怪物。你让它自由自在地生长，往往会没精打采，若经历着一阵风或一阵雨，就夭折了。如果你压制它，折磨它，它却能在夹缝里显出强大的生命，蓬蓬勃勃地生长。

　　冉茂典越是控制自己，与秀秀在一起时，尽量显得平静而淡漠，可心中那团火，却越燃越烈，总想为她做些什么，分担点什么。这样日思夜想，却又不能落到行动上，就成了一种煎熬，生出一种侵蚀骨髓的疼痛，时刻折磨着他。

　　夜深了，木格子窗里照进了一片月光。他披衣起床，悄声来到屋外，天地间一片朦胧。这峡谷的人家住得稀松，一家到另一家，最近也要走一二十分钟。放眼望去，起伏群山，一片死寂，三两秋虫，不知在哪个方位凄凄鸣叫，像母亲呼唤不归的游子，执着而又无望。

月亮孤寂地在天上踟蹰而行，洒下一片清冷的月光，映着森森的峡谷，空旷而寂寥。此情此景，让他想到海底世界。一次，他到张恒家，见电视里正播放着一部海底世界的纪录片。他看到一束阳光从海面射下，一个潜水员在偌大的海底与鱼为伴，迷蒙渺远的水下世界，那份孤独与寂寞让他震撼。此时，他就恍惚感觉自己是置身海底的潜水员，孤零零地在一片汪洋中游走。那些低矮的房舍，起伏的远山，如似海底中的珊瑚与岛屿。这寂寞浩瀚的世界，让他恐惧而又绝望。他突然想起一句诗：前不见古人，后不见来者。他记不得这首诗是谁写的，只感到此情此景，正是这诗中的境界，孤独，苍茫。是哟，这浩渺夜空，这深山僻野，一切都是那样的虚无！或许自己也只不过是个虚幻的影子，不知从哪里来，也不知要到哪里去。他顿觉一种失重，好似正从高空坠落，无依无托，向无底的深渊下沉。

有一次，他打电话问贵清，这失眠与恐惧是不是一种病。贵清说，那是你太孤独了。一个人在孤独寂寞时，就会进入一种玄幻的世界。如果你结婚成家，有了儿女绕膝，整天忙碌于凡俗的生计，哪里还有精力想这些呢？

他何尝不想找个女人结婚成家呀？可是，他几次准备外出说女人，都被张恒半路拦下。

茂典，你慌哪样，眼看就要熬出头了，最后放弃多可惜呀！等转正了，还怕找不到女人？最后一次，张恒在黑岩码头截住他时，这样语重心长地说。

冉茂典当然知道张恒的心思，他怕他走后不再回来。那样，峡谷小学就无人支撑了。

其实，冉茂典早已打消了外出的念头。只是每次听到母亲唠叨，他就愧疚。

造孽哟，等你结婚了，我就安心了，瞑目了。母亲总是一边吞食那苦炎炎的生糯米，一边这样报怨。好似她吃这胆汁浸透过的生糯米，就是为了将生命延续到他结婚的那一天。

可一想到自己快四十岁的人了，以后这日子，就如下山的太阳，转眼就已是黄昏，他就没有更多的想法。好在这峡谷的男人，一辈子没有结婚的很多。

就在他心中的希望之火已经熄灭时，秀秀的到来，彻底打破了他心中的宁静。原以为枯萎的情感，不再复活，如今又蓬蓬勃勃地疯长起来，给他带来无限的苦恼。

他从未对一个女人如此心疼过。她的一笑一颦，都牵动着他敏感的神经。如果她不高兴，他也会整天愁云密布；她一脸笑容，他也就晴空万里。每次看到她孤身时，他多想把她宠在怀里，为她去承受一切。

他当然清楚，他们之间，不会有任何结果。在峡谷，女人都金贵，若有人行为不轨，与别家女子有染，定会死无葬身之地。

他每次想着祖上那段历史，就生出莫名的感伤。是呀，那段历史，在一代代人的讲述中，已成了峡谷的人们心中的魔咒，以至数百年来，附近村寨的人，不敢与峡谷人有牵连，更不愿将姑娘嫁进峡谷来。男人们到了一定的年龄，就结伴沿江外出，到涪州，下荆州，带来一个个女人，生儿育女，繁衍后代。女儿呢，也要远嫁他乡，近则出县，远则出省。

一声隐隐鸡啼，唤醒了他的沉思。此时，月已西落，只有东边，启明星高高地悬在天际，晶晶地亮着，透出一股寒气。他环顾四周，见自己正站在皮二家屋后。他吓了一跳，想自己来这里干什么呢？他打量着四周，静听着周围的动静，四周静悄悄的，只有乌江嚯嚯的低吼，延绵不绝。他惊慌失措地往回走，每迈一步，好似都弄出了惊天动地的响声，让他心惊肉跳。

一天又一天，冉茂典忍着煎熬，满脸都是阴沉与凝重。见了秀秀，他强装笑脸，却没了往日的轻松自在。他这反常的举动让秀秀疑惑，想这人是怎么了？他们四目相对时，他心里的秘密就被眼神出卖。秀秀心里一颤，想这人真是实心实眼。别看他三十多岁了，其实还是一个没有长大的孩子。她这样想着时，一股柔柔软软的热流就涌上了心尖，觉得他孤单可怜。

下课后，她本想主动与他说说话，谁知他躲进厕所不出来。她见学生们一个个夹紧双腿，屁股不停地扭动着，在门外晃来晃去，就高声喊道，上课了，快进教室。一个学生急了，壮着胆子跑进去，低头对着一个角落哗哗哗地洒起尿来。其余的学生也跟进去，可还没有解开裤带，就尿了一裤裆。秀秀见他们夹着一片湿裤裆，就忍不住低头笑了。

连续两天，冉茂典一下课就往厕所里躲。秀秀找不到机会与他说话，就觉得这日子寡味漫长。上课钟再次敲响，她不急着进教室，而是站在大门口，截住冉茂典，关切地问，你这几天是怎么了？

拉肚子。冉茂典双手捂住肚子，一脸苦相，几天的无眠使得他脸色苍白，双眼无神，真像病了的样子。

吃什么东西坏了肚子？

不知道。

吃药了吗？

吃了。

那该休息一下嘛。

不要紧。冉茂典说着，侧身从她身旁挤过，匆忙进了教室。

放学后，秀秀也不急着走，而是等在门外，看着冉茂典锁了校门，才上前说，走，我陪你去村医那里捡点药。冉茂典急了，忙说，不了，我还要上山犁地。说完，绕道上一条岔路，上了后山。秀秀望着他走远，眼里就闪出一窝泪。

以后几天，冉茂典没有来上课，也没有向秀秀请假。秀秀不安，几次想去看他，又感到莫名的害怕。她知道他眼里那硬硬的东西是什么。她不敢去面对。一天，冉茂典那病歪歪的母亲拄着拐杖，一摇三晃地向学校走来。秀秀见了，忙上前搀扶。他母亲却拉了秀秀的衣角哭诉起来。她说冉茂典整天躺在床上，不吃不喝，也不与她说一句话。秀秀急了，课也不上，就扶着老人回家，见冉茂典躺在床上，人越发瘦了，目光也暗了，早没了那生硬的刺人的东西。秀秀胸中一阵尖厉的刺痛，泪水止不住掉了出来。见冉茂典的母亲喘着气回到床上躺下，她就抱了他的头，任泪水哗哗哗地流。她将嘴贴在他耳朵上，狠狠地咬出几个字来，你——真——是——个——大——傻——瓜——！他一怔，慌忙挣脱了她的怀抱。

许多天后，冉茂典回想起这一情景，仍是心惊肉跳。他不敢相信秀秀那么大胆，更不敢相信她的真心。他回到学校后，虽不再有意躲避她，依旧是少言寡语。倒是秀秀变得更加主动了，对他更加关切。每次下课，她主动与他说话，帮他拍打身上的粉笔灰，理理皱折的衣领。这犹如母亲般亲切的行为，一下子触动了他心中最柔软的领地，像一片绿草被春风抚摸。他哪里经得住这样的体贴与温柔呀？惊恐地瞪着双眼，连连后退。学生们见了，哈哈大笑起来。

知道秀秀的心思后，冉茂典越发变得心事重重了。他依然不时在月下漫游，有时也来到皮二家，在秀秀的窗下徘徊，想听听里面的动静。他静静地站着，用心去感受她的存在，感受她的心跳，她的呼吸。这样的时候，他是幸福的。他想，他们虽然不能像其他人那样成为永世的夫妻，但能彼此让对方装在心里惦着记着，这就够了。

有了这样的想法，面对秀秀，他就坦然了。他们在一起时，似乎都懂了对方，每一个动作，每一个眼神，都透出理解与感激，像热恋中的人那样敏感与兴奋。他们不时低头耳语，不时又跟着学生们大呼小叫。没人的时候，秀秀就会迷离着眼神看他，无意摆出一个姿势，分明透出某种暧昧，一种说不清道不明的要求。但冉茂典还是不敢向前跨越。他不愿破坏眼下这种心照不宣的关系。他想，有着这样的关系，就会让人幻想，怀着份希望。虽然这希望看不到尽头，但也不会熄灭。

五

入冬以来，峡谷就整日云遮雾罩，阴沉得像心事重重的老人，总挤不出一丝笑意来。风，呜呜地吼着，裹挟一种细细的东西，往人们的衣领里钻，沙粒般，尖利刺骨。伸手一摸，又没有什么。仰头看时，才见空中飘着若有似无针尖般的细雨。落在地上，结成一层薄薄的冰，如抹了油，稍不注意，就会滑倒。

这样的天气，峡谷人不能上山劳作。他们互相走动串门，邀上几个要好的，聚在一家屋子里，围着一堆柴火玩耍。男人们三五个聚在一起，抽旱烟打牌或摆闲谈；女人们做着针线活，有一搭没一搭地唱着情歌。唱到开怀处，就嘻嘻哈哈地笑一阵。

学校放了寒假。几天里，秀秀都到冉茂典家，理一理一个学期的工作，完善相关的资料，为下学期开学做一些准备工作。

之前，在黑岩乡，没有哪个村小敢与黑岩中心完小叫板，无论是学习成绩，还是其他文体活动。毕竟，这中心完小集中了全乡最强的师资队伍。然而，峡谷小学，这个全乡最不起眼的村小，这学期创造了一个奇迹，不仅全校综合排名从原来的十一位提升到了第五位，三年级的语文还考了全乡第一名。这让中心完小脸上失了些光彩。一时间，人们纷纷议论，说，了得，那么一个偏僻的地方，怎么会有这么好的成绩，莫非是作弊了。这话可惹恼了偏岩村小的老师。因为这次考试实行的是异地交叉监考。峡谷小学是偏岩小学的老师去监考的。他们说，愿用人格来担保，峡谷小学的考试成绩绝对真实。人们又将话题转到了这里的两个老师身上，说，也难怪峡谷小学考得好，因为这里的秀秀老师是外地人，还是大学生，不仅普通话讲得好，她的教学方法更是与众不同。也有人说，冉茂典也不错，几十年如一日，为了这峡谷小学，真是呕心沥血了。更有人大胆夸下海口，说，照这样下去，要不了几年，峡谷小学就会超过黑岩中心完小！此时，人们才意识到，这峡谷小学的两位老师真不简单，不仅没有一分钱的工资，连起码的教师的名分也没有。如果一定要给他们的身份定性的话，只能算作教育义工。人们不解，想他们这样做，到底图哪样？

　　冉茂典与秀秀听着人们这样的议论，一时酸甜苦辣涌上心头，说不出是什么滋味。特别是张恒捎信来，要他们好好把这学期的工作总结一下，到时作为先进报到县里。他们商议如何写这总结，先把这一学期以来的情况介绍了，又列举了一些新的做法，再提出几点思考等等，最后，由秀秀执笔。每天，秀秀就在冉茂典家的火塘边，伏在饭桌上写。冉茂典就坐在旁边，一边看着书，一边为她倒茶递水。那些书都是秀秀借给他的，有她当年的课本，也有一些杂志。他翻看着这些书，一股淡淡的香气扑面而来。他吸着这香气，心也随之静了下来。他最爱看《知音》和《读者》。他觉得这两本杂志上的一些文章写得真好，对这世上的亲情爱情写得那么深那么透。他觉得这些文章不仅驱散了他心中的迷雾，还引导他如何去做。当他想到秀秀也看过这些文章时，就觉得他俩的心是相通的。他的每一份心事，每一个行为，她都知晓，理解。

这天，秀秀终于把总结写完了。冉茂典留她吃了晚饭再走。他说，吃了晚饭后，顺便把一个学期来的账目结了。虽然学校没有多少往来账，他们还是做得有模有样。冉茂典是出纳，负责采购；秀秀是会计，负责记账，做报表。

饭后，他们坐在火塘边，一笔一笔地算着一个学期来的收支账。火苗曜曜地笑着，好似为他俩高兴。风在门外呜呜地刮着，把木门摇得噼里啪啦地响，不时，从墙缝探进头来，攘得油灯灯焰不住地颤动，那豆焰垂死挣扎般，眼看要从灯焾上移开，漂走，一会儿，又定在了灯焾，稳稳地站住了。

扣除桌椅修理费、资料费和杂费，最后账上还剩一百二十三元。但冉茂典把家里的钱全部拿出来，又将身上所有的衣服口袋搜遍了，仍没有凑足一百二十三元。好在他心里清楚这差额部分的用处。峡谷离场镇远，每次去赶黑岩场，他就要批发一些学习用品来卖给学生。可是，多数时候，学生没有钱，他只得免费送给他们用。另一部分是他平时买盐巴煤油等生活必需品时挪用了。他一一向秀秀报了账。秀秀一笔一笔地记上。

冉茂典将身上仅有的一百元给了秀秀。他说，教了半年，也算一点意思。秀秀却死活不要。她说，皮二在峡外一家石厂当炮工，一月有千多元，再怎么说，也比你们母子俩好过。冉茂典还是把钱塞进了秀秀的衣袋里。秀秀急了，一把将钱抓出来，扔在灶头上，拉开门就走了。那钱被风一吹，掉进火塘里。冉茂典急忙从炭火上抓起，追出去，见秀秀已走下几级石阶。他一边叫她小心，一边摁亮手电追上去，说，不要也行，下场我去赶黑岩场，给你称几斤肉来过年。

夜黑得伸手不见五指。冉茂典舞着手电筒，默默地送秀秀回家。才过九点，整个峡谷悄无声息，人们早已进入了梦乡，只有河崖下不时传来岩鹰咕咕的啼唤。晃动的手电筒光把他俩的影子拉得忽大忽小，忽远忽近，犹如两人在舞蹈。冉茂典看着这荒野中的两个影子，一阵揪心的孤寂袭来，好似整个世界只有他俩人。突然，秀秀脚下一滑，身子腾空。冉茂典眼疾手快，丢下手电筒，一把抱住她，秀秀整个身子都压在了冉茂典身上。他们几次努力，不但没有站起来，反而滑落到一个土台。待他们站稳时，才发现两人正面对面地抱在一起，风卷着秀秀的长发，在冉茂典的脸上水草一般袅动。冉茂典左躲右躲，怎么也躲不开。秀秀搂着冉茂典，慢慢地转了一个方向，风就把她的头发往后吹，他们的脸才露了出来，四目相对，好似在期盼着什么，等待着什么。许久，冉茂典的思绪才沿着一缕淡淡的清香回到现实中来，见自己仍与秀秀拥在一起，一阵慌乱，本想挣脱，脚下一滑，又紧紧地抱在一起了。

下雪了！他们来到一个较为平坦的地方，冉茂典抹了一把脸，仰着头望着天空悠悠地说。

秀秀也感到脸上痒痒的，冰凉凉的。她从冉茂典的手里抓过手电筒，高举着，射向天空，果然见一片片雪花飞絮般在光柱中飘飞。哦，真下雪了！

秀秀张开手臂，望着深不见底的夜空。冉茂典提醒她注意地上滑。但她并不在意，仍旧旋转着，任雪花纷纷地飘落到她身上，像一只天真活泼的兔子。

进屋坐会儿吧。来到秀秀家，她推开门对冉茂典说。那语气有几分鼓励，更有几分挑衅。

算了，不早了，休息吧。冉茂典深深地看了秀秀一眼，舞着手电筒，转身走了。

看着冉茂典消失在黑暗深处，秀秀心里空落落的，对冉茂典生出了一分怜惜之情。

夜里，秀秀做了一个梦，梦见自己与冉茂典在峡谷里逃。早先，他们都有些惊慌，有些胆怯。他们逃啊逃啊，终于逃出了峡谷，逃到一片原野，一地的鲜花绿草，满天的蓝天白云。刚才还是春风暖人，即刻却是寒风刺骨，白雪皑皑，飞鸟没了，人踪绝了，连一片落叶的声音也没有了。世界好静啊，静得只有他们两人的心在跳。

秀秀就是在这心跳中醒来的。她醒来后，想着梦里的情景。昨夜不是也下了雪吗？她跃起身，推开窗户，见窗外已是白茫茫一片。她有一种说不出的兴奋。她的家乡在南方小镇，常常几年才下一次雪，每次也是稀稀的，薄薄的，一着地就化了。

秀秀见往日的山峰变得奇形怪状，稀疏的树木和悬崖畔茂密的野草，全都变成了洁白一片。她沿着一条熟悉的山路，小心翼翼地迈开步子，雪地一点也不滑，松松的，软软的，踩一脚，咕咕地叫，小腿一节节下沉，终于踩到底了，脚却被深深地埋在雪里。她一路惊叫，一路高喊，偶一回头，见身后已是一串清晰的脚印，如诗如画，而自己就是这诗的魂，这画的骨。

不自觉中，秀秀已来到一个地方。她感到这地方既熟悉，又有几分陌生。她四处看了看，这不是学校吗？那操场，那旗杆。可是，她又感到不对，眼前空荡荡的，明晃晃的。哪里不对呢？一时又说不清。她愣了好一会儿的神，忽然惊叫着转身，向冉茂典家跑去。

学校塌了！学校塌了！

什么？

学校被雪压塌了。

冉茂典像一头牛，冲向雪地。他跑到那堆高高的雪堆上，用手刨着，先刨出了一片茅草，随后是一些瓦片，木头和干硬的土砖……

冉茂典一屁股坐在雪地上，两眼空洞地看着前方。

只有把这个教学点撤了。冉茂典和三公冒雪下黑岩汇报时，张恒果断地说。好似这个想法在他脑子里酝酿了许久，现在终于找到了一个理由。

那峡谷的崽崽些都不上学了？三公瞪着眼问。

来黑岩中心小学上。

那怎么行呢？遇着这样的大雪天，大人都费尽了老力，别说那些八九岁的崽崽。

那你们说怎么办哟？这峡谷小学本来就没有老师，现在又没有教室！

怎么没有老师？没有老师这学期能考出好成绩？三公气愤地问。

张恒看了冉茂典一眼，半天无话。最后，他说，这事我一个人也不能决定，等我到县教育局汇报一下。如果局领导说办就办，说不办就只有停了。

冉茂典一直无话。他只感到难过，为这峡谷小学，为峡谷的学生，也为自己的命运。

从乡教辅站出来，冉茂典转到黑岩乡的肉市，称了十斤半肥半瘦的猪肉。三公说，称什么肉，到时我家杀猪，给你砍块来就是了。

这就算秀秀老师半年来的工资吧，学校不办了，该算的账也要算清呀。冉茂典举着肉说。

三公听了，什么话也没有说，本就阴沉的脸，黑得有些怕人。

六

又到新学期开学时，仍没有关于峡谷小学的任何消息。冉茂典只得再次下黑岩。他找到张恒，张恒只与他抽烟喝酒。他试探性地问，这学期怎么办？张恒说，教育局领导的态度也很坚决，说这样的教学点迟撤不如早撤。还批评我们说，这样的安全隐患早该排除，好在是假期，若是正在上课，不知会捅出多大的娄子。

后路彻底断了，冉茂典还是不甘心。他想着峡谷里几十个孩子，想着秀秀对教书的热爱，他就感到有份责任。他想了许久，可仍没有想出可行的办法。最后，他决定去找秀秀。

我知道你把这学校看得有多重。秀秀在地里摘菜，抬头看着土坎上的冉茂典，说，既然你一心要办这个学校，那还有什么犹豫的？继续办吧，反正你怎么做我都支持你！

可是没有教室呀？

村里人家的堂屋不都是空着的吗？

哎呀，我怎么没有想到呢？冉茂典拍了一下脑袋，一下子豁然开朗。

我们又不要工资，又借用村民的堂屋上课，就不相信感动不了上面的那些大神！秀秀说着，又低下头去摘菜。

冉茂典看着秀秀，满心欢喜，想这弱女子原来毅力这么坚强，真了不起。

村民们听说他们借房当教室，纷纷表示支持。只是没有哪家堂屋能容得下那么多学生，只能分成两处。

三公见政府真不管这峡谷小学了，就与村里的男人们商量，说，他们两位老师这么劳心费神地办学，教孩子们知识，我们也不能亏了他们。万一不行，我们每户人家给他们上点粮食。

是嘛，过去峡谷的私馆不是这样办了几百年？

第二天，三公找冉茂典说了这事。冉茂典说，办学本就是国家的事，怎么要大家出粮食呢？再说，现在正在搞普九教育，政府哪能不管？

村民们还是过意不去，孩子上学时，就装一书包花生，或是一两棵早熟的白菜，一篮橙黄的柚子，让孩子给他们带去。遇着家里来客人，弄了一桌子好酒菜，家长们就亲自到学校，叫上他俩去油汤油水地饱吃一顿。

每次到学生家里吃饭，冉茂典与秀秀就被人恭敬着，要他俩坐首位。他俩见有长辈，哪里肯坐？推来让去，他们最后坐到了左边的位置。

他们一人教三个班，本来就很忙，加之农活家务，每天就像风车似的，忙得像个转动不停的陀螺。只有被哪家叫去吃饭，他们才能见上一面。可众目睽睽之下，他们的言行举止，不敢有半点差池。只有走在回家的路上，在酒意的助兴下，借着叔嫂之间的嬉闹，打情骂俏一回。分手后，心中越发空落了，又是一夜的伤怀。这伤怀是催化剂，催化着他们的相思。此时，一个大胆的想法在冉茂典心中萌生：独自建一所学校。他想，哪怕政府不认可，一直不给他工资，他也要在这峡谷教一辈子的书，只要他们能天天在一起，他就满足了！

一天，他在放学的路上遇着秀秀，就把这个想法与她说了。秀秀怔怔地看了他好一会儿，咬住下唇，扬了扬拳头，以示鼓励。她说，真没有想到，峡谷还有你这样的男人，只是这事，你还是先与三公商量一下吧。

不用与任何人商量，只希望你能在这里教一辈子。冉茂典定定地看着她说。

秀秀听了，不住地点头，止不住的泪水，哗哗哗地淌。

村里人们见冉茂典独自修学校，先是不解，后来就有了各种议论。他们说建学校是多么大的一个工程呀？他冉茂典一个人能修好吗？不会是脑子出了毛病吧？

村里人先是观望，想看看他怎样把这学校建起来。见他先是利用上课之余和假期，慢条斯理地砍柴踩泥，搭砖起窑，村民们就没了耐心，想他这样下去，猴年马月才能把学校修好呀？他们各自忙着手里的活儿，只是饭后闲谈时，才又提起这事，感叹冉茂典的不凡，说他修这个学校图哪样呀？

图哪样，还不是为峡谷的孩子们有学上？一人愤愤不平，责怪村民们不知好歹。人们想了想，也只有这个理由说得过去，就对冉茂典平添了一份敬意。傍晚时分，人们听见他疲惫的脚步声在屋外响起，就纷纷迎出来，拉他进屋吃饭。冉茂典谢绝了他们的盛情，因为他还要回家，给母亲煮饭。人们听了他的推辞，摇摇头叹气，女人们的泪水就冒了出来，在灯光的照耀下，莹莹地闪亮。

许多时候，他回到家里时，桌上已摆好了饭菜。第一次见到这样的场景，他吓了一跳，以为是久病的母亲好了。细看时，才见秀秀正在帮他收拾屋子，浆洗衣服。皮二已将水缸挑满，正将一堆劈柴码在屋后。

冉茂典傻眼了，他呆呆地看着他们。见皮二拍打着手上的灰尘走过来，递过一支烟，说，兄弟辛苦了。冉茂典哪敢接烟，连忙从裤兜里掏出鸽子花牌香烟，递到皮二面前，问，几时回来的？

今天刚回来。听你嫂子说，你正在修学校，就过来看看。

感谢你们了。

哪里话，你这样做，还不是为了大家？今后忙不过来，就让你嫂子帮着收拾一下屋子，做做家务。

那怎么行呢？她一个人在家，就够她忙的，还要教书。

我家地不用种，我一月的工资完全可以养活她。

冉茂典看了秀秀一眼，见她正在洗他母亲的衣服。就说，那太感谢了。

哎，你一个大男人，里里外外这么多事，怎么忙得过来？秀秀用力搓着衣服，头也不抬地说着，借擦汗，抹去了眼里的泪。见冉茂典一天天黑了瘦了，她心里就有些难受，有些着急。她想，自己不能帮他分担山上的活，只能帮他代代课，批改学生的作业。今天，皮二正好回来，她就把冉茂典建校的事与他说了，还说想力所能及地帮他做些事。皮二听了，二话没说，就跟着过来了。

从此以后，每天放学回家，秀秀就急忙煮了饭，给他母子俩端过来。有时，她还要煮几个鸡蛋，让冉茂典带在身上，劳作时，累了饿了，吃着方便。如果天黑了，冉茂典还没回家，秀秀就在他家一边等，一边帮他收拾着屋子，搓洗衣服，每隔三五天，还要帮他母亲洗一次澡。几次，冉茂典回来见着秀秀正忙得满头大汗，心里就荡开了一片涟漪，涌起一股暖流，深埋心底的情感就被掀得纷纷扬扬，想眼前这个女人是那样的可亲可爱，就有一种揪心的痛。

冉茂典的心事，秀秀全看在眼里。她为之感动的同时，也痛恨冉茂典的怯弱。

七

一年过去了，又一年过去了，人们见冉茂典仍没有停息，建学校的材料堆在那块平地上，越来越高，就记起小时学过的愚公移山的故事。想这冉茂典真是愚公一样的人物。到了收割时节，见他家地里的庄稼还没有收，大家纷纷前来帮忙收割了，背回家去晒干扬净，才背到他家装进粮柜里。因为冉茂典没有时间看管地里的庄稼，都广种薄收。有的人将自家的粮食暗暗混装进背篼里给他背来。冉茂典见了，也不多说什么，只是那眼光里全是感激。

　　一天晚上收工后，冉茂典感到从未有过的轻松。因为，他终于把建校所需的砖整完了，下一步就该装窑点火烧砖了。他走在回家的路上，一路哼着不知名的小曲。放眼望去，天空悬着一弯清月，朦胧月光中，满山遍野都是野花，一丛丛，一束束，五彩缤纷。空气中迷漫着一阵阵花香，沁人肺腑。许久以来，他似乎忘却了时令的轮转，掐指推算，才知已到了仲春四月。看着这花与月，他想若能与秀秀在这月光和花丛中漫步，那该有多美呀！他跳下路坎，在杂树丛中掐了一把艳艳的杜鹃花。把这花插在秀秀头上，该是哪个样子呢？他这样想着，一汪幸福就在脸上荡开。

　　忽然，见前面的山垭口站着一个人。冉茂典一惊，走近一看，果然是秀秀。他想这莫非是心灵的感应？他急忙迎上几步，说，你在这里做哪样？

　　等你。

　　等我？

　　是呀。

　　有哪样事呀？

　　到我家吃饭。

　　我妈还在家等我哩。

　　我已给她把饭端过来了。秀秀说着，转身就朝自己家里走。冉茂典跟着来到她家，见桌子上已摆满了酒菜。

　　你知道今天是哪样日子吗？秀秀见冉茂典一脸疑惑，歪着头倒着酒，笑着问道。

不知道。

真不知道？

真不知道。

今天是你的生日。

我的生日？冉茂典想了许久，才拍着脑袋说，噢！对对对，今天还真是我的生日。

来，干一杯，祝你生日快乐！秀秀举着杯说。

冉茂典端了杯，笑笑，见秀秀一口干了，也伸了伸脖子，"叽"的一声，把酒干了。

你怎么知道今天是我的生日？

你母亲说的。

我母亲？

那次与你母亲闲谈，她无意中把你与我进行了一番比较。原来，我俩都属牛，你刚好比我大一轮。

冉茂典怔了一下，想什么事也瞒不过母亲哩。莫非她也是想找秀秀这样的女人做媳妇？冉茂典再看眼前这个女人，觉得这女人更入眼了，痴痴的眼神里，就有了些迷醉。他壮着胆子起身走到秀秀的身边，把那束杜鹃插在她头上。秀秀先是笑着扭着，不让他插，见他神情专注，就收住了笑容，摆正了姿势，任他插。她来到镜前，见自己满头红艳艳的喜气，就哈哈哈哈地笑，笑弯了腰，笑出了一脸的泪水。回到桌前，她举了杯与他重重地碰了一下，一口干了。

整个晚上他们都没有过多的语言，心中万般的感受，化着了一次次的举杯畅饮。在酒力的催化下，他们的眼里都没遮没拦地写满了迷醉，写满了欲望。当他们拥抱在一起时，冉茂典感到一股豪气贯注全身。那一刻，他想，前面哪怕是刀山火海，悬崖绝壁，也会毫不犹豫地跳下去。

第二天，秀秀从睡梦中醒来，见冉茂典还在熟睡，就支起头，迷迷地看着他。回想着一夜的疯狂，觉得这人与人是多么的不同啊！皮二对她是一种占有，一种宣泄，一种隔山观火的激动。而冉茂典与她则是疯狂地寻找，是忘我地追逐，是生生死死的燃烧。此刻，秀秀又有了些激动。她把冉茂典揽在怀里，吻着他的前额。

冉茂典从沉沉的梦中醒来，见自己躺在秀秀的怀里，一脸的幸福顿时被惊诧覆盖。他一掌推开了秀秀，慌忙起身，见自己全身赤裸，又惊惶失措地钻进被子。他一言不发，咬紧牙关，仍止不住全身的颤抖。秀秀被冉茂典的行为吓住了，她伸出双臂，又紧紧抱住了他，像母亲搂住哭泣的婴儿，不停地叫他，吻他。许久，冉茂典才平静下来。他默默地挣脱她的怀抱，穿好衣服，贼一样逃出门去。

从此以后，冉茂典就整日被惊慌与恐惧包围。白天，他总是独来独往，遇着村里的人，也只嚅嚅地叫一声，头也不抬地走了。村民们见他异样的举动，纷纷议论，说这冉老师是怎么了？病了？还是修学校累了？见村人眼里的疑惑和盘问，冉茂典更是胆战心惊，好似他与秀秀的秘密全被他们知晓了。他终日悬着一颗心，如坐针毡，如履薄冰，惶惶然，不得安宁。可一到夜里，他又似一堆浇了油的柴火，呼啦啦，奋不顾身，势不可当。

冉茂典在这冰与火的日子里煎熬，不知道下一步该怎么办。

一天，秀秀对他说，走，我们去找三公，让他给我们做主。

什么？找三公，冉茂典瞪着秀秀问，你知道会是哪样结果吗？

哪样结果？

会死在村人的乱棒之下。

我与皮二又没有办结婚证。

没办结婚证又怎么样？你知道我们峡谷的历史吗？

听皮二说过，但那都是几百年前的事了？

可几百年来，从没有人敢破这个规矩。

这是什么规矩？与其一辈子这样偷偷摸摸，不如大白于天下，让人指责好了。

不行。冉茂典坚决地说。

那你说怎么办？

冉茂典抱着头，低头不语。他又开始整夜整夜地失眠。这样的夜晚，他就来到砖窑前，把干透的砖背进窑里，整整齐齐地码好。每码一层砖，就铺上一层青杠柴块。他累得身体散了架，眼睛酸涩得泪水长流，脑子昏昏乎乎的，但那个念头一直在脑子里缠绕。有时他热血狂涌，想破釜沉舟，去与三公说清楚明白；有时他又觉得不能冒这个险，那样不仅会毁了自己，也会毁了秀秀。他想，自己快四十的人了，一眼就可以看到以后的日子，死了倒也无所谓，可秀秀还年轻，她的未来还看不到尽头。

窑终于装好了，他又点了火，整天整夜在窑门前守着。或许是太疲惫了，或许是窑门前很温暖，这天，他终于松懈了，从身体到精神，倒在窑门前就沉沉地睡去了。不知睡了多久，听到一片嘈杂之声。他艰难地睁开眼，见张恒正在推他。

你看见了吧，我没有骗你吧。张恒对着一个年轻女子说。冉茂典见那女子不停地对着他照相，吓得连忙站起来，瞪着张恒问，怎么了，这是干哪样？

没有什么。这是省报的记者。

记者？冉茂典有些惊慌失措，连忙用手挡住眼睛。

人家是来采访你的。

采访我？我有什么好采访的？冉茂典心里突突地跳，他想，莫非自己与秀秀的事被他们知道了，要登报？

真不简单，一个人在这么恶劣的环境教了几十年，还要独自修学校。女记者赞叹道。

冉茂典听了，才放下心来。他想自己修学校的事怎么传到省里去了？

人家本来是在乡里采访，听我说你独自修学校的事，就非要我带她来看看。还说要采访你，写篇报道好好宣传你。张恒见冉茂典一脸惶惑，连忙解释道。

我有哪样值得宣传的？又不是雷锋。冉茂典说着，揭开窑门，连忙往里加柴。

然而，就这么一句带着怨气的话，打消了女记者心中的疑虑，想这人，傻得可以，难道真的不图回报？她不相信世上会有这样的人。

女记者很敏感，也很精明。最初，她听到这事时，根本没有放在心上。凭她的经验，那些所谓无私奉献的人，心底都怀有一份私心。她怀疑冉茂典也不例外，无非是以此举来引起有关部门的重视，从而得到政府的关心与支持。当她听到张恒说，冉茂典只不过是一个既没有工资，也没有名分的教育义工。女记者不解，觉得他的行为有些荒唐。难道他心底藏有更大的企图？可眼前这个男人，有些木讷，几分憨厚，似乎可以让人一眼就看透他的心思。她想进一步追问他真实的想法，却没有开口。如果他真是一个高尚的人，一个纯粹的人，过多的质疑，会伤他的自尊。如果他真是想以塑造典型来打动什么，那么，他这样的做法，又太可悲了。

冉茂典对女记者的采访有些不置可否。他不想弄得惊天动地，只想平静地过日子。眼下，让他无法跨越的难题是不知如何面对皮二，如何面对这峡里的人。

随着采访的深入，女记者了解了峡谷的历史。知道峡谷与外界长期隔绝，还知道峡谷男人世代外出说媳妇的经历，她被深深震撼。当她把这些信息集中在一起，慢慢梳理，才知道冉茂典的所作所为，确实没有什么功利目的，完全是一个峡谷人在这特定历史文化背景下的精神自觉。这么说来，冉茂典真是可敬的。

女记者回去后，写出了六千多字的专题报道。文章刊发后，产生了不小的反响，一些媒体记者纷纷与女记者联系，想到峡谷作进一步的跟踪采访报道；一些热心人也向女记者打来电话，想了解冉茂典的近况，还有人愿捐资，帮助他修这学校。

当各地媒体记者涌入峡谷，县里的领导才感到束手无策。就是之前对此事报有意见的教育局领导也只得顺水推舟，主动与这些媒体记者配合，决定把冉茂典塑造成一个先进典型。

很快，冉茂典的事迹就在各大媒体和网上传开了。不仅县委书记到峡谷来看过他，省里的领导也来看了他。那次，分管教育的省领导到峡谷来看他时，得知他三年来没有拿过一分工资，仍坚持在峡谷教书，还独自建校，就紧紧地握住他的手，眼里含着泪，对身边的县委书记说，冉老师的事，你要亲自过问一下，必要时，特事特办。

面对蜂拥而至的各大媒体记者和各级领导的来访，冉茂典完全失去了对事态的掌控与对应的能力。他整天被各种信息的潮水席卷着，随波逐流。

一天，冉茂典正在教室里配合着县电视台做专题片。秀秀突然跑进来，上气不接下气地说，皮二出事了。

什么？

皮二被炸了。

谁说的？

厂里来人了，在下面等。

冉茂典丢下电视台一干人，就与秀秀往河谷跑。果然见一机动船等在江边。

那天，他们半夜才赶到县医院，见皮二的头被纱布包得严严实实，鼻孔处插着氧气，秀秀顿时就软在床前，伤心地哭。

据工友说，皮二遇着了一个瞎炮，他等了许久都没有响，谁知他刚走近就响了。好在药少，炮也浅，只伤着脸部。但医生说，一双眼睛是保不住了。

看着秀秀伤心的样子，冉茂典也感到难过。每天，他守在皮二床边，端屎接尿，忙个不停。人们见了，都夸赞他们这对干兄弟比亲兄弟还亲。

八

这一年，县里招考乡村教师，峡谷小学得了一个指标。在招考公告中，特意对这个指标附加了说明，要求长期在岗的代课老师，年龄可放宽到四十岁。

开始几天，冉茂典一直不敢去报名。县教育局派张恒来做他的工作，说这个名额是专为他定的。他听后，还是没有信心。张恒左劝右劝，他才答应同他到县人事局报名。

他们来到县人事局，见一位母亲正在与儿子争执。母亲要儿子报考峡谷小学试试。她说，今年哪所学校招考的名额都很少，竞争大，只能报这冷门的地方才有把握。儿子却说，那么偏远的地方，鬼都打得死人，我宁愿不要这份工作。

冉茂典看着这母子俩的争执，想着自己这么多年来的委屈，想着祖祖辈辈的隐忍，心里升腾起一阵悲凉。是呀，这人与人，区别是多么的大哟！

从县人事局出来，张恒要冉茂典先回峡谷好好复习。他说，虽然这个职位是专为他设的，但也不能考得太差，让人们说笑话。

万一不行，把学生们放几天假。张恒说。

冉茂典心不在焉地应着，心里仍想着秀秀与皮二的事。

因为是皮二自己不小心，所以，石厂只同意出医药费，不愿赔偿。

他回到峡谷，仍旧天天上课。因为秀秀一直在医院护理皮二，他就两边教室里跑。晚上回家，倒在床上只想睡觉，哪里还有心思复习呀？

一天，他从学校回来，天已黑了。他一进屋，见张恒正等在家里等他。没有他开口，张恒急匆匆地说，明天就是报名的最后一天了，可报考峡谷小学的还是只有你一个人。

不是就招一个吗？

可按政策规定，招一个职位，要两个以上的人报考才有效。

那怎么办？

找个人陪考呀。

陪考？怎么陪考呀。

就是找人充数。

充数！万一人家比我考得好呢？

所以要你自己找一个可靠的人来。

可靠的人，找哪个呢？冉茂典挠着头，想了一会儿，突然眼睛一亮，说，秀秀行吗？

秀秀，就是与你一起教书的那个女老师？

对。

她有文凭吗？

她是自学考试的大专文凭哩。

行。不过，这人靠得住吗？

什么靠得住呀？

就是不要节外生枝。

可除了她，我再找不到别的人了。

那好吧，也只能这样了。

他们来到县医院找到秀秀，把情况说了。刚刚能张口说话的皮二听了，含糊不清地说，行，去帮帮兄弟，并不住用手去推秀秀，要她跟他们去报名。冉茂典在这里天白夜晚地护理他几天，他心里感激，正忧无法报答他哩。

他们来到县人事局时，报名的工作人员却带着他们去找分管局长。分管局长看了秀秀一眼，就把张恒和冉茂典叫到里间，详细地询问了秀秀的情况，说，不会喧宾夺主吧？

不会。他们是同一学校的老师。分管局长还是有些不放心，要张恒找秀秀谈谈。秀秀在外间隐约听见他们的对话，心中不快，大声说，你们把我看成了什么人呀？要不是看到茂典老师的面子上，我转身就走。

分管局长听了，连忙出来给她赔不是。

回到峡谷后，冉茂典仍没有把考试的事放在心上，除了上课，他就到山上捡些菌子，给母亲煮汤。

让人奇怪的是，自从冉茂典报名回来后，他母亲的病就一天比一天好了。她每天早早起来，或是到院子里坐一会儿，或是帮冉茂典烧火煮饭，要不，就拄着拐杖到村里走走。村里的人见了，惊奇地问，发二娘，你的病好了？

好了，好了。她笑着点着头答道。

吃的哪样药呀？

哪样药都没有吃。

是吗？看来今年你们母子都开始交好运了。

是呀，老天睁眼了。

再后来，她又拄着拐杖到后山周边的树林里走走，看看那些鲜艳艳的野花，听听林子里脆生生的鸟叫。有时还要到冉茂典父亲坟前，独自说一会儿话。

见母亲的病一天天好起来，冉茂典的心情也一天比一天好了。每天，他都要费许多心思，变着花样做些可口的饭菜来给母亲吃。每次他把菜夹到母亲的碗里，母亲又总要夹到他的碗里。这样夹来夹去，那菜最终还是落在他的碗里。看着他一口一口吃下，母亲的嘴唇跟着他的咀嚼微微地动着，好像是她自己在吃山珍美味，脸上的笑一直浮着，直到他把嘴里的东西咽下。他想，正因为穷，母亲才舍不得吃哩。他这样想着，就有些心酸，感到自责。

冉茂典万万没有想到，母亲的病情忽然好转，只是人们常说的回光返照。那天下午，他上山采来一提篮松菌，做了一锅香喷喷的菌汤。饭煮熟后，许久不见他母亲回来。他问村里的人，都说没有看见。他又上山寻找，仍不见他母亲的影子。他很着急，生怕母亲跌倒在什么地方。然而，他母亲可能去的地方都找遍了，还是没有找到。他回到家，闷闷地坐了一会儿，忽然起身转到里屋，果然见他母亲穿戴一新，规规整整地躺在床上。他轻轻地叫了几声，忙把手伸到母亲鼻子前试了试，原来，他母亲早已落气了。

冉茂典没有哭，也没有惊慌。他呆呆坐在母亲的床前坐了一夜。第二天一早，他来到三公家。三公见他脸色灰黑，满面倦容，问，怎么了？生病了？

我妈去了。

你妈去了？去了好，少受些罪。

村民们知道冉茂典的母亲去世后，纷纷赶来帮忙。有的人去江对面请阴阳先生，有的到峡谷外买棺材。妇女们则烧火煮饭，刷锅洗碗，打纸钱扎花圈。顿时，他家热闹起来了。

阴阳先生在堂屋搭了灵堂，敲敲打打地唱了三天。三天里，冉茂典整日守在母亲棺材边，不吃也不喝，脸更是灰了，暗了，眼里布满赤红的血丝。

这么多年，因为他母亲的存在，他对这个家才有一份牵挂与依赖。原以为母亲会长长久久地陪伴着自己，哪知她不声不响，说去就去了。

亲棺时，冉茂典久久地凝视母亲的遗容，仔细地查找棺内的尘埃残屑，见母亲嘴角还停着一丝笑意，他突然感到一阵心酸，一股悲痛涌上心头，放声恸哭起来。阴阳先生见时辰已到，才叫人们把他从母亲的棺材边拖过来。见母亲被棺盖盖上了，随后棺木又被一铲一铲土淹埋，冉茂典感到绝望，好似他自己也正在被一点点地埋葬。

送葬的人们散去后，繁杂与喧嚣也跟着退去了，屋里顿时空了下来。没了母亲的影子，也没了她的呻吟。他两眼空茫地望着屋顶，这万籁俱寂让他感悟了些什么。他觉得自己只是一个空空的皮囊，轻飘飘的，没了牵挂，也没了目标。说不定哪天，这空空的皮囊也说散就散了哩！

考试那天，冉茂典仍是昏昏沉沉的。他不知是怎样走进考场的，也不知是怎样走出考场的。他只记得从考场出来时，无意中朝一扇拉着黑布帘子的窗玻璃上看了一眼，见玻璃窗里映出的一张张年轻俊俏的脸蛋，突然，他从这些脸蛋中，看到一张苍老枯黄的脸。开始他没有注意，当他认出那就是自己时，心头顿时被一阵悲凉抓紧。

笔试后，冉茂典又到县医院照顾皮二几天。皮二拉着他的手，不无愧疚地说，对不起，干娘走了，也没有去送送。

冉茂典说，你好好养伤吧，等你好了，每年过年过节记得到她坟上去点炷香，烧张纸就行了。

那是一定的。我爹娘死得早，全靠干娘照顾我呢。皮二说。

秀秀听着两个男人说话，悄悄背过身去抹了一把泪。皮二受伤后，她才感到自己身上的责任。她不知道今后的日子怎么过。显然，书，是不能教了。要活下去，只有带着皮二外出打工。冉茂典离开医院那天，秀秀送他出门，几次想向他说出自己的打算，可张了几次嘴，还是没有说出来。

两个月后，皮二的伤已痊愈了。这天，秀秀正在办理出院手续。张恒忽然跑来通知她，要她去面试。她只得停止办理出院手续，正准备跟张恒走，张恒却瞪着她问，冉茂典不在医院？

没有呀，不是早就回家了吗？

回家了？

是呀。他在这里照顾了几天后，就回家了。

张恒听了，脸色大变，说，我去他家，家里的大门锁得紧紧的。我还以为他在医院。

他们匆匆赶到考场，考场上也没有见到冉茂典。张恒四处打听，仍没有人知道他的下落，就悄悄向人事局的干部汇报。人事局的干部又向分管局长汇报，分管局长随即就向局长汇报，局长听了，阴沉着脸半天没有说话。随后拿起电话就拨通了分管副县长的手机，问是否暂缓面试？分管副县长听了，十分生气，说，此次招考关系到几百名考生的命运，岂能儿戏。他要求面试如期进行，并要县教育局火速派人寻找冉茂典。

可是，直到面试结束，冉茂典都没有露面。一时间，关于冉茂典失踪的消息在全县传得沸沸扬扬，人们对此作了种种猜测。但是，每一种猜测都难以自圆其说。

九

两年后，在那位省报女记者的奔走呼吁下，峡谷小学终于由香港一家慈善机构捐资建成。学校依旧建在原址上，墙体是用冉茂典烧的砖砌的。竣工落成那天，校园里锣鼓震天，彩旗飘飞。县、乡许多部门的领导都来了。看着这热闹的情景，秀秀却感到无法言说的孤独。她独自一人来到江边，望着滚滚奔流的江水，泪流不止。此时此刻，她特别想念冉茂典。她从人造革手袋里拿出一封信来，是一年前冉茂典寄给她的。其实，信的内容她早已烂熟于心了，但她还是看了一遍又一遍。冉茂典在信中说，贵清帮他在土城找了一份工作。还说他对不住秀秀，也对不住皮二。他说他没脸回峡谷了，要他们每年去他父母坟上替他烧张纸。

收到信的当天，秀秀就给冉茂典回了信。她告诉他，在那次考试中，因为他的缺席，她顺利通过了面试，成了峡谷小学一名公办教师。

秀秀坐在一墩石头上，听到山崖上那阵阵喧闹，看着这明晃晃的太阳，有些恍惚，感觉这一切都是梦，好似冉茂典并没有走远，也许就躲藏在河滩哪块巨石后面，静静地看着她。她站起身来，极目张望，整个河谷空无一人，只有一摊乱石在烈日下泛着白光，滚滚的江水一如既往，奔流不息……

岸　边

一

满天的星斗眨巴着眼，似笑非笑地看着他，好
似洞悉了他心中的秘密。

二十一年来，悔恨与自责，匿伏在时间的皱褶
里，稍不留神，就跳出来讨伐他、撕咬他。

那是一个怎样的夜晚哦！魔咒般诅咒了他
二十一年。

当初，那只不过是一些念头。可那些念头一经

冒出来，就蛇一样死死缠着他，年复一年、日复一日，不断吮吸着他的气血，啃噬着他的生命，在一次次假设、想象中，渐渐清晰、生动、丰满，犹如真实的人生。

那晚，他早早地来到乌江边的下码头，坐在石阶上，不停地吸着烟。烟头上的火际线呼啦啦往嘴边窜，燃烧的烟丝虫子一样弯曲扭动，嚓嚓炸响。

眼看婚期一天天逼近，他仍在犹豫，挣扎。

"……你们就这么拖着，总不是个事。你倒没什么，可她一个姑娘家，快三十岁的人了，难免有些风言风语。"一天，她妈严肃地对他说。他不知所措，含糊地应着，纵然心中有千般推脱的理由，面对现实，却是那样的苍白，难以启齿。可想到单位面临改制的人心惶惶，看到许多同事平常日子里的一地鸡毛，还有她久治不愈的病，他似乎一眼就望穿了婚后长长的日子。

怎么办？

暮色中，老船工跩哥吱吱呀呀地摇着渡船，不停地在江面往返。

他抬起手腕看了看表，指针指向六点十三分。那条小路，弯弯曲曲地伸向后街。以往，都是她等他，今天，他却抢了先。

他决定与她好好谈谈，这犹豫未决的日子，真是度日如年。

石阶下那股急流在乱石间哗哗啦啦地奔跳。他听着这流水声，莫名地烦躁。

要不，把婚期推一推

一双纤弱的手从腰间围过来，紧紧地抱住他。他定了定神，冰凉的左脸被一片温热覆盖。耳鬓厮磨间，几丝长发拂动着他的鼻翼，痒痒的。

你猜，今天我又买了哪些东西？她伏在他肩头，兴奋地说。不待他回答，她又自答道，被面、床单，还有四对枕头。

自从他们决定结婚，每次见面，她都要喋喋不休地讲述着嫁妆筹办的情况。

他闷闷地望着江面，目光发虚。

我本想叫你一同去，怕你嫌我啰唆，就同我妈去买了。她坐到他身旁，偎依着他。

买了就行。他有些不耐烦，随手捡起身边的一颗石子，站起身来，朝江中掷去。

很漂亮的，不信你明天去看吧。她也站起身，搂住他的腰，偎在他背上幽幽地说，哦，对了，今天我妈叫你去吃饭，你怎么不去呀？她买了你最爱吃的羊肚。

我有事。他身子一扭，挣脱她，朝前走了几步，弯腰又捡起一颗石子，朝江中掷去。

有哪样事嘛？她噘着嘴，不高兴地问。

他不答，只顾朝江中掷石子，一下，一下，又一下。

你怎么了？她跟上前，歪着头看着他，疑惑地问。

没有哪样。他躲开她，走到一边，继续朝江中掷石子。

与哪个扯皮了？

没有。

工作上遇到了麻烦？

没有。

家里出什么事了？

也没有。

那你怎么不高兴呀？

我没有不高兴嘛！他拍了拍手，坐下来。

她紧挨着他坐下，小心翼翼地观察着他。

要不——我们……他扭头望了望她，欲言又止。

我们怎么？她歪着头，审视着他。

我们还是把婚期推一推。他转头望着江面，匆匆地说。

为什么？她猛地站起来，生气地问。

他凝望着江面不答。

你还想考研？

他长叹一声，低下头，用石子在石阶上胡乱地画。

你都准备好几年了，结果怎么样呢？

就是不甘心。他头也不抬，继续画着。

你呀，人人都是这样过，有哪样不甘心嘛？

若真就这样过一辈子，我宁愿死。他狠狠地将手里的石子扔出去。

我就知道，你心里只有你自己。她坐到一旁，双手抱着膝盖，伤心地说。

我怎么心里只有自己了？这么多年，若不是为了你，我早就出去了。他站起身来，看着她，大声吼道。

你去呀，哪个拦你了？她也不示弱，抬头瞪着他。

他与她对视了一会儿，又朝江中掷石子。

你既然要出去，为什么又答应结婚？

我几时答应了？是你妈自己定的。他争辩道。

你——！她指着他，好半天才说，既然不打算结婚，那你当初为哪样又要骗我？

我骗你哪样？

一开始我就跟你说了，我是一个半条命的人，是谁口口声声说要一生一世陪着我，对我好？她伤心地哭了起来。

我哪里对你不好呀？

是，你对我很好！就是谈了五年，不愿结婚！

你说得轻巧！我一无所有，怎么结？

那你的意思是这婚不结了？

起码现在不能结。

那等什么时候？

等我闯出些名堂再说。

哼，如果你一直闯不出个名堂，难道要我等你一辈子不成？

我就知道你不信任我！

不是不信任你，事实明摆着的呀。

我就不信，他们会卡我一辈子。

非要去读那个研究生？

这么多年，你又不是不了解我！

我当然了解你，我太了解你了！她冷笑着说，当初我妈劝我，说你整天胡思乱想，一点也不实际，靠不住，我还替你狡辩，如今看来，我妈说得一点没错。

你妈你妈你妈，一天就是你妈，烦不烦？如果后悔，现在还来得及！他挥舞着双手，咆哮道。

我后悔？她惊愕地瞪着他，好半天才说，明明是你烦我了，反来怪罪我。

对，是我烦你，烦透了，怎么了？他气冲冲地吼。

她定定地看着他，眼里满是惊讶。

他等待着，希望她蛮横泼辣地大闹一场。可她落寞地坐着，头埋在双膝间，是那样的孤独无助。他心中有些隐隐地疼痛，后悔刚才的冲动。他何尝不想坐到她身边，把她揽在怀里，给她一个坚实的承诺？可理智告诫他，带着这样的矛盾心理走进婚姻，必将两败俱伤。他摸出一支烟点上，深深地吸了一口，茫然地望着对岸那渐渐密集的灯火。突然，她站起身，冲下石阶，扑通一声跳进江水里。他一怔，嗖地一下站起来，甩掉烟，一头扎到江水里。

她很快就被卷进了一个漩涡。他随后也被卷进了那个漩涡。他挣扎着从江底浮出水面时，她已在二十多米远的水面扑腾。他奋力朝她追去，可衣服、裤子裹在身上，鞋子兜着水，阻碍着他游动。他一边朝前游，一边扯掉外衣，蹬掉皮鞋，游弋才变得轻盈起来。待他游到那团水花前，那水花早已没了踪影。他扫视昏暗的江面，见前面不远处，又一团水花在翻卷，可顷刻就消散了。他深吸了一口气，潜入水里，拼命朝那团水花方向游去。水里暗沉沉的，像一团浓密的乱发，挡着他的视线，什么也看不清。他手脚并用，在黑暗中摸索了好半天，才钻出水面。江面一片平静，好像什么也没有发生。他再次潜入水中，鼓着腮帮，睁大眼睛，一边搜寻，一边呜呜地呼唤，直到肺部有些隐隐的痛，好似快要窒息，才急切地冲出水面，大口喘息。

他一次又一次潜入水里，一次又一次无功而返。不觉间，水势平缓了，水域也宽阔起来，江面越发死静。回头望去，县城那片灯火远远的，早已退去浮华的炫光，如繁星点点的夜空。他仍不甘心，睁大眼睛在江面努力搜寻，希望奇迹出现。迷蒙中，他好似听到了她的呼唤，看到她款款走来的身影，在向他招手，向他呼救，又好像是在向他挥手告别。他一阵战栗，奋力向前游去，想抓住那个幻影，可那幻影始终与他保持一定的距离。他定睛一看，眼前一片昏暗，什么也看不见。他绝望地仰天长啸，一声接一声。回应他的只有江涛绵延不绝的低吼。他多么希望这只不过是一场梦，可这冥寂的夜，满天的星斗，还有两岸如织的虫鸣，铁一般真实。

他仰面朝天，任身体在水面漂流，任江水把他带走。他久久地盯着天上的星光，耳畔是浪花清脆的拍打和远处江涛的哀鸣，安魂曲般，绵延不绝。这声音让人玄想，如梦如幻。他觉得身体越来越轻，如一片水汽，不断上升，浮在空中，星星越来越近，云朵也越来越清晰，好似一个又一个人的脸，一些认识或不认识的人的脸。渐渐地，他看到了张嬢那一脸的嘲弄，黄嬢那幸灾乐祸的窃笑，田嬢装腔作势的愤怒，还有李叔那鄙夷的神情——他们都是她妈的朋友。他们审视着他，叽叽喳喳地对着他指责、漫骂、唾弃。他心慌意乱，无处躲藏。突然，他看到她妈挤过人群，气势汹汹地朝他扑来，抓扯、撕咬、咒骂。随之，四面八方的人群也跟着围拢来，一层又一层地包围着他，对他指指点点。那同仇敌忾的样子，好似要掏他的心，吃他的肉，或是将他一刀一刀地凌迟，或是五马分尸。他闭上眼睛，任那铺天盖地的怒骂声追杀……一朵浪花在他耳边清脆地荡开，他猛然清醒，心脏咚咚地跳，好似要跳出胸腔。

星空远了，江水越发冰凉。此时，他才意识到她真的死了；她的死，是一垛挡在他面前的墙，高不可攀；是一个深不见底的黑洞，让他无法逾越。

他挺直身子，屏住呼吸，不住地下沉，希望与这江水融为一体。江水漫过了他的耳朵、脸庞、嘴唇、鼻尖……四周的虫鸣声渐渐隐退了，天上的星光一片模糊，脑中嗡嗡地鸣响。他感到体内的气压与鼻腔中的水流，如两军对峙，进退不得。突然，一股冰凉从鼻腔呛进气管，一阵猛烈的咳嗽，喷出一股水柱，鼻腔火辣辣，如伤口遭遇辣椒水的浇淋。他喘息着，肺部撕裂一般地疼痛。这疼痛又提醒着他，生命如此真实、顽强而又脆弱。

真就这么死吗？他心有不甘，难道生命对于自己真的贱如草芥？

冥冥之中，有个声音在向他召唤。

他湿淋淋地来到她家时，电视机还是开着的，只是屏幕上全是跳动的雪花。她爸妈在沙发上有一搭没一搭地打着瞌睡。她妈见了他，惊惶地问，怎么了？见他不答，只是瑟瑟发抖，她妈又连声追问他们的女儿。他低着头，仍旧不答。她妈扑过来，抓着他使劲摇晃，大声逼问，你把她怎么了？他在她妈的摇晃下，像一摊烂泥，瘫软在地。她妈一口气没顺过来，也瘫倒在地。她爸连忙抱住她妈，大声叫喊，掐人中，抹胸口，好半天才让她妈缓过气来。

她爸抬起头，好似此刻才发现他的存在。她爸一把抓住他的头发，一阵拳打脚踢，像拖一个麻袋，把他连拖带拽地送到了派出所。

她的尸体是第三天找到的，在乌江下游二十多公里外的媳妇坨。经法医鉴定，她确实是溺水身亡。可她爸妈不依不饶，一口咬定是他害死了她，要求以故意杀人罪追究他的刑事责任。可尸检结果显示她溺水前没有受到过任何伤害，虽然不排除是他将她推下水的，但没有确凿的证据，无法定他的罪。他在拘留所待了二十三天，就被无罪释放了。

他从拘留所出来那天，主动去给她爸妈认错，真心实意地赔罪，并说愿替她为他们尽孝，给他们养老送终。她妈哪里听得进他的一番忏悔！呼天抢地地号哭，要他还他们的女儿。

见他逍遥法外，她爸妈就天天到县公安局和县法院吵闹，还将他们女儿的日记翻出来，找到有关他俩闹矛盾的记录，说他早就有了害他们女儿的心。但办案人员还是认为证据不足，无法将他收监。她爸妈就到市里、省里上访。省、市有关部门将他们的材料转到县里，县公安局又来传唤他，重新审讯他，要他如实交代她溺水的经过，并重新到现场勘察，将掌握的最新情况和之前的调查结果对照，仍找不到新的有力证据，只得如实上报。

一次又一次，她爸妈上访无果，就有些偏执，认为他买通了有关部门，使他们告状无门。每当想起女儿惨死的样子，他们就心如刀绞。他们再次上访，不仅到市里、省里，还上了北京。他们发誓要他偿命，为他们女儿报仇。

每次被公安局传唤回来，他就独自待在家里，几天不出门。他不怪罪她的爸妈，而是悔恨自己无情与自私，如果自己不一心想着考研，而是答应与她结婚，就不会是这样的局面。

他不知命运将怎样惩罚自己。考研没戏了，什么理想、抱负，都成了幻影。每天除了上班，那大把大把的闲暇时光让他无聊得发慌。单位一有急难危重的任务，他就主动要求上。他希望用忙碌来填满自己。常常是人人都下班了，他还待在办公室加班。领导见他一改往日的懒散，也改变了对他的看法，大会小会表扬他。一些看风使舵的人认为他必定有好前程，就主动讨好他。可他心如枯井，不为所动。一次两次，那些讨好的人就认为他清高，心中愤慨，甚至有意使坏。

有人传话到她爸妈的耳边，说他新交了女朋友。她爸妈气得咬牙，想到死去的女儿，就想亲手杀了他。他们暗暗跟踪他，想在他的新欢面前揭穿他的真实面目。他们跟踪了几天，发现他并没有新交女友，这多少让他们感到有些欣慰。可很快他们就发现了新的问题：他整天在厂里忙得不亦乐乎，看不出一点内疚，似乎早把他们的女儿忘了。一股无名火又在他们心中腾起。他们想，既然法律不能给他定罪，那就用道德来惩罚他。他们跑到单位去吵闹。单位的同事先是好奇地围观，继而幸灾乐祸地说些风凉话。就连平日与他要好的几个同事，也纷纷躲开他，好似他真是一个品行不端的人。

单位的正常上班秩序被打乱了，领导只好准他几天假，让他去处理此事。他哪处理得了呢？领导就下死命令，命他哪天把这事处理好哪天再上班。工资，自然停发。

他打算到外地去躲一躲，想躲过一年半载回来，不信他们还不放过他。哪知他刚上车，他们就跟了来。他们挡在客车前面，扬言说，就算他逃到天上，他们也要用竹竿把他戳下来。眼看发车时间到了，他们仍站在车前不走。乘客不耐烦，要他下车。他哪里肯下车呀，拼死也要逃出去。人们纷纷指责他，窃窃私语地议论他。他任由人们指责。他们之间的事早已闹得沸沸扬扬，全城皆知。发车时间已过了半个小时，乘务员只好强行命他下车退票。

他无处可逃，只得整日躲在出租屋里。他们守在门外谩骂。一天又一天，见他仍不出门，他们就改变了战术，由原来的围堵变成了一人轮班蹲守。他们似乎决心与他作旷日持久的战斗。他倒无所谓，有得是时间和精力与他们耗。只是楼上楼下的邻居不耐烦了，特别是有小孩读书的家庭，苦不堪言。有人劝他出来当着他们的面赔个礼，道个歉。他当着邻居的面，把好话说尽，他们仍然不听，执意要他还他们的女儿。邻居见他们是有意现他的丑，摇头叹气。一天两天，三天四天，邻居们实在忍无可忍，就报了警。警察来劝过几回，他们不仅不听，反要警察给他们一个说法，难道他们的女儿就那样白白地死了不成？警察无策，总不能把他们关进监狱吧？他们又没有触犯法律。

邻居们只得纷纷躲开，有的暂住到亲戚家，有的搬到了别处。可他能往哪里躲呀？他把所有门窗关上，用棉花堵了耳朵，用被子包裹着头，远远地躲在凉台上，声音明显小了。可时间久了，那声音又像树根一样，固执地从门缝里爬进来，丝丝缕缕地钻进他的耳朵，抓扯着他的神经。他拖地抹屋洗衣服搬东西，以此来分散注意力。可他一个单身汉，有多少衣服可洗多少东西可搬呀？地拖了一遍又一遍，衣服洗了一次又一次，连书架上那几本考研的书也搬了几个来回，门外的谩骂声依然会在某个时刻突然袭击，让他神经紧绷，头快炸裂。

这样持续了十多天，他就产生了幻觉，好像有一群蜜蜂在头顶盘旋，嗡嗡嗡嗡地鸣叫着，他走到哪里，蜂群就跟到哪里，像一团乌云，整日压得他透不过气来。他像一头困兽，在那一室一厅的小屋里乱窜，从客厅到凉台，又从凉台转到客厅，一圈又一圈。

一天早晨，他们又在门外谩骂。他突然一声嚎叫，冲进厨房，拿起菜刀，打开门，挥舞着，夺路而逃……

二

一串低沉的船工号子由远而近，一路匍匐的身影从暮色中走来。他还没有来得及起身闪开，纤夫们就跌跌撞撞地从他身前身后纷纷绕过。不远处，一艘货船风筝一样，悠悠荡荡浮游而来，又摇摇晃晃地飘然而去。望着远去的帆影，他长长地吐了一口气。

星空下，通往后街的那条小路，空空的，蛇影一样弯曲。

其实，轻生的念头一直萦绕着她。每次发病，她的情绪就要低落好长一段时间。一次，她偎在他身旁，伤感地说，好在有你，不然，我对这个世界真的毫无牵挂与留念。他的身子摇晃了一下，跌坐在石阶上，全身仍是止不住地战栗。

那么，结婚吧

"嘿！"一声恫吓，他的身子被人猛地朝前一推，快要扑倒，又被一双手紧紧拽住。

尽管这是她惯常的把戏，他还是被吓得不轻。

今天你怎么不去我家里吃饭？我妈特意买了你爱吃的羊肚。她从背后抱住他，下巴搁在他的肩头。

我有事。他冷冷地说。

哪样事嘛？

他没有回答。

哪样事哟？她摇晃着他追问。

他茫然地望着江面还是不答。

你怎么了？

没什么。

那怎么不高兴呀？

没有不高兴呀！他扭头看了她一眼，随手捡起身边的一颗石子朝江中掷去。

我妈说，我们结婚后，不用租房，就住我们家。她偎依着他，幽幽地说。

不行，我才不住你家呢。

怕哪样嘛，家里的一切，将来还不都是我们的？

将来是将来，现在是现在。

不都一回事吗？

当然不是一回事。他站起来，走到一旁。

一家人住在一起，好有个照应呀。她跟过去，搂住他的腰，偎在他背上，劝说道。

反正我不住你家，要住你自己住。他说着，又往江中掷了颗石子。

你这是哪样话嘛？她放开他，有些不高兴。

我就这样，要么不结，要结就租房单住。他坐下来，点燃一支烟。

不结就不结，你以为把我吓倒了？她赌气地说。

他凝神望着江面，不停地吐着烟雾。

要不这样，就租在我家附近，离我爸妈近些，每天就到他们那里吃饭。她沉默了一会儿，将身子挪到他身边，挽住他的手臂，讨好地说。

我既然娶你，就养得起你。

你怎么这样死脑筋呀？

我就这样，你又不是现在才认识我。

你今天是吃错药啦？

我什么药也没有吃。

我就知道，你根本不想结婚。

他不答，丢掉烟头，随手捡起一颗石子朝江中扔去。

既然不愿结婚，那为哪样又要骗我？

我怎么骗你了？

谈了五年，怎么不愿结婚？

我说我不愿结婚呀？

既然要结，那为哪样不能心平气和地谈谈？

还用得着我谈吗？你们一家人不是早就商量好了吗？

我们商量什么啦？

那天你妈不是一切都安排妥当了？

她还不是担心你忙？

担心我忙？是把我当成木偶了吧！

你！真是不可理喻。她气恼地站起身来，转身就往回走。

他见她走远，赶紧跟了上去。他们无言地走过那片乱石河滩，走过那条蛇一样弯曲的小路，转进寂静的老街，走进王家巷子，爬到后马路，经过县医院，来到农机局职工宿舍时，他就站定了。

她走到楼梯口时，他哎了一声，紧走几步。她头也不回地消失在楼梯口。他木然地站着，听见她的脚步越走越远，最后完全消失，才迟疑地转身，无精打采地离去。

结婚那天，流水席就摆在她家楼下。开席后，她带着他去一桌一桌地敬酒。她先递给他一杯凉开水，他不干，非要她给他斟上白酒。她见他一脸认真，只得将他斟满一杯白酒。他们一桌一桌地敬，他一杯一杯地喝。她说，也就是个意思，湿湿嘴唇就行了。他不听，仍旧一杯杯地干。客人们见了，都竖着大拇指，夸赞他实诚、豪爽、重情义。两轮下来，他就醉得东倒西歪了。她叫人把他扶进屋里。他挥舞着手，推开前来搀扶的人，继续去敬客人的酒。第三轮才敬一半，他就瘫在地上，怎么扶也扶不起来。见他满口胡言、大哭大叫，客人们才知道他心里窝着一腔怨气。

结婚后，他就带她去看病。他打听到重庆一家医院专门医治她这种病。见医生对她的病情分析得头头是道，他欣喜，似乎看到了希望。见医生信心满满的样子，他百思不解，她爸妈为什么不早带她来医治？

　　从重庆回来，他每天早早起床，守着火炉为她熬药，天刚蒙蒙亮，就端给她喝。喝完药后，又让她睡一觉才起床。中午下班回来，他又接着给她熬药。尽管他一天忙得两脚不沾地，但还是没忘考研的事，每天晚上都要学习到深夜，就是守在炉火边给她熬药，也要捧着一本书看。有几次药汁煎干了，他都不知道。他想，等把她的病治好了，就放心去报考。

　　他们一趟一趟地往重庆跑，每次都要开满满一旅行包中药。刚开始服药时，她发病的次数渐渐减少。她按医生的要求服了一年后，就开始慢慢减药。可减到最后，药刚一停，不久又开始复发。这一复发，病情很快就回到了原来的状态。

　　他们又去北京、上海。每换一家医院，他们都经历了从希望到失望。五年下来，她的病情仍然没有好转，人倒越发憔悴。他不甘心，仍四处打听，哪怕民间偏方，他也要满怀希望地弄来给她吃。那些偏方总有几味奇药难寻，他就跑遍大小医院、街坊药铺，直到找到为止。有时，他还亲自上山挖采，烧火炮制。

　　她的病依旧定期发作。这时，他才意识到自己的天真，也理解她爸妈不给她医治的缘由。

　　起初，她每次发病，他都要日夜守着，生怕有什么闪失。而今，他已麻痹了，生出了些厌倦。特别是她那昼夜不绝的痛苦呻吟，好似从屋子的某个角落扯出的丝带，绵延不绝，无尽地缠绕着他的白天与黑夜。

真就这样过一辈子吗？

当这个问题再次冒出来时，他被吓了一跳。转眼已是三十多岁的人了。三十而立，作为一个男人，他还看不到一丝希望。

第一次吵架，是她没有按时吃药。她说早烦了，怀疑全身都浸透着药汁，不想再遭这份罪，想清清爽爽地活几天。她这样说，一半是因为泼烦，一半是想撒撒娇，希望得到他的理解与安慰。哪知他心里更泼烦。这泼烦在他心里憋了很久，经过时间的发酵，如密封在池中的沼气，一遇火星，就会燃烧甚至爆炸。他顿时火冒三丈，骂她不自珍。她闷闷地生气，想到自己的苦命，就伤心痛哭起来。她这一哭，让他越发烦乱，破口骂她晦气。她不但没有得到安慰，反遭嫌弃，越是赌气不肯吃药。他一气之下就将药碗摔在地上，碎了一地。她先是惊愕，继而恐惧，最后是深深的愧疚。

接下来，就是几天的冷战。这冷战不仅考验彼此的感情，更是各自心力的较量。最终还是她先败下阵来，主动与他和解。她知道迈出这一步，会给今后的日子埋下许多隐患。然而，她扛不住两人同住一屋相对无言的折磨。何况，她对他还存有爱意，怀有希望。

有了第一次争吵，第二次、第三次就接踵而来。每次争吵，如果她不软下心来，缴械投降，冷战就会旷日持久地继续下去。

他也曾扪心自问，是不是自己要求太高，正如她的母亲所说，好高骛远，不切实际？可当他放眼平视，身边的人一个个都是子女绕膝、事业有成，有的还升了职、买了房，只有他，仍在出租房里，日子被中药熏得苦涩不堪。

本来，他对物质没有多大的欲望。可当人的生活降到某种程度时，物质的丰富与匮乏，就决定着精神的贵贱。他意识到这一点时，心头涌起一阵悲凉。

这悲凉一旦在他心中扎了根，发了芽，就会蓬勃地生长，稍不如意，就会生出烦躁，引发争吵。有时仅仅为一句不入耳的话，或理解有误的表情，都会置气斗嘴、摔碗砸盆。

做母亲的自然心疼女儿，想她整天面对一张阴沉的脸，小心翼翼地做事，胆战心惊地说话，几次都想借题发挥，好好地教训他一番，最终都被她爸制止了。她爸说，他们既然成了家，两口子之间的事，外人掺和进去，只能是火上浇油。

那次她爸的生日。她妈见她面色暗沉、眼圈发黑、泪痕点点，就知道他们又吵架了。她妈忍无可忍，骂她哭丧着脸给谁看？谁借了她大米还她的糠了？三十大几的人了，不安分过日子，非要把日子弄得鸡犬不宁才罢休？

他知道她母亲的指桑骂槐，忙换了表情，笑盈盈地给她爸上烟，主动帮她妈择菜，并连声道歉说，都怪自己没有照顾好她，让父母担心了。

从她爸妈家回来，他本打算尽量克制自己，不再惹她生气。可一天夜里，她偎在他怀里，怯怯地说，我怀孕了。

怎么不采取措施？他推开她，惊诧地问。

我是有意让自己怀孕的。她一脸挑衅地说。

有意地？他不解地看着她。

我想要个孩子。她争辩道。

不行，明天去打掉。他虎着脸，命令道。

不，我就要这个孩子。她倔强地说。

你不知道自己的病会遗传？

遗传我也要。她固执地说。

你疯了，嫌一个人折腾不够，还要生一个来添乱？他大声吼道。

她沉默，独自转身，两人一夜无话。

第二天他执意要陪她去医院做人流，她死活不去，他们又开始争吵。她似乎坚定了决心，寸步不让。情急之下，他一扬手，打了她一耳光。她愣愣地看了他好半天，没想到他丢盔卸甲地露出面目来，是这样的可怕。她仰着脸，决绝地凑到他眼前，大声吼道，打，继续打，打死了更好，反正活着也是遭罪。他本有些后悔，见她步步逼近，无计可施，只得摔门而去。

经历了几年的婚姻，他更加深切地感到身陷现实泥淖的危险与绝望，他决定尽快摆脱眼前的困境，就算领导不批准，辞职他也要报考。他就不信，命运真的要将他困在这县城一辈子！

那几天，他白天上班，晚上也不回家，独自在办公室复习。没有她的打扰，他如有神助，不仅思路清晰，理解力也极强，以前想不明白的问题，现在都迎刃而解。

一天晚上，她爸妈突然撞开了他办公室的门。见他正在埋头演算，她妈冲上去，把他的书撕得粉碎。

原来，那天她妈总有些不祥的预感，火急急地赶到他们家，见她独自一人瘫在床上，已是奄奄一息。

回到家，他见她目光呆滞，形容枯槁，吓得不轻。或许是他第一次主动向她缴械，她一把抱住他，紧紧地贴在他胸前放声大哭。听着她撕心裂肺的哭声，他情不自禁地落下泪来。他暗自发誓，再也不离开她。

日子又恢复了往日的平静。他们都小心翼翼地避开那些敏感的话题。他每天按时回家，买菜煮饭。她事事不管，任由他做主。可眼看她的肚子一天天大了起来，他好言相劝，要她把孩子打掉，她依旧不肯。他只好作罢，只是这事悬在心中，如鲠在喉。

她的病发得越来越勤了。他送她到医院检查，医生也说长期服药对婴儿有影响，劝她把孩子打掉。她还是不同意。他去找她爸妈，希望他们劝劝她。她妈没好气地说，都是你逼的，如果你踏实过日子，让她有个依靠，她会冒险要这个孩子？

从她爸妈家出来，他心中窜着一股无名之火。他担心回家后，这怒火会烧向她，就漫无目的地在街上瞎逛。他不知今后的日子该怎么过。安下心来，就这样认命，踏实地守着她？可《新闻联播》天天说国企改革，单位改制的风声也越传越盛，全厂已是人心惶惶。这样的日子能踏实吗？那么孤注一掷，与命运抗争？可他又感觉后力不支，好似一个人正要大步跃起时，脚却踩不到坚实的地面。

他在街上瞎逛了半天，天黑时，才到陈家粉馆吃了一碗老米粉，到周老五茶馆泡了一杯茶。他倚窗而坐，望着窗外的灯火，一筹莫展。茶水续了一遍又一遍，厕所跑了一趟又一趟，直到茶馆里的人都散了，他才离开，一个人茫然地站在街上，望着寂静的街巷，不知该到何处去。

他在街上一圈又一圈地转，几次从自家楼下经过，仰头凝视昏暗的窗口，又转身离去。他不想惹她生气，更不想陷入无端的苦恼。他心中有一个强烈的欲望，想痛痛快快地醉一回。

他来到河东，敲开同事黎老三家的门。黎老三哈欠连连地挡在门口，睡眼惺忪地打量着他。

有酒吗？他挤进门去。

有，有，有。黎老三不解地看着他，随后连声应着，转身跑进厨房，抱出半坛苞谷烧，抓了一把落花生，拿出两只污迹斑斑大小不一花色不同的碗来，哗哗倒满，小口呷着，好似要作彻夜长谈。

他端了酒碗就大口喝，干了就要黎老三再给他满上。黎老三不解地看着他，一边给他倒酒，一边寻思他今晚的反常。见他不停地端碗与他碰，又咕嘟咕嘟地喝干，黎老三有些疑惑，但作为主人家，又不便说什么，只好一碗一碗地陪他喝。一会儿两人都有了些酒意，胡吹乱侃。他把心中的陈芝麻烂谷子全都吐了出来，黎老三也说了许多心底话。

第二天，他们醒来时，已是中午了。他们到单位，单位冷冷清清的。他们串了几间办公室，见同事们或趴在办公桌上睡觉，或三五个聚在一起赌钱。他们又到街边小摊要几样小菜喝起酒来。

这样与黎老三胡吃海喝了几天，他又觉得无聊，考研的念头不时冒出来，都被他强压下去了。他对黎老三说，走，邀几个人打牌去。黎老三眼前一亮，随即又暗淡下去了。他要黎老三联系他昔日的赌友。黎老三举着他的左手说，这断了的食指就是当着我妻子的面砍掉的。虽然妻儿还是离开了，但我发誓不再赌了。他说，你只管联系，不要你参加。黎老三见他认真，就出门去叫来旧日的赌友。

四人坐定后，黎老三甘愿在旁边端茶递水。

他从没有赌过，连规则也不知晓。那三人耐心地给他讲解。他发错牌，他们也不惩罚他，一轮完后，还帮他算账。第一天晚上，他竟然赢了一百多块。当即相约，第二天继续。第二天一开始，那三人就约法三章，说再不让着他，要他记住按规矩发牌。他自然同意。这天晚上，他的手气极好，一捆三，又赢了一千多块。他手一挥，请他们一起去吃夜宵，喝得酩酊大醉才各自散去。第三天晚上，他们玩到半夜，他把前两天赢的输完了，还倒贴了五百多块。自此，他每晚必输。开始两天，他还有些心疼、后悔，心里盘算着如何将输掉的钱扳回来。哪知越扳越输，债台高筑。常言说，虱多不痒，债多不愁。渐渐地，他就对钱没了概念，输光了就向人借。直到再没有人愿借钱给他，他才悻悻回家。

他推开门时，家里空荡荡的。他昏昏然，倒头便睡。一觉醒来，他睁开眼睛，才感到屋子里的空寂。她到哪里去了呢？生病了，还是回她爸妈家去了？他来到她爸妈家。刚一进门，她妈就劈头盖脸地对他臭骂起来。原来，她半夜起来小解，不小心从床上跌落下来，流产了。她妈骂他是骗子、人渣，说他一个农村出来的人，什么本事也没有，还敢冷落他们的女儿，真不知有哪样拽的？

他抱着头，蹲在墙角，任凭她妈唾沫星子在头顶飞。连日来，他不时也会冒出些愧疚，但这愧疚是模糊的、混沌的，像乌云后面的霞光，刚探出头来，就被更厚的云层遮盖。如今，经她母亲这一骂，想到近日的荒唐，顿觉醍醐灌顶。他终于看清了自己，看清自己的懦弱、无能与无耻。他不知自己怎么变成了这样的人，不仅遭人唾弃，连自己也看不起！

他的身子沿着墙壁一步一步向下滑，瘫坐在地上，心中一片茫然。

三

跛哥，勾住！

一声呼喊，只见上游的东风码头上，一个人影正朝江边飞奔。跛哥的渡船刚离开码头，听见那人的叫喊，又掉转头来，向岸边靠拢。

他抬手看了看表，已是八点二十一分。他扭头朝通往后街的那条小路望去，小路依旧空空的，在星空下蜿蜒如蛇。

他想，她今晚怎么还不来呢！莫非是知道了他的心思，有意躲着他！

看来，只有逃离

两岸的灯火渐渐稠密，江面荡漾着五彩斑斓的倒影。放眼望去，满世界都是流光溢彩，好像那些虚荣的人，不知羞耻地显摆着自己的无知与浅薄。

他看着这一江倒影，一个大胆的念头冒了出来。可她怎么办？想着她今后孑然一身，想到她那哀怨的眼神，他心中就隐隐地痛。

第一次遇见她，他就被她那哀怨的眼神牢牢地抓住。那天晚上，他到同学慧灵家去玩，还在门口，就看见了她。他们四目相对的那一刹，他震颤、晕眩，犹如灵魂出窍。几分钟后，他才回过神来，发现自己待在门口，另一只脚还在门槛外。以后几天，她那眼神始终在他脑子里挥之不去。

他一遍遍问自己，她不正是自己梦里寻找千百度的那个人？

那么，死心吧，守着她平平淡淡地过一辈子。人生在世，谁没有难言的苦楚？看看这乌江东西两岸的灯火，看看这灯火背后的人家，或许此刻，某个明亮的窗口里，正上演着与自己相同的故事，说不定比自己的遭遇更加痛苦惨烈。

他点上一支烟，深深地吸着，好似要让每一个肺泡填满烟雾。他望着江面，思绪随着袅袅的烟雾升起，缕缕不绝。他想到这么多年来的煎熬，想到未来长长的日子。

不、不、不……他痛苦地摇着头，抓扯着头发，猛地站起身，把刚抽了一口的烟狠狠地掷在地上，用脚碾碎。

他再次扭头看了看岸边那条弯曲的小路，猫腰躲进一片暗影里，朝乌江的下游，一路狂奔……

从此，他就在小城消失了，好似人间蒸发。

许多年后，他接到一个电话，才与小城重新有了联系。

那天，他刚下班回家，打开冰箱，里面空空的。他撕开一包方便面，却发现饮水机里没了水。他打开煤气炉烧了水，泡好面，却没了食欲。他沮丧地坐下，打开电脑，准备继续工作。这时，手机突然响起。他看了一眼，见是一个陌生的号码，就挂了。刚一挂掉，那个号码又在屏幕上跳动。他见号码下面有家乡的标注，犹豫了一会儿，还是挂断了。谁知对方不依不饶，再次打来，他只得接了。刚把手机移到耳边，对方就大声叫喊起来，老同学，我是侯宏权呀，还记得吗？他想了半天，也没有想到这个名叫侯宏权的人是谁。不待他回答，对方就一阵呱呱呱呱地提示。许久，他才想起当年读书时，坐在前排那个剪着锅盖头的小男孩。从对方自信满满的话语中，他得知这个叫侯宏权的人刚当选上县长，想在未来五年的任期内大干一番，因此，邀请他回去为全县的经济社会发展把把脉、指指方向。

他不知这个叫侯宏权的同学从哪里打听到了他的电话号码。这么多年，他一直躲在书堆里，低调生活，从不敢打探家乡的任何消息，也没有与家乡任何人联系，就连县城的名字，也怕听见。可作为全省知名的经济专家，面对着来自家乡昔日的同学的邀请，他能不答应吗？

临行前，他又拨通了侯宏权的电话，一再说明，此行不要张扬。可深知官场"潜规则"的侯宏权把他这话理解成了"此地无银三百两"。他回县城那天，不仅让县四大班子领导到高速站口迎接，还通知了所有县直部门一把手参加欢迎晚宴。他实在不喜欢这样庸俗热闹的场面，几次都想率性而为，但顾及同学的脸面，只好硬着头皮应付。

好在接下来的日程安排得宽松散漫，无非就是听听汇报，到各乡镇走走看看、调研调研，更多的是他自由安排。

晚上，他尽可能地推掉应酬，独自一人到街上转转。县城完全变了模样，不但街道加宽了，而且两旁楼房也高了。在这高楼的映衬下，街道显得比原来更加逼窄。他来到当年租住的那条小巷，那一片老式建筑早不知去向，取而代之的是一片商业城。他又走到乌江岸边，原先那自由弯曲的江岸已建成了笔直的防洪堤，下码头、猫滩、张家坨等地方，早没了踪影。此情此景，他不由得一阵感伤。

那天下午，侯宏权陪着他在县城的桥头社区调研，刚转过一个街角，他就隐约感到背后有双眼睛紧紧地盯着他。他扭头朝人群中看去，却什么也没有看到。他继续朝前走，那双眼睛似乎又从某个墙角冒了出来，如芒刺背。整个调研的过程中，他都感觉到那双眼睛的存在，弄得他头昏脑涨的，根本没有听清那位社区女主任说了些什么。调研结束后，他跟着侯宏权往回走，刚转过一个巷口，就与一个蓬头垢面的女人撞了个满怀。他惊惶地瞪着那女人，见她正恨恨地看着他，呆滞的目光中透出一股寒气。他一惊，一个趔趄。侯宏权一把将他稳住，他才没有摔倒。相送的社区女主任见了，连忙叫人把那女子轰走。

晚饭时，侯宏权连连向他赔罪，说工作没有做好，让他受惊了。还说他特意邀约几个在县城工作的老同学去唱歌，放松放松。他连连推辞。可侯宏权说已派人去安排好了。他犹豫再三，只得依了。

那个叫金钻的歌厅气势恢宏，里面的灯光恍惚迷离，人在里面行走，如鬼影憧憧。见他与侯宏权走进去，一个个似曾相识的人前来打招呼，十分热情，但他一个也叫不出名字来。

开始，同学们要他点歌，他推辞，说不会唱。同学们不信，说你整天在外走南闯北的，什么场面没有见过，哪有不会唱歌的道理？莫非是看不起我们！他哭笑不得，只好点了一首老掉牙的歌曲。轮到他点的歌开始时，他紧张地拿着话筒，盯着屏幕，伴奏音乐响了许久，还是呆若木鸡。侯宏权见了，连忙拿了另一支话筒，陪他高声唱了起来。他见侯宏权放开嗓子唱得正欢，索性放下话筒，静静地坐在一旁。同学们见了，又一个个来向他敬酒，一杯又一杯，一圈下来，他就招架不住了，借故躲进卫生间，用冷水冲了头，洗了脸，才清醒过来。从卫生间出来，同学们都在纵情欢笑、歌唱。他坐到一个昏暗的角落，看着这欢乐的情景，有些无聊和孤清。这时，一个女人举着杯子朝他走来，近了，他才从对方犹存的风韵里认出是慧灵。慧灵与他碰了一下杯，浅浅地喝了一口，说，你现在倒好了！

哎，有哪样好的，就这个样子。他惶惶的，不敢正眼看慧灵。

那还要怎样呢？

他无言以答，只是举杯与她碰了碰。

你怎么不帮帮她呢？慧灵责怪道。

谁呀？他一时没有反应过来。

还能有谁呢？慧灵看着手里的酒杯说。

哦，我们一直没有联系。他突然醒悟，心里一阵慌乱，急切地问，她怎么样呀？

她的情况你不知道？

不知道。

唉，可怜呀！你出走后，她就疯了。

疯了？他全身一阵哆嗦。

是呀，刚开始，她整天在大街上游走，大声叫着你的名字。后来见到身形背影与你相像的男人就攥，闹出了许多荒唐的故事来。

他半张着嘴，什么也没有说，脑子里热烘烘的，一片嘤嘤嗡嗡之声。

最初那几年，还有她爸妈管着，每天晚上都要把她找回家。慧灵转动着杯子，自言自语地说，她爸妈去世后，就再没有人管她了，任由她整天在街上流浪。

在街上流浪？他惊愕地问。

同学们散后，侯宏权送他回宾馆时，他拉着侯宏权，要他到房间里坐坐。他们走进房间坐定，他就主动与侯宏权说起了她。

侯宏权沉默了好一会儿，说，你们当年的事我隐约听说过。其实，今天下午遇见的那个人就是她。

他噌地一下站起来，瞪着侯宏权，想起那双恨恨的眼睛。

他意识到自己的失态，又慢慢坐下。他窝在沙发里，自言自语地说，是我害了她。

过去的事情就让它过去吧。侯宏权宽慰道。

我这人从来不愿求人，但这次，我想求你帮我一个忙。他将蜷缩在沙发里的身子挺了挺，恳求道，你能不能想想办法，让她有个安身之所，不再在街头流浪？

侯宏权沉吟了许久才说，这不好办，如果她只是衣食无着，倒还好说，可她能走会跑的，怎么安排？之前也将她送到福利院过，她一发病，就不服人管，还打人。

打人？

是呢。十多年前，还闹过一场惊动全城的流血事件。

怎么回事？

我也是听人说，好像是一个男乞丐长得有些像你，她就整天跟着人家。那男乞丐见了，以为她喜欢他，就主动与她亲近，想占她的便宜。哪知她从一个墙缝里拖出一把锈迹斑斑的菜刀，就朝那男乞丐一阵乱砍，把那男乞丐砍得满身是血，第二天就死了。从此，她就变得更加古怪了，一见有人走近她，就龇牙咧嘴，发出威胁的警告。

他痛苦地抓扯着头发，沉思了好一会儿才说，那能不能把她送到精神病院？

听说很多年前，她爸妈将她送到市里的精神病院住过。医生说，她的病情不是很严重，只要不受刺激，就不会有事，所以住了一段时间，就让她回来了。侯宏权随后又说，不过你放心，她现在有低保，社区还派有专人联系她，有什么情况，会及时处理的。

送走侯宏权后，他独自一人又来到桥头社区，来到早上与她相遇的地方。那地方空荡荡的，没有她的身影。他在街上转了一圈，沿街的角落都看遍了，还是没有她的影子。他回到宾馆，躺在床上，怎么也睡不着，脑子里一会儿是她当年的模样，一会儿又是那双恨恨的眼睛。他有些自责，不知道自己当年逃走是对还是错。表面看，他现在衣食无忧。可人活着，难道仅仅是为了满足温饱？他想到了女儿冷漠的表情，想到妻子厌恶的眼神，心头涌起一阵悲凉。

博士毕业时，他已快四十岁了。他一个人在省城，一无房子，二无积蓄，还欠着银行几万块钱的贷款，加之他一直活在愧疚中，整天萎靡不振，自然没有女人愿意同他相好。他也似乎断了结婚的念头。工作后，经同事的再三撮合，他才与一个女人结了婚。那女人虽比他小五六岁，却是二婚，还带着一个十岁的女儿。开始时，女人对他充满信心，可婚后不久，就发现他不仅呆板愚劣，还爱钻牛角尖，就有些厌烦与嫌弃。他本想再生一个孩子，可她死活不同意。两人关系越来越僵。好在他们都是经历过生活变故的人，早看淡了人生，就这么井水不犯河水，不冷不热地将就过着日子。

女人的心里只有女儿。自从女儿到城郊上高中后，她就搬到了学校附近陪读，一两个月才回家一次。这让他满意，省心。他本就是爱清静的人，又一心扑在事业上，希望在经济研究领域有所建树。可他还没有拉开架式，就已到天命之年，什么人生追求、生命意义，早已参透，加之长期辛劳，生活没有规律，落下了许多病根，而今一一显现，感到力不从心。

他回到宾馆，站在二十三楼豪华套间的落地玻璃窗前，推开一扇窗，冷风随着轰轰的喧闹声扑了进来。他不禁一阵寒战。他靠在窗前，久久俯视着小城的夜景，好似走进了时光隧道，似乎又看到了她那幽怨的眼神，看到她沿街呼号的情景，还有他们在街角相撞时，她那双恨恨的眼睛。一时间，自责、愧疚与难过一起涌上心头，他心跳加速，胸中一阵绞痛。突然，他两眼一黑，一头栽倒，扑向窗外，隐约中，四周的光影在旋转，夜幕下的大地在盘旋，耳边的风在呼啸……

后 记

他独自坐在凉台上，沉迷于二十一年前的那个夜晚，不觉中，悲从中来，放声号哭。

她急忙来到他身边，给他拭泪，问道，怎么了，又想起了哪样伤心事？

他仍旧浩荡磅礴地哭。

起风了，走，进屋去。

我要等她。他泪涟涟地说。

到屋里去等，外面冷。她大声说。

我与她约好的，在下码头见面。

这不是下码头，这里是家。她有些生气，强行将他推进屋。

他惊愕地看着她，倔强地说，我不回家，我要去下码头。

她丢开轮椅，几步跨到门边，打开客厅的门，指着门外大声吼道，你有能耐就自己去！都瘫痪二十年了，还整天做着一些不着边际的白日梦。

他愣愣地看着她。

看我干哪样！不认识？她说着，解开他的裤带，查看他胯间的尿不湿。

你是哪个？他茫然地瞪着她。

哼，你就装吧，侍候你半辈子了，还不晓得我是哪个，真叫人寒心！她扯掉胀鼓鼓的尿不湿，抱怨道。

我装哪样？他傻傻地瞪着她，觉得眼前这既胖又老的女人似乎是她，又好像是她的妈。

你明明是心里有鬼，不敢面对，就整天装疯卖傻！她愤愤地说。

我心里有哪样鬼呀？

你心里没有鬼，为什么一直对那次车祸守口如瓶？

哪次车祸？

还有哪次车祸？我看你是怎么瘫的都忘记了！

怎么瘫的？

真不知道？

不知道。

还在装，还在装。她摇着头，不停地给他擦洗胯间。

我装哪样啰？他歪着头，瞪着眼，与她争执。

结婚那年，你约我到下码头见面，我正准备出门时，慧灵来了，只好陪她坐一会儿。慧灵走后，我赶到下码头，你却不在。第二天，就接到车站打来电话，说你在去贵阳的路上出了车祸。

你说，你到底去贵阳干哪样？她气冲冲地换上尿不湿，冷冷地问。

他似有所悟，深深地勾下了头。

海外来信

一

　　睡得晚，又悬着一颗心，久久无法入眠。困倦的身体与纷乱的思绪纠缠翻卷，如两个实力相当的摔跤运动员，难分胜负……

　　手机突然响起，尖锐急促的铃声，像一道道闪电，很快驱散了本就稀薄的睡意。我从床上弹起，见"二姐"在屏幕上跳动，那张饱满的圆脸也随之跳进我的脑子。

　　喂？我接通电话，怯怯地问。

你们还没有来吗？

我……我……面对二姐的质问，我一时不知该说什么。

你大伯不行了！二姐不耐烦地说。

我马上赶来。我身子一挺，梭到床边，双脚在床下四处寻找拖鞋。

光是你来有屁用，叫二叔来。

好，好，我叫他来。我披衣下床，来到父亲的房门外，见门缝里透出一线亮光，莫非他也被二姐的电话吵醒？推开门，一股刺鼻的正红花油味儿钻进鼻孔，父亲正坐在床头写画着什么，被子上整整齐齐地排着三排过期的彩票。

还没有睡？我惊诧地问。

你说，这期的蓝号可能开5还是2呀？父亲答非所问，头也不抬，继续在本子上写画着什么。

刚才二姐打电话来说，大伯不行了。

父亲手一抖，失控的笔在本子上画下一段轻浅的短线，像一条蠕动的幼虫。

大伯吊着那一丝气，就等你呢！

父亲凝视着面前的本子，仍不说话。

走吧，现在去可能还来得及。

我跟你说过多少遍了，他的死活与我不相干。父亲突然瞪视着我，吼道。

何必呢！你们毕竟是亲兄弟呀！我有些生气地说。

亲兄弟怎么了？我活了几十岁，还不懂得人情事理，要你来教训我？父亲神情激动，见我还要说什么，光着脚跳下床，重重地关上门，还加上了反锁。我被门板推着，连连后退，粗重的呼吸喷向紧贴胸腹的门板，在耳边嚯嚯回响。我咬着牙，瞪着眼，真想一脚把门踹开。

二

黎明前的夜，浓稠，死寂，就连山野里的虫鸣，也被这漆黑吞噬殆尽，只有嘉陵摩托，像一匹孤狼，独自穿行在这无边的黑暗中，马达声在河谷回响。久而久之，人就有一种恍惚，仿佛行走在千百万年前的洪荒。洪荒的那一边，大伯在等我，等我去向他赔罪，替我自己，也替无情无义的父亲。

我是越来越不理解父亲了，除了每期开出的彩票中奖号码，真不知他还对什么上心。刚进城时，父亲整日坐立不安。稍不留意，他就溜到客车站，要买票回乡下老家。我知道，父亲不是舍不得乡下那栋老木屋，而是离不开他那伙赌博的朋友。父亲常说，人无横财不富，马无夜草不肥。一直以来，他都希望以赌博的方式，实现一夜暴富的梦想。可自从政府明令禁赌后，乡村抓赌的风声日甚。他们那一伙人就从明里转到了暗里，从场镇转到了荒郊，什么深沟子、野猫洞、黑林湾、阴风岭等等，这些人迹罕至之地，就成了他们聚赌的天堂。父亲左脚膝盖处患有骨质增生，上坡下坎，需手脚并用。想到他每日跟着那伙人在那陡峭的山路上一瘸一瘸地行走，还要躲避民警的追捕，实在让人不放心。几经劝说，我才把他接到城里。为了让他尽快适应城里的生活，我带他到社区棋牌室，介绍几个熟悉的老人与他打麻将。可他去了一天，就再也不去了。他说两块钱一炮，没意思。我无计可施，每日小心翼翼地顺着他，时时刻刻提防着他，生怕哪天他不耐烦了，再次跑到车站买票回家。后来，见他异常安静，我疑惑，细心观察，发现他每天吃了晚饭就出门。一次，我暗暗跟踪，见他下了楼，就拐进街口那家彩票销售店。我在门外看了许久，见他面壁而立，专心致志地盯着墙上那张双色球走势图。我恍然大悟，原来父亲又迷上了彩票！我无奈地摇摇头，独自暗想，这一新的"赌博"方式，或许更加接近他那一夜暴富的梦想。唉，都六十多岁的人了，还整天做着这样的白日梦，真不知他还想干哪样。

我时常怀念着童年时光，那时，父亲还是民办教师，整天穿着四个口袋的干部服，头发梳得一丝不乱，走在放学回家的乡村小路上，是那样的清朗挺拔。可是，自从他爱上了赌博，就像换了一个人，脾气暴躁，怨气冲天，整日奔赴一个又一个乡村的赌场，常常是十天半月才能见他一面。我常想，如果父亲这一辈子不沉迷于赌博，我们这个家将会是哪个样子呢？起码母亲不会离家出走，他也不会被学校开除，说不定早转成了公办教师。听村里人说，那时的民办教师可是让人尊敬的职业。为给父亲弄到这个民办教师的职位，身为大队支书的大伯不知往区教办主任家里跑了多少趟，请人家喝了多少次酒，吃了多少餐饭！每次去，大伯还要提上二十个鸡蛋或三两斤酸鲊鱼。每当想起这些，我就对大伯满怀感激。

我来到沙坨渡口时，天已亮了，大雾笼罩着渡口，江岸隐隐地现出长长的车队。我放慢车速，在一辆辆载满煤炭或山货的货车间穿行。来到江边，我熄火下车等候，任江风仍在耳边呜呜地吹，裹着湿冷的雾气，浸透骨髓，吸吮着我身上仅存的热气。我努力地搓着手，不停地踏着脚，以此抵御这坚硬如铁的冷。渐渐地，我感到双手有了些暖意，脚却始终如马咬啃一般疼痛。潮湿阴冷的雾气不断从江面袅袅升腾起来，江面变得辽阔缈远了，停在对岸的轮渡若隐若现。

快七点了，那渡轮仍没有一点动静。我看着长长的车队，几次翻出罗建华的手机号码，最后还是没有拨打过去。罗建华是我初中时的同学，在这轮渡上搬舵，因平日少有联系，这么大清早打扰，感觉有些不妥。

我望着迷蒙的江面，又想到了大伯，似乎看到了他期盼的眼神。

昨天，我回乡下老家看大伯时，他已有好几天汤水未进了，整个人瘦得脱了形，颧骨高高突起，像两个鸡蛋；干缩的嘴唇已包不住白森森的牙齿，只有那深陷的眼窝里，射出两束晶亮的目光，让人知道他还活着。我本打算留下来守护他，他却缓慢地摇着头，呜呜地嚷着什么。我问二姐，大伯想要什么？二姐说，他什么也不要，只想见你父亲一面，你赶快去把二叔接来吧。我急忙赶回县城家中，把大伯的情况向父亲说了。父亲定定地看着我好一会儿，才不屑地说，他也兴死？我以为他要万岁万岁万万岁呢！我猜不透父亲的心思，半天无语。晚饭时，我再次好言相劝，父亲一声不哼，只顾埋头吃饭。我以为他动了心，暗自高兴，就进一步劝说，打算吃过晚饭就连夜带他回老家皂渡坝，让他去见大伯最后一面，谁知道他扒完碗里的饭，将筷子往桌上一拍，大声吼道，你有完没完？要去你自己去，又没有人拦你。他说完，起身摔门而去……

八点了，轮渡上还是静悄悄的，我就有些焦急起来，再次翻出罗建华的手机号，犹豫了一会儿，还是拨了过去。睡意蒙眬的罗建华瓮声瓮气地接了，语气显得有些不耐烦。我报了姓名，说有急事赶回家。他的语气立刻就变得热情起来，他要我等一会儿，连声说马上开渡马上开渡。

果然，不一会儿对岸传来一串清冽的铃声，接着就是隆隆的马达声，一股浓黑的烟就从轮渡顶上冒了出来，一阵喧哗后，轮渡载着对岸的车辆，缓缓地向这边移来。

在罗建华的关照下，我抢先上了头渡，排在车队的最前头。我骑在没有熄火的摩托车上，耳边是江风呜呜的呼啸。

这么早，有什么急事呀？罗建华笑嘻嘻地走过来，不经意地问道。

我大伯不行了。我将半包富贵烟丢给他。

你大伯？就是那个晏百万！他接住了烟，抽出一支点上，又丢还给我，好奇地问。

我点点头，也抽出一支烟点上。

当年他可是一位风云人物呀！

可不是？那时这四村八寨的人，哪个不夸赞他呀！

你说，他一个大队支书，哪来的那么多钱开煤矿？

我也不知道，听村里人说，他好像是一夜暴富的。

一夜暴富！不会是贪污吧？

贪污！那时的农村都穷得叮当响，哪里有钱供他贪污？

也是哈。我记得当时有传言，说他家每年春节放的鞭炮烟花都要用卡车拉运。

那阵势我一辈子都记得，每年大年三十，他们家都要与对门寨赛烟花爆竹，从中午持续到深夜，直到对门寨家家户户把鞭炮放完，甘拜下风为止。

不过，现在他家败了！

败了。

哎，你那个康哥还吸吗？

不吸了，但人已废了。

我记得读书时他就与社会上的人裹在了一起，课也不上，整天打打杀杀。

当时我大伯也是一筹莫展。他每次到学校给我们送钱送粮，都要我劝劝康哥。可康哥哪里把我放在眼里呀！

你可不知道，那时我们多眼热你呀！我们顿顿吃红苕苞谷面，你却在学校食堂吃白米饭。我们都怀疑你是你大伯的亲儿子。

是呀，我能有今天，全靠我大伯！

三

我赶到老家时，太阳正从对面的山垭口冒出来，血红血红的。我见大伯家门口挤满了人，在橘黄的阳光中进进出出，心里一急，莫非大伯走了？我匆匆奔过去，穿过人群，直奔里屋，见大伯的床前围着一圈人，一个个束手无策，神情沉重地望着床上的大伯。我挤到床前，见大伯闭着双眼，喉间的痰音正嚯嚯地响着，让人听了难受。我上前把他抱在怀里，握住他枯瘦的手，轻声呼喊。许久，他才慢慢睁开眼睛，抬头定定地看了我一会儿，瞪着晶亮的眼珠，迟缓地转动着，在人群中搜寻着什么。当他再次把目光移到我的脸上，迷茫的眼神好似在追问，在责怪。我见他一脸的失望，真不知该说些什么。突然，只觉他身子一沉，喉间的痰音就慢慢小了，目光也渐渐地散开，随后全身一阵痉挛，双脚猛力一蹬，就不再动弹了。我大声呼喊，不停地摇晃。人们连声说，去了去了。我紧紧地抱住他，见他眼里盈着一眶泪。我一下一下抹着他的眼睛，希望他能安心离去。可手刚一离开，他的眼睛又睁开了，空茫的目光，仍隐约可见失望与期盼。

他还有心愿没了呢。人们叹息。

他还有话要对二叔说。二姐有些生气地说。

是呢，怎么不见你爹呢？人们这才转过头来，不解地盯着我。我如芒刺在背，无言以对。想到父亲的绝情，一时悲从中来，不禁掩面而泣。

大伯两年前就患上了脑梗死。我陪他到市里、省里的医院治疗，还到过重庆的西南医院。医生说，脑梗死就是脑细胞死亡，是生命衰老的自然规律，无药可治，只能靠他的身体自我修复。我安慰大伯说，您才七十多岁，不要紧，只要坚持锻炼，就没有问题。大伯回家后，每天拄着拐杖坚持在村里走动，眼看病情一天比一天好转起来。可是，半年前，他再次发病，从此瘫痪在床，吃喝拉撒要人护理。大伯娘早在五年前就去世了，看护大伯的担子就落到了二姐一人的肩上。

今年十月，我特意请了公休假，连同"十一"长假，回老家护理大伯二十多天。那时，大伯神志还很清楚，只是丧失了语言能力。他每天总是咿咿呀呀不停地嚷着，想对我说些什么。他见我一脸茫然，十分痛苦，生气地垂下头，不再说一句话。我耐心劝导，他才又咿咿呀呀地嚷起来。我努力倾听，偶尔听清一两个字，就赶紧应和，并根据那字揣度他的意思。有时他会欣然一笑，但更多的时候，他都是不停地摇头。我见他着急的样子，也急出了一头汗，一遍又一遍地猜，仍不见他露出一丝笑意。我醒悟了些什么，忙问，您是不是担心康哥呀？他不住地点头。我说，您放心吧。我会照顾好他的。大伯听了，拉住我的手，嘴巴一歪，眼泪鼻涕口水流一脸。见他哭得像个小孩，一阵揪心的难过，让我喘不过气来。

丧事期间，康哥整天似睡非睡地躺在灵堂后面的躺椅上，像阴阳先生随意堆放的一个道具。客人们前来与他打招呼，他只朝他们瞟上一眼，就眯上了眼睛。阴阳先生叫他起来行孝子之礼，他也不理不睬。我只得代替他，端着大伯的灵牌，跟在阴阳先生身后，围绕着冰棺一圈圈地转。躺在冰棺里的大伯比死前胖了一些，虽然双眼半睁，但面目安详。我发现，此时的大伯与父亲惊人地相像，那宽阔的面额，肥直的鼻子，微翘的嘴唇，如是同一模具铸出来的两张脸。早些年听父亲说，他们还有一位大姐，也就是我那位早逝的大姑，比大伯大许多岁。刚结婚不久，大姑的丈夫就被抓了壮丁。她因此忧虑成疾，第二年就去世了。而今，他们同胞三姐弟，就只剩下父亲一人了。按理说，兄弟情同手足，不管怎样，父亲都应该来见大伯最后一面，送他最后一程，可不知为什么，他终究还是没有来。

在我的记忆中，从未见过大伯与父亲打闹过，也没有听见他们背地里数落过对方什么。当然，更没有见他们兄弟俩友好地坐在一起喝一杯酒或吃一餐饭。真不知他们为何结怨这么深，以至于老死不相往来？

在老家皂渡坝，大伯的葬礼算得上盛况空前。千年柏木万年杉，二尺四寸宽的杉木棺材，足足有七寸厚，用生漆漆得锃亮，如大伯生前一样虎虎生威；十二个阴阳先生围着灵堂唱了三天三夜经，念了厚厚的一摞经书；出殡时，黄烟开道，炮声震天，五颜六色的鞭炮纸屑铺了一路，踩上去，软软的，像一地五彩的花瓣。

人们感叹：瘦死的骆驼比马大！可谁知道，这一切都是二姐的安排。二姐与我商量说，你大伯在这四村八寨也算一个人物，不能太寒碜。我说，那是，你安排吧，至于费用，也算上我一份。

二姐是大伯的养女。其实，当初只是他们家的一个保姆。出嫁时，因大伯给她办了一堂像样的嫁妆，她就认下了这个爹。二姐没有继承大伯的家业，倒是继承了他的精明与能干。婚后，二姐让丈夫到大伯的矿上打工，多得大伯的照顾与提携，让她的丈夫做了领班，再后来又当了矿长。

2000年，大伯的煤矿因为矿难死了人，被政府强行关闭了。那时大伯已五十多岁，他本已无意再经营煤厂，但想到康哥，他还是打起精神，准备投入资金按政府的要求整改后，交给康哥管理。当他把康哥从戒毒所弄出来时，才发现康哥骨瘦如柴，且意志消沉。大伯一腔热血就凉了，勃勃雄心也化成了泡影。

大伯的煤矿倒闭后，二姐与她丈夫重新将其改造升级，而今已有了上千万的家业。

四

安葬完大伯，我对二姐说，你看我该出多少钱？

二姐说，算了，能把他老人家热热闹闹地送上山就算圆满了。

那不行，哪能让你一人承担呢！我从提包里掏出一叠钱来，递给她说，你看这样行不，够不够就这一万，也算我的一点心意？

二姐迟疑了一会儿，接了钱，说，既然你有这份心，我也不好拒绝。我相信你大伯在天有灵，你对他的好，他会知道的。

应该的，大伯对我有恩。

这样吧，你也难得回来一趟，再待两三天，帮着把这房子收拾一下，等满了头七，好归还给人家。

大伯自己家的房子，归还给谁呀？

早被他卖了。二姐说着，无奈地朝躺椅中的康哥努了努嘴。

卖了！大伯知道吗？

不知道，一直瞒着他的。二姐摇了摇头说。

我站在院子里，仰头望着这栋熟悉的洋房，心底涌起一阵酸楚。毕竟，这也是我童年的家，屋里的旮旯角落，都留有我难忘的记忆。当年在一片破败的木屋中，这栋贴有白色瓷砖的小楼，犹如鹤立鸡群。能住进这样的洋房，怎么不让人骄傲呀！那时，我每天放学回家，远远看见这栋楼房在夕阳中熠熠生辉，就感到自豪。

自从母亲离家出走，我就像孤儿一样无人照管。那时，父亲整天在外赌博，常常十天半月才回家一次，丢下十几块钱，或是买些米面回家，第二天一早又出门了。我一个人在家，学也不上，整天就在村里闲逛，用钱买些零食吃，或是遇上某家人正在吃饭，就眼巴巴地守着，直看得人家于心不忍，用一只大碗盛上一碗饭菜，让我站在门口吃。大伯每次遇见我，也要给我一些钱，三块五块，十块八块。一次，他见我实在脏得不成样子，就把我带回家，让二姐给我洗澡，换上康哥的衣裤。从此，我吃住在大伯家，成了康哥的跟屁虫，上学放学，都与他在一起。那时的康哥是村里的孩子王，每天跟着他，我就有一种狐假虎威的满足与骄傲。

那康哥怎么办？我问二姐。

还能怎么办呢，只有跟我们住了。二姐无奈地说。

要不，让他住我家的老屋吧。

他一个人哪行？怕哪天饿死了都没有人知道呢！

真难为你了。我深情地看着二姐，想到自己对大伯的许诺，想着城里我那个窘迫的家，想到父亲的冷漠与无情，内疚之情油然而生。

在清理房屋的时候，我才知道大伯家有多穷。整栋房子里，几乎没有什么值钱的东西。只能从那几样熟悉的旧家具上，还看得出当年的一点气派来。最显眼的，就是衣柜顶上那一排摆放整齐的账本。那些账本都是大伯开煤厂时记下的。

这些账本我搬走了。二姐如获至宝。

那些破东西，有什么用？躺在椅子上的康哥有气无力地说。

这你就不懂，内行的人都知道，爹的一世精明就藏在这里面呢。二姐说着，就去收拾大伯的床铺。她卷起床上被子和枕头，递给我，说，把这些都烧了。我将被子卷儿抱出屋外，丢在院子的一个角落，见二姐又将床垫、衣服抱了出来，与被子卷儿堆在一起。我抓起一件衣服，正准备用火机点燃。二姐连忙阻止我，说，等等，我再清理一下。她说着，又将衣服一件件提起，把每一个衣服口袋都搜了一遍，将被套也完全翻开，抖了抖，才让我点燃。这些东西有些潮湿，烟很浓，火焰很低，燃得也很缓慢。看着那堆冒烟的杂物，想大伯风光一生，最后落得这样一个结果，顿觉悲凉。我似乎看到了大伯的魂魄在浓烟中挣扎，奔突，呐喊。此时，二姐突然想起什么，急忙上前扒开衣物，抓着那个还未燃着的枕头，拉开后面的拉链，将里面的东西全部扯出来，果然，里面除了那个汗迹斑斑的枕芯，还有一个包裹，用透明胶布缠得紧紧的。二姐问，这是什么呢？我接过来摸摸，硬硬的，摇头说，不知道。此时，一直躺着的康哥突然从椅子中站起身来，像过足了毒瘾，一扫萎靡不振的样子，奔到我身边，一把夺过那个包裹，兴奋地说，我就说嘛，再穷也不至于穷成这个样子呀！我与二姐对视着，眼里满是惊讶，心想，难道真是大伯留下的什么宝贝？康哥将那包裹举在眼前，翻来覆去地看了一会儿，才撕扯着那层透明胶布。可他怎么用力，也无法扯开。二姐找来剪刀将那层透明胶布剪开，打开那层塑料纸，见里面是一个大号的牛皮纸信封。康哥从那信封里抽出两张折得方方正正的厚纸片，展开一看，是大伯当年开煤矿时的营业执照和税务登记证。二姐从他手中接过那两样东西，折好，放在一旁。康哥又从牛皮纸信封里掏出几样东西来，一个笔记本，三封信件。他急急地将那个笔记本从头到尾翻了一遍，还扯出那个塑料套子抖了抖，丢在脚下，又从那三个信封里扯出信笺，草草地看了几眼，丢到一旁。显然，康哥有些失望了，他生气地将牛皮纸信封里的东西全部倒出来，一枚水晶私章、一枚木质公章，还有一本用了一半的收据。康哥看了一眼，似乎有些不甘，又朝那个牛皮纸大信封里看了又看，确认一无所有后，自言自语地嚷着什么，转身对着火堆狠踢一脚，像泄气的皮球，重新回到躺椅边慢慢躺下。

我从地上拾起那私章、公章和收据。二姐看了说，都是你大伯当年开煤矿时用的。我又拾起那个笔记本，将塑料封面套上，见上面记的都是些旧账，杂七杂八，看不出个究竟。突然听到大姐惊讶地问，谁会从海外给你大伯写信来呢？我睁大眼睛看着她，说，不知道。我好奇地从她手中拿过那三封信，果然都是从海外来的。我再将信笺一张张展开，见上面满是毛笔小楷，笔迹歪歪扭扭的，有些力不从心。我看了半天，仍不明就里。我查看来信的时间，按着先后次序重新读了一遍，才看出些眉目来，只见第一封信写道：

登山吾弟，全家好！

我已于 10 月 28 日晚平安抵达，请勿挂念。

此次回到大陆，感慨很多，难以一一细说。我们何家的亲人死的死，散的散，现已无一人。最让我难过的，莫过你大姐了，四十多年来，我日夜盼着与她团聚，谁知她在我离开的第二年就已早逝。

而今，你们兄弟俩就是我在大陆的唯一亲人了。

只可惜此次回来，未能与二弟谋面，如若方便，希望他给我写封信来，以叙兄弟之情。

　　因为对大陆情况不很了解，没能给你们更多的帮助，给你的那点钱，权当作是与你们兄弟二人的见面之礼，不成敬意。至于给你大姐建坟立碑之事，还望你们多多费心。

　　此致

　　祝：安！

通　海

1990 年 11 月 1 日晚于海外荣民服务处

　　登山，不就是我大伯晏登山吗？那么这个通海是谁呢？难道就是大姑的丈夫何通海？早些年，我隐约记得父亲说过那位大姑的丈夫没有死在战场上，而是随部队去了海外。我又打开第二封信：

　　登山吾弟近好！

　　来信收悉，得知你打算与二弟合伙办一个煤矿，想法甚好。大陆正值改革开放，是创业的好时候。至于你说缺少启动资金，多想想办法，事在人为。现给你们汇来 40 万元台币，其中，30 万元作为资助你们兄弟二人开煤矿，10 万元为你大姐建坟立碑。

　　由于我身无一技之长，又不善经营生意，退役后，一直靠做苦力谋生，也无多少积蓄，不能给你们更多的帮助，还望你们兄弟二人见谅。

此致！

盼着你们的好消息。

通　海

1991 年 4 月 6 日于海外荣民服务处

由此看来，信中所说的二弟，应该是父亲了。可大伯何时有过与父亲合伙开煤矿的打算呢？我呼吸急促，手忙脚乱地打开第三封信：

登山吾弟好！

来信收到，得知你们的煤厂已开工，很是高兴。

上次回来与你商量给你大姐建墓一事，不知筹办得如何？如果建好，麻烦寄张照片给我，以了却我多年来的一桩心愿。

另外，上次要二弟给我写封信来，不知什么原因，一直没有收到他的来信，甚盼。

此致

秋安！

通　海

1991 年 9 月 17 日晚于海外荣民服务处

看罢这三封信，我半天都没有回过神来。我似乎明白了什么，但更多的谜团又让我无法解开。我对二姐说，这三封信我收了。二姐看了我一眼，什么也没有说。

我将那三封信揣进上衣口袋，来到堂屋，看着大伯的遗像。遗像中的大伯敞敞亮亮地笑着，是那样的熟悉、亲切。是呀，大伯生前何时不是这样敞敞亮亮地笑呢？我越发疑惑不解，为大伯，为父亲，也为他们之间谜一样的恩怨。

五

夜里，我住在二姐家，躺在床上，翻来覆去睡不着，一个个念头如沸水中的饺子，翻滚沉浮，一刻也不消停。我似乎知道大伯为何一夜暴富，也明白了父亲为何一直坚守"人无横财不富"的道理。是的，现在来看，那位来自海外的姑爷当年给的那点钱算不了什么，可在那个还在宣传万元户的年代，那可不是一笔小数目。但让人不解的是，信中明明写着是帮助他们兄弟俩联合开煤矿，为什么最后只有大伯一人开起了煤矿呢？莫非父亲分了钱后，赌博输光了？

在我儿时的记忆中，父亲每天放学回家，还要帮助母亲到地里干活。我不知道父亲是从什么时候开始赌博的，也不知道他为什么要放弃教书这个职业，不顾妻离子散，整天沉迷于赌博中。只记得有一段时间，他与母亲天天吵架，有时还扭打撕扯，让我感到害怕。显然，那时父母之间除了我能记起的那些事之外，还有更多的事情是我无法知晓明白的。

我努力回忆有关父母吵架的原因，隐约记得似乎与一个夜晚有关。是的，二十多年前的一个夜晚，我与父亲去县城找过一个人，但没有找到。从此之后，父亲整天阴云密布，愁眉不展，还动不动就发脾气，甚至与母亲大打出手。

　　我突然醒悟了些什么，再次起身翻出那三封信，见第一封来信的时间是 1991 年 11 月。对，应该就是这一年，我记得当时我正读小学二年级。我在记忆中搜索与那个夜晚有关的事，一些情景就渐渐清晰起来。

　　那天，我因背错了乘法口诀表，被父亲罚站了一节课，心情十分沮丧。放学时，我有意躲着父亲，走在后面。奇怪的是，父亲没有责骂我，而是一次次站在路边等我，还兴奋地哼唱着一支歌。我至今还记得其中有这样一句歌词：我们的生活充满了阳光。回到家中，母亲早早就煮好了晚饭。吃罢晚饭，我正准备出门与小朋友们玩游戏，却被母亲叫住。她拿出一套又小又短的衣裤，要我换上。我记得上面缝有好几块补丁，死活不穿。父亲上前拉住我，命令我穿上，说今晚我们去县城。我见父亲也脱掉了他上课时的中山装，换上了平日劳作时的衣裤，虽然有些破旧，但洗得干干净净的，还散发出一股淡淡的肥皂香。去县城？我睁大眼睛，不敢相信父亲的话。对，去县城，给你买糖吃。

　　那是我第一次去县城，印象最深的就是那片灯的海洋，我惊呆了，想生活在这里的人多幸福呀，白天夜晚都亮光光的。我被父亲扯着衣袖走进一栋高楼，在一个四面玻璃一样透亮的大厅里停了下来。我惊愕脚下地板的平展光滑，倒映着人影和灯光。我的脚在地板上划拉着，也没有留下一丝污迹。我好奇地东瞧瞧西摸摸，听见父亲在向柜台里的一位姑娘打听一个叫何什么海的人。对，我想起来了，就是何通海。我记得父亲说出何通海这个名字时，我还把"何"误认为是"河"了，我当时感觉这个名字怪怪的，河通海，竟有人取这么个名字。我想到村前的那条白果树小河，想到白果树小河通向的可能就是一片海。正在我胡思乱想时，父亲与柜台里的那位姑娘大声争辩起来。那姑娘说，我真的没有骗你，他们今天早上已经走了，是县里派专车送他们去贵阳的，还是张副县长来送他们几个上车的！父亲说，可我得到的消息是他们今天才来的呀？姑娘递过面前的登记簿，说，不信你自己看嘛，都来好几天了。我见父亲接过本子看了一会儿，脸色就灰了，暗了。父亲将那个登记簿放在柜台上，也没有与那姑娘打一声招呼，就颓然地走出那个大厅。我跟着他来到大街上，见他抱着头，蹲在街边，自言自语道，怎么就走了呢，怎么就走了呢？好半天，他才慢慢站起身来，独自朝前走，似乎忘了我的存在。我连忙跟了上去，拉着他的手……

鸡已叫了头遍，我头昏脑涨的，仍然无法入眠。我一次次做着深呼吸，强迫自己从一数到一百，以此驱赶脑中的各种念头，让心身平静。可每次还没有数到二十，思绪就开差了，或是想到那三封信里的内容，或是回到当年那个夜晚我与父亲去县城的一些细节。这么说来，当年我与父亲去县城寻而不遇的人，就是这位被抓了壮丁的姑爷。他从海外回来的消息，父亲与大伯都应该是知道的。那么父亲怎么会把时间弄错，以至于错失了见面的机会呢？那位姑爷既然想与父亲联系，为什么他不直接写信给父亲，而是要大伯转告父亲呢？大伯收到信后，将那位姑爷的心愿告知父亲了吗？如果转告了，父亲难道没有给他写信？如果没有转告，又是为什么呢？此时，我突然记起那晚我们从县城回来时，父亲再三嘱咐我，叫我不要对任何人说我们连夜去过县城。当时我并没有在意，也没有理解父亲的意思。如今联系着这前前后后的事，才恍然大悟。难道大伯对父亲也封锁了那位姑爷从海外回来的消息？

我从床上坐起，空茫地瞪着眼。黑暗中，我好似看见了父亲，看见他在这黑暗中奔走，奔走在老家崎岖的山路上，去赶赴一场又一场乡间的赌博。我想，父亲赌的不仅是他的人生，还有他心中难以平息的那股怨气。

我不想评说父辈的是非恩怨，只是为父亲感到不值，人生本就短暂，真不该执念于一时一事，更不该因此而隔阂着几十年情同手足的亲情。

六

料理完大伯的后事，已到了他的头七。这天，我与二姐、康哥端着大伯的灵牌，背着鞭炮，提着香、纸、刀头、豆腐和果品，在阴阳先生吹吹打打的伴奏下，一路前去给大伯上坟。来到坟地，见坟前的拜台上，有一堆还未燃尽的纸钱正冒着浓黑的烟，石碑前插满了点燃的香烛，碑台上摆着两杯酒，三碟小菜，旁边还有两个鲜红的八瓣大柿子，在一片灰白的烟雾中，格外耀眼，像两个正扑扑跳动的心脏。

我们疑惑不解，面面相觑。二姐急步上前，放下手里的塑料袋，拿起一个柿子，看了许久，说，谁呢？还知道你大伯爱吃这样的八瓣柿子！

我站在坟前，看着那一堆冒烟的纸钱，看着那一排燃得正旺的白烛，似有所悟，急忙大步奔到土坎边，朝山路上望去，山下晨雾弥漫，什么也看不清。

初 嫁

一

窗帘的缝隙透出一线浅浅的白光，几声鸟语嗖嗖闪过，飞刀一般干脆利落。柳叶小解回来时，煤球正在床前扯开嗓子尖声嘶叫。见了柳叶，它就奔到堂屋，脚刨嘴拱地把门板摇得哐当哐当响。柳叶急忙打开大门，煤球纵身跳出门槛，一跃一跃地朝村前的河滩跑去。

柳叶倚在大门边，捋了捋额前的乱发，看着煤球那圆滚滚的屁股像一把蒲扇在晨雾里左晃右荡。她浅浅地笑着，暗自骂道，小东西，看你那样样。

见煤球消失在浓雾里，柳叶才转身，准备回屋继续睡觉。她刚放下撑在门框上的左手，一道碧光从眼前划过。她不觉一怔，再次抬手，见镶在戒指里的猫眼正迷离地看着她。她借着晨光摩挲着那颗绿莹莹的猫眼，一阵心悸。她闭上眼，吻了吻那猫眼，长吁了一口气，心中升起一阵莫名的感伤。

这枚戒指是她荣耀的徽章！婚礼上，晏登山当着那么多人的面，小心翼翼地给她戴上时，她像一树沉默了千年的礼花，瞬间炸开，灿灿烂烂地绽放。她没有想到自己这株山间野草，在一个人的心中，也如这绿宝石一样珍贵。她一直小心珍藏。昨夜晏登山回来，她才盛装戴上。

结婚后，她本不愿与晏登山分开，可晏登山说，他们一天行踪不定，带着她有几多不便。她生气地说，要回就回柳林堡。晏登山知道她在赌气，一脸鬼笑，说，也行。她最终还是回到了皂渡坝。她知道，这里才是他们名正言顺的家。

这个乌江边的土家山寨与柳林堡相隔数千里，不仅口味相异，生活习性也不同，更让她苦恼的是语言交流的困难，让她常常有一种溺水般的孤独与绝望。

一阵风吹来，房前的柿树沙沙响。柳叶急忙返回床上。晏登山仍在鼾声里沉浮。柳叶像一只猫，紧紧地偎着晏登山，不停地往他怀里拱，好像要钻进他的身体里，与他融为一体，他走到哪里，她自然就跟到了哪里。

听着窗外的鸟鸣，柳叶的思绪又回到了柳林堡。她最后一次回柳林堡，是三年前的秋天。眼看婚期到了，她打算带上晏登山去作一次告别。毕竟那里有她长眠的婆，还有她一直牵挂的黑皮。

从柳叶记事时起，她的婆就养着一头断尾母猪，每年都要下两胞猪娃。那些猪娃从生下来第三天起，柳叶就撵着它们到村前的荒坡上放。她给每一个猪娃都取了名字，闷头、疙兜、草包、飘杆、萝卜，等等，想起什么就随口叫什么。她有时把它们当成小伙伴，有时又把它们想象成自己的孩子。它们不听话时，她就学着婆的样子吼它们，举起竹鞭吓唬它们。猪娃从肉团团长成毛光发亮的小淘气时，婆就要背到市场上去卖。婆背着猪娃在前面走，她跟在后面伤心地哭。她央求婆不要卖猪娃。

婆说，不卖哪来钱给你买花花衣。

她说，我不要花花衣。

婆说，不卖哪来钱买油盐和米呢？

她说，我也不要油盐和米。

婆说，那我们婆孙俩不是要饿死呀？

她说，饿死就饿死。

婆说，我们饿死了，谁来养它们？

柳叶就不再说话了，只是呜呜地哭。直到婆搭上赶集的车远去，她才望着绝尘而去的车影放声大哭起来。赶场的人都笑她痴，说哪有猪娃养大了不卖的道理？柳叶生气地说，把你家的娃卖了，看你们舍得舍不得。

断尾母猪渐渐老了，生下的猪娃也一胞比一胞少。婆去世的那一年，断尾母猪生下黑皮不久，也死了。柳叶觉得黑皮可怜，与自己一样，是无爹无妈的孩子。柳叶走到哪里都带着黑皮，什么知心话都与它说，什么烦心事都与它商量。初中毕业后，柳叶在同学们的鼓动下，决定外出打工。可黑皮怎么办？她为此纠结了很长一段时间。

那次回柳林堡，她没有找到黑皮。或许黑皮早跑进山里，成了野猪。

年初，在淇镇的猪市看见煤球，柳叶就再也挪不开脚步了，心中升腾起一股情愫，好似母亲看见了久别的孩子。

开始，柳叶每天只给煤球喝牛奶。两个月后，她才试着让它吃稀饭。一天，柳叶见煤球神采奕奕，生机勃勃，如似青春焕发的少年，就知道煤球长大了。煮饭时，她往电饭锅里多加一碗米。一锅饭，柳叶吃小半，煤球吃大半。

从此，她与煤球一锅吃饭。

一天，腊梅来她家玩，见电饭锅里煮了满满的一锅米饭，灶台上摆了三盘炒菜，火炉上还跳天跳地地煮着一大锅酸菜豆腐，就不解地问，哪个在你家吃饭？

没有哪个呀！

那你煮这么多？

我每顿都是煮这么多。

你吃得完？

我儿子呢？柳叶指了指煤球。

你儿子！它是你儿子？腊梅惊愕地看着煤球，说。

是呀！

唉！腊梅摇摇头，叹惜道，这个登山兄弟，好忍心哟。

怎么忍心呀？柳叶愣愣地看着腊梅，不解地问。

不是吗？新鲜劲还没过完，就把你一个人丢在家里，孤孤单单，好没趣哟！腊梅眨眨眼说。

柳叶的脸唰地一下就红了。她扑上去撕腊梅的嘴。腊梅笑着躲避，嘴上仍不饶人。柳叶说不过腊梅，坐在一旁无端地生气。腊梅歪着头，见柳叶眼眶里有泪水打转，忙上前搂着她，尖声叫道，哟，你看你看，怎么不打就自招了。柳叶扑哧一声笑了，一把搂着腊梅，一半抓扯，一半拥抱……

二

煤球撒干拉尽，回到床前，望着柳叶哼哼地叫。它前脚搭在床沿，见床上躺着一个陌生人，就喷着两股粗气，在晏登山的身上脸上嗅。晏登山一扬手，重重地打在煤球脸上。煤球惊叫着，急忙退回地上，仍望着柳叶，委屈地嘶叫。

柳叶一把抱住晏登山，嗔怪道，你打他干哪样？随后从晏登山身上趴过来，一下一下地抚着煤球的头，诓劝道，别闹别闹，乖儿子，看我怎么收拾他。

啧啧啧，恶不恶心呀！晏登山不满地嘟囔道。

你看它走路的样子，一摇一摆的，哪点不像你？柳叶得意地说。

你才像它呢！晏登山转过身，又给煤球一巴掌。

煤球越发大声嘶叫，好似有无限的委屈。

你要死呀。柳叶推了晏登山一把，要他给煤球道歉。

你当真它是你儿子哟？晏登山不满地说。

它本来就是我们的儿子嘛。柳叶争辩道。

晏登山瞪了柳叶一眼，就将脸埋在枕头里装睡。柳叶不依，非要他向煤球道歉。

晏登山只得说，好好好，我向它道歉，我向它道歉。他翻身面朝煤球，右手搭着凉棚，左脚向上一提，不停地挠着腮帮子，说，二师兄，对不起，俺老孙给你赔礼了。

柳叶急了，连忙推着晏登山说，笨蛋，你是它爸爸！

你愿做猪妈妈，我可不愿做猪爸爸。晏登山挖苦道。

那你就甘愿矮下辈分做它兄弟？柳叶说着，掩着嘴哧哧地笑。

嘿，你别说，你们俩倒还真有些像，莫非你们是孪生兄妹？晏登山点了一下柳叶的鼻尖，大笑道。

哎呀，不与你闹了，越发不像话了。柳叶生气地说着，穿衣起床。

晏登山突然大声说，对喽，我正准备请兄弟们吃饭，今天把它杀了，好好犒劳犒劳大伙。

放屁，亏你想得出。柳叶大声说。

我怎么想得出了？晏登山不解地说。

它是我们的儿子！柳叶慎重地说。

行了行了，别扯淡了。晏登山一脸不耐烦，翻身起床，说，快去烧汤猪水，我去叫梭二。

你敢！柳叶转身站立床前，正色道。

我怎么不敢了？

除非你把我一同杀了。柳叶愤怒道。

我看你真是疯啦！晏登山说着，一阵风似的起了床，穿上衣裤，胡乱洗了一把脸，匆匆出门去了。

柳叶气汹汹地追到大门口，大声叫喊，晏登山，你滚，滚得远远的，永远不要回来。

煤球好似听懂了他们的话，跟在柳叶身后，一圈一圈地转，拖着长长的声音，不停地叫唤。

柳叶蹲下身，抚弄着煤球的背，鼻子一酸，一把抱住它的头，真有些生离死别般依恋。此刻，她突然羡慕起黑皮来，想象着变成野猪的黑皮自由自在地野蛮生长，那何尝不是一种幸运？

柳叶突然站起身，来到灶房，往大锅里加水，往灶孔里加柴。婆常对她说，人死时不能饿着肚子，否则，就会成饿死鬼。她不想煤球成饿死鬼。

柳叶煮了一大锅白米粥，还朝粥里磕了五个鸡蛋。见了白米粥，煤球早把生死置之度外。它吃了一盆又一盆，已是肚鼓腰圆了，还昂着头对着柳叶叫。柳叶不停地往那个锃亮的锑盆里添加白米粥，好似要把几天几月甚至几年的食量一并让它吃下。

煤球吃完最后一口白米粥，咕咕地叫着。柳叶见煤球难受地喷着粗气，蹲下身来安慰道，忍忍就过去了，总比当饿死鬼强。

晏登山回来时，身后果然跟着梭二。

柳叶沉着脸，堵在灶房门口。晏登山瞪了她一眼，蛮横地从她身边挤过。他来到灶前，见锅里糊满了白米粥，地上的锑盆里也糊着一层白米粥，就生气地吼道，让你烧汤猪水，你却给它煮吃的，马上就要杀了，不是浪费吗？晏登山边说边朝锅里加水，操起竹刷子洗锅。

不准杀。柳叶瞪着梭二吼。

梭二背着刀具，提着通猪杆，站在门外，一时不知所措。

老大，你们商量好了再说吧。梭二怯怯地看了看柳叶，对晏登山说着，转身欲走。

杀。晏登山勃然大怒，看着梭二大声吼，我看她要翻天！

不许杀。柳叶也不示弱，逼视着梭二。

梭二不知该听谁的，呆站在门外，一时进退不得。煤球见了梭二，突然站起身来，昂着头，嚯嚯地叫着朝梭二冲去。梭二转身就跑，手里的通猪杆哐当一声掉落在地，也顾不得捡。

老大，这猪今天还真不能杀。梭二边逃边大声叫喊，翻身跳下路坎，狼狈逃窜。

怎么不能杀？晏登山怒视着他。

它今天吃得太饱，肠子理不出来。

肠子不要了。晏登山大手一挥。

那也不行！梭二急中生智，解释道，干我们这一行，有三不杀，其中有一条就是，刚吃食的猪不能杀。

晏登山看着梭二，许久没有说话。他突然扔下手里的柴块，横了柳叶一眼，怒气冲冲地走出门，朝煤球狠狠地踹了一脚，扬长而去。

柳叶拾起通猪杆，扔给梭二，吼道，滚。

梭二接住通猪杆，屁颠颠地跟在晏登山身后，走了。

柳叶软在门框上，心咚咚地跳。煤球哼哼叫着，好似也在庆幸自己躲过了一劫。柳叶蹲下身，给煤球挠痒，煤球扑通一下倒在地上，咕咕叫着，肚子鼓得像一个小山丘。她一下一下抚着它，尽可能让它舒服一些。她有些后悔不该让煤球吃得太饱，原以为这是它的上路食，哪知梭二一句话还真救了它。她转身进屋，从床头柜里找来两盒健胃消食片，一片一片地喂它。

整整一天，柳叶都守着煤球，不停地给它揉肚子，挠痒。下午，煤球长长地放了一个响屁，随即翻身站起，慢悠悠朝村前的河滩走去。柳叶看着煤球晃荡着肚子走远，才长长地舒了口气。

这天，晏登山一直没有回家。下午时，腊梅来叫柳叶到她家吃晚饭，说她家杀年猪，特意请晏登山那一伙兄弟吃刨汤肉。腊梅说多亏了登山兄弟带着她男人到外面闯荡，这一年找了十几万块钱，不然，她那死无出息的男人待在家里，不知又会弄出哪样花招来气她。

柳叶怎么也不去。天快黑时，腊梅又来叫她，她还是不去。腊梅哪里肯依，生拉活扯，硬是把她拉了去。

刚走进腊梅家院子，一股浓烈的血腥气扑来，柳叶就呕吐不止。她见靠墙的木梯上挂着被开膛破肚的猪，旁边的木盆里装着花花绿绿的猪内脏，想到煤球也将逃不脱这样的结局，一时心慌意乱，险些晕倒。

男人们正在堂屋里热气腾腾地吃喝。晏登山坐在正位，其他人正抢着向他敬酒，朝他碗里夹肉。腊梅的丈夫晏光荣看见了柳叶，连忙站起身来让座。其他几个男人见了，也纷纷站起身来让座。

她这么精致的人儿，才不与你们这帮乌烟瘴气的男人一起吃哩。腊梅见晏登山与柳叶表情僵硬，知道小两口闹了别扭，连忙拉了柳叶往灶房里走。

晏登山端起酒碗说，不管她们，我们喝。

众人听了，端了酒碗，连声喊喝，仰头畅饮。

腊梅与柳叶在灶房围着一张小桌子吃饭。她不停地给柳叶夹油汪汪的刨汤肉。柳叶连忙将碗抱在怀里拼命地躲。

多吃点，难得吃到这刨汤肉呢，一年就这么一次机会。腊梅劝说道。

看见这白生生的肉片我就恶心。柳叶厌恶地说。

不会哟，登山兄弟昨天才回来，莫非就有了？腊梅窃笑着，轻声问道。

你不乱说就会死吗？柳叶剜了她一眼，红着脸说。

哟，还害羞呢！

柳叶不再理她，埋头吃饭。她只浅浅地吃了一碗米汤泡饭，就放了碗筷。

柳叶来到屋外，见梭二已把挂在木梯上的猪肉砍成了小块，正收拾家伙，准备离去。她将梭二叫到一个昏暗的角落，警告说，记住，不准去杀我家煤球。

不是我想去杀，是你家男人要我去杀。梭二说。

他叫你去杀也不行。

他是老大，哪个敢违抗呀！

我不管，只要你敢去杀，我就把你那些花花事告诉他。

别，别，别，妹子，我是开玩笑的。

要我不说也行，那你得答应我。

好，好，万一躲不脱，你也别怪我哟。梭二乞求道。

我不管，只要你敢去杀我家煤球，我就告诉他，看他怎么收拾你。

别，别，妹子，我尽量躲他还不行吗。梭二苦苦哀求，背了家伙就走。

看着梭二远去的背影，柳叶悬着的心似乎落了地。

见晏登山与他的那伙兄弟喝得正起劲，柳叶就独自回了家。半道上，她转到村医家，买了五盒健胃消食片，回到家里，见煤球肚子不再鼓胀，犹豫了一会儿，还是打开了两盒喂煤球吃。想到煤球暂时不会被杀，她就往锅里加满水，将水烧热，给煤球洗澡。煤球乖乖地站在大木盆里，很是享受的样子。柳叶先用肥皂洗，再用香皂洗，最后用洗发香波洗，把煤球洗得皮毛发亮，全身散发着香气。每隔几天，柳叶就要给煤球洗一次澡。这习惯是在柳林堡喂养黑皮时就养成的，但黑皮没有煤球这般福气。柳林堡没有肥皂，也没有香皂，更没有洗发香波，只有洗衣粉。柳林堡的洗衣粉也宝贝。每次只能用洗完衣服的水给黑皮洗头道，再用清水给它洗二道。可不管柳叶怎么洗，黑皮身上总有一股汗腥味。这味道闻久了，她就习惯了。每晚枕着黑皮，只要闻着那股汗味，她就感到踏实，很快入睡。

夜很深了，晏登山才被几个兄弟搀扶着送回来。柳叶本不想理他，见他已酩酊大醉，只好给他冲了杯蜂蜜水，服侍他喝下，又帮他洗脸洗脚，才扶他上床躺下。

昨晚我给兄弟们说了，今天在我家吃刨汤肉。第二天晏登山一睁眼，就对着天花板自言自语地说。见柳叶不接他的话，他翻身起床，脸也不洗就出门了。

晏登山来到梭二家，见梭二那干柴棒一样的妻子正坐在门前的长凳上梳头，问，还在挺尸？

福气好哟！每天都要睡到太阳晒到屁股才起床。女人抱怨道。

晏登山走进屋里，一股潮湿的霉臭味袭来，让他感到窒息。他正准备退出，梭二从破蚊帐里伸出乱蓬蓬的头来，问，老大，这么早？

还早？偷牛还早呢！快起来，我家的汤猪水早开了。

老大，这猪呀，最好是先饿上三天，杀出来的肉才鲜。

就你明堂多。

不信，你去问问，哪家的猪不是杀前的三天就停止喂食呀？

为什么要饿三天？

饿上三天后，猪就知道死期到了，自然断了贪生的欲念，作好了死的准备，这时杀，才不会犯冲，不然，就会亏主人家。

亏主人家？晏登山皱了皱眉。

可不是！你想喽，猪还没有作好死的准备就强行将它杀了，它自然不会甘心，死了也会捣乱，主人家一年的运气能好？

晏登山愣住了，想自己整天翻墙走壁，在血河里捞饭吃，心中多有忌讳。他掐指算了算，离过年还有半个月，就说，好吧，三天。三天后再不许跟我耍花招。

老大，哪个敢在你面前耍花招哟，除非不要命喽！

晏登山回到家里，将煤球关到厢房里，指着柳叶说，不许再喂它的食了。

柳叶心想，梭二终究还是怕了。但她也知道晏登山不会就此善罢甘休。

整整三天，晏登山都没有出门，只是那伙兄弟上门来，陪他打牌喝酒。他连连向他们赔罪，说自己食言了，三天，三天过后，一定请大家吃刨汤肉。

煤球在厢房饿得一圈圈打转，把厢房的门拱得山响。柳叶几次抓起白菜，撮了苞谷籽，想去喂它，都被晏登山喝住了。

三天后，晏登山再次去找梭二，梭二远远看见了他，连忙从窗子翻出，朝后山树林里逃。可还没有逃进林子，就被晏登山叫住了。他哭丧着脸，连声道歉，哎哟，老大，实在是对不起哟，这几天太忙了，歪四来叫了几次，我都推辞了，可昨天晚上，他硬是强行把我的家伙背走了，这不，我才从他家杀完回来，走到半路，家伙又被大嘴巴截走了，说他家的汤猪水都开了一遍又一遍了。

晏登山瞪着梭二，一句话不说。

真的，哪个骗你是狗日的。梭二赌咒发誓。

那你说，几时到我家去杀？

明天，明天谁叫我也不答应。

明天不行。必须今天。

今天实在不得空。

打夜工也得杀。

行吧，那晚上我来杀。

到时你再东拉西扯，我把你的卵蛋锤出来喂狗。晏登山瞪着梭二狠狠地说。

一定。梭二答应着，两腿不住地颤抖。

到了晚上，晏登山再次来到梭二家时，梭二的妻子哭丧着脸，唠唠叨叨地抱怨，那个不要脸的老东西，一天都没有回来，不知又被哪个女人缠住了腿，死在外面了！

晏登山把梭二家的门摔得山响，吓得那女人抱着头，大气也不敢出。

晏登山回到家，在火炉边闷闷地坐了一会儿，突然站起来，大声吼道，我就不信，除了你张飞不打鸟。他叫来几个兄弟，要他们四处打听，看哪个村寨的屠夫有空闲。第二天一早，几个兄弟都回复说，各村寨的屠夫都忙着杀年猪，没有空，只有晏光荣一脸讨好地说，斜坡的谢屠夫是他亲戚，经他再三央求，才答应来杀，但也要过两天。

你去问问他，今晚打夜工杀行不？

这个恐怕不行。晏光荣为难地说。

工钱我加倍给。

工钱倒是小事，只是没时间，他说整天忙得两脚不粘地，还有好多家排着队呢。

你先去问问他吧，不然，我一次次食言，真对不住大伙了。

好吧，万一不行，我就强行把他的家伙背来再说。

对，先把他的家伙抢过来。

正在洗碗的柳叶听了他们的对话，心里那个急呀，真想跳起来对着晏光荣大骂一通。

晏光荣刚转身，晏登山就对柳叶说，你去打篮白菜来煮猪血旺。

柳叶磨磨蹭蹭地洗了碗，挨到下午，才背着竹篮到后山菜地里砍白菜，到村前的旱田里扯蒜苗，到河堤上的沙地里挖胡萝卜。她背着一篮子菜到河边清洗时，才发现把青菜当作了白菜，把麦苗当成了蒜苗。

暮霭从河面上袅袅升起，水面渐渐模糊起来。柳叶顺着河水望去，暮色如泼墨一样浓重起来。突然，一个大胆的意念跳进脑子，心咚咚地狂跳，随即又打消了，觉得自己荒唐可笑。

柳叶背着菜篮回家时，晏登山正端着一大碗面条呼噜噜地吃。他说，锅里还有，吃了把汤猪水烧好，谢屠夫答应今晚来杀。我去帮他背家伙。

煤球太瘦，还是不杀吧！柳叶哀求道，要不，赶到市场上去卖了，买肉来过年。

开玩笑！我许了兄弟们来吃刨汤肉，一而再，再而三地推，最后只开一张空头支票，你让我今后怎么做人？晏登山气愤地说，把碗筷重重地丢在灶台上，出门大步离去。

柳叶也感到理屈词穷。看着晏登山远去的背影，她想，看来煤球今晚是死定了，全身不觉一阵寒战。当那个念头再次在心里闪现，她一咬牙，转身将粮柜旁边一袋苞谷籽抱起来，横在菜篮上，捆好，背了菜篮，打开厢房的门，解开煤球的绳索，转身就走。饿急了的煤球抬起头来望了望她，紧跟在她身后，一路哼叫着走出了村庄。

山洞在小河下游一面山壁的悬崖上。初夏，腊梅带着柳叶到山里拾菌子时，进洞里躲过雨。

柳叶与煤球走在这月夜里，如梦游般恍惚。月亮从对面的山垭口冒了出来，月光从树叶中漏下，斑斑驳驳，增添了几分阴森。这情景让她想起多年前走在放学回家的那条小路上。那时柳林堡的人家早搬走了，村里的小学也没了人。她只好到山下的中心完小上学。冬天，天没亮就出发，天黑才回家。走在那片柳林里，只有脚踩着枯叶的沙沙声和心跳的咚咚声。但她并不害怕，她知道，黑皮就在前面那片柳林里等她。她奔跑着，高声呼喊。黑皮听见了，一路叫着朝她奔来。

刚进山洞，柳叶就后悔了。她觉得自己实在有些荒唐。

洞里黑得伸手不见五指。她茫然地站立在洞中，一身的热汗随之飕飕飘散。煤球咕咕咕地叫着，一下一下地拱她的脚，好似在催促她回去。柳叶想，回去，煤球必死无疑，或许晏登山已带着谢屠夫回了家，正四处寻找她们哩。

柳叶紧了紧衣服，仍止不住全身的颤抖。她紧贴石壁，见洞口映着一片隐隐的白光。她屏住气息，心想，若是此刻进来一个怪物，自己该往哪里躲呢？她收回目光，怯怯地打量着洞内，才意识到危险不仅仅来自于洞外，连这洞内，也无处不在，只要哪条石缝钻出一条长蛇或蜈蚣，就会要她的命。

情急之下，她想到了火。她记得婆说过，火是避邪的。自从逛崽一家搬走后，整个柳林堡就只剩她们婆孙两人，孤零零的，形单影只，如被人遗落在冬日稻田里的两粒谷子。每天晚上，婆都要烧一堆火，冬天取暖照明，夏天驱赶飞蛾走兽。

柳叶摸了摸衣服口袋，谢天谢地，平时用来烧火煮饭的打火机还在。她壮着胆子，朝洞外走去。她来到洞口边，左右环顾，到处都是迷蒙与灰暗，分不清哪是枯枝，哪是青青的树叶。她走出洞外，见左边石壁上，整整齐齐地靠着一排干柴，显然是农闲时山民们砍了码在这野外晾干的。她一阵欣喜，扛起一捆就朝洞里走。柴火捆得太结实，她解了半天都没解开。她打亮火机，将整捆干柴点着。柴捆噼里啪啦地燃起来，火焰蹿得老高，火星四散，把洞内照得亮堂堂的。突然，一团黑影从洞顶飞出，叽叽喳喳地闹成一片，四处乱撞，又慌乱地朝洞外飞去。她吓得魂飞魄散，惶然地抱住头，许久才镇定下来，醒悟那黑影可能是住在洞里的蝙蝠或麻雀。她抬起头，朝那片黑影望去，见几只被浓烟熏落下来，掉进火堆里，只挣扎几下就被火焰舔光了毛，缩成一团，随后滋滋冒着油烟，一些落在边上的，扑腾着，再不能飞起，一看，果然是蝙蝠。柳叶用树枝掏出烤熟的蝙蝠，一股香气扑来，惹得煤球咕咕地叫，嘴角边垂着长长的涎水。它的鼻盘所到之处，烤熟的蝙蝠就没了踪影。浓烟慢慢散去，仍有几只蝙蝠，在洞顶慌乱地打着转，好似迷失了方向。

夜深了，柳叶的眼皮在打架，但她不敢合眼。她起身解开竹篮上的口袋，抓了一把苞谷籽，放到炭火边，用热灰盖上，用木棍不停地翻炒，一会儿，火堆旁就爆出了一片白花花的爆米花。她一颗一颗地拣出来，吹净灰尘，丢进嘴里，清香满口。

洞口终于现出灰白的天光。柳叶牵着煤球下山，到河边喝水。河面上飘着袅袅晨雾。煤球显然也渴了，埋头就喝。柳叶站在煤球的上游，低头掬水，见河里有一个乌青紫黑的人正看着她。她吓了一跳，拔腿就往山上跑。她跑了许久，回头看时，身后并没有什么追赶，才停下来，疑惑地想，会不会是自己看花了眼。她再次回到河边，那个乌青紫黑的人仍在水里看着她。她见那人的眉眼与自己有几分相像，顿然醒悟，原来是自己的倒影。她掬起一捧水抹了一把脸，等水面平静，见那张脸变得黑一块白一块的。她蹲在河边仔细端详，忍不住笑了起来。她细细洗了脸，用衣襟擦净脸上的水珠，转身见煤球全身也脏兮兮的，就将它赶到河水的深处，一下一下朝它身上撩水。煤球被冰凉的水一激，转身就朝岸上爬。柳叶将它全身搓遍，重新将它赶进水里，一片污垢从它身边漫开，转眼就消失在流动的水里。

回到洞里，火堆还残存着余温。柳叶借着这余温，枕着煤球睡去。一觉醒来，已是下午，洞外一片安静。柳叶欣喜，想晏登山到底还是没有找到自己。

可这样过了两天，柳叶就烦了，感觉度日如年。她一次次来到洞外，见满山都是苍黄的冬阳，好似整个世界就只有她一人。她想回去看看。想到煤球的结局，又不忍心。她这样犹犹豫豫的，不停地在洞口打转。

第四天，柳叶就有些伤心，还生出一股怨气，怨晏登山为何不来找她。莫非晏登山真的生气了，对她不管不顾？她抬起手腕，盯着那枚戒指，猫眼被烟熏火燎得失去了原有的光泽。她取下戒指，小心翼翼地在衣服上擦拭。可不管怎么擦，纹理间总是镶着污迹。她黯然神伤，坐立不安。她赌气地想，既然你不来找我，我也索性不回去。

整整一天，柳叶都是在焦灼中度过的。天黑时，她再也待不住了，牵了煤球就往村里赶。她悄悄摸到腊梅家里，准备给煤球讨些吃的，顺便打听一下晏登山的情况。腊梅见了，顿时踢脚拍掌地惊叫起来，说你跑到哪里去了？柳叶连忙示意她小声说话。腊梅仍急切地大声说，晏登山被抓了。

被抓了，被谁抓了？柳叶不解地问。

派出所的人呗，还能有谁呀？

为啥子呢？

还不是因为你。

因为我？

哎，你不是失踪了吗？晏登山急得哟，组织村里人到处寻找，可找了两天两夜，仍不见你的踪影，想你人生地不熟的，会到哪里去呢？他一急就失了分寸，几次要到派出所报案，最后都被人们拦下了。兄弟们苦苦劝他说，不定我们早在公安局挂了号，你这去不是自投罗网吗？可一天又过去了，还不见你回来，他就急得放声大哭起来，鼻涕口水流了一脸。我嫁过来这么多年，还没有见他这样伤心地哭过。最后，他不顾大家的阻拦，要兄弟们躲藏起来，就独自一人前往派出所报案。谁知他一进派出所，就被人家扣留了。

他犯了什么事？

你不知道？腊梅惊愕地瞪着柳叶。

不知道。

他没有跟你说过？

他从不与我提他们的事。

看来你还真是蒙在鼓里！

我问过几次，他说男人的事女人家不要管。

他们在外面是翻砂。

翻砂？

就是入室盗窃。

盗窃？！

唉，这个晏登山呀，真是命苦。腊梅自顾叹息道，爹妈死得早，靠吃百家饭长大，三十好几了，才讨到你这么一个媳妇，日子刚刚有了点起色，却又遇上这么一劫。

　　柳叶愣了半天，哇地一声大哭起来，随即冲出腊梅家，朝通往镇上的大路奔跑。腊梅追出来时，她已跑到对面的大道上去了。只见她一声接一声地尖厉呼号，煤球紧跟在后面，嗷嗷地叫。

　　村里的人们听见了这呼号声，不知何故，纷纷出门打听。待他们弄清楚原委时，纷纷朝她追去。一时间，呼喊声，悲号声，交织在一起，高低错落，犹如一曲多声部的合唱，在山间回响。